광활한 우주의 어딘가에서
굽어보고 있을 아내에게

참혹한
아름다움

ARETE 총서 0006 김석영 산문집

참혹한 아름다움

1판 1쇄 펴낸날 2016년 11월 30일
지은이 김석영
펴낸이 이재무
책임편집 김연필
디자인 이영은
펴낸곳 (주)천년의시작
등록번호 제301-2012-033호
등록일자 2006년 1월 10일
주소 (04618) 서울시 중구 동호로27길 30, 413호(묵정동,대학문화원)
전화 02-723-8668
팩스 02-723-8630
홈페이지 www.poempoem.com
이메일 poemsijak@hanmail.net

ⓒ김석영, 2016, printed in Seoul, Korea

ISBN 978-89-6021-307-4 04810
     978-89-6021-208-4 04810(세트)

값 14,000원

참혹한 아름다움

김석영 산문집

책을 엮으며

살아 있는 모든 것들은 누군가의 그리움으로 스며들어가며 세상을 떠난다. 그렇기에 먼저 떠난 누군가를, 무언가를 그리워한다는 것은 세상을 떠나기 전까지 살아남은 자들에게 천형天刑과도 같은 일인지 모른다. 그것이 번연히 참혹한 일인 줄 알면서도 그러할 수밖에 없기에 처연하게 눈부신, 황홀하고도 서러운, 참혹한 아름다움 같은…….

내가 이만큼 살아온 것은 휘청거리는 나를 일깨우고 이끌어주고 품어줬던 가족과 벗들과 선후배들의 힘이 크다. 한 권의 책을 처음으로 세상에 내놓기 위해 다시 그들에게 큰 빚을 지게 되었다. 그 빚을 갚기 위해서라도, 먼저 떠나간 아내를 생각해서라도, 어진별과 달이를 생각해서라도, 나를 그리워해줄 또 다른 누군가를 생각해서라도 꿋꿋이 살아야겠다.

나무의 몸을 빌려서 책을 만드는 일은 언제나 서슬을 벼리는 용기가 필요한 법이다. 자칫하면 나무 볼 낯이 없어질지도 모르는 일이니 말이다. 어쩌면 무모할지도 모르는 내 용기를 흔쾌히 받아주고 일을 꾸며준 〈천년의시작〉 여러분과 격려의 말씀을 써준 이재무, 권덕하, 평산 형님들에게 고마움을 전한다.

2016년 11월 입동 무렵
세한재歲寒齋에서
초벽 김석영

목차

4 | 책을 엮으며

서사

아침 이슬 10 | 2009년, 벚꽃 핀 날의 단상 사막을 건너는 법 12
오랜 벗을 만나러 가다 서산 방문기訪問記 16 | 아버지를 만나러 가는 길 33

제1부

상곡리 통신

이사 36 | 아내의 첫 가을 39 | 국화차 40 | 추석 41
가을 냉이 43 | 첫눈 45 | 첫 수확 47 | 도리뱅뱅이 50
작은 음악회 52 | 대설大雪 54 | 화이트 크리스마스 56
청출어람青出於藍 58 | 설날의 풍경 61 | 젊은 날의 초상 1 63
젊은 날의 초상 2 65 | 수선화 67 | 봄눈 69
달려라! 어진별!! 70 | 행복 72 | 8월의 소낙비 75
말복 76 | 아토피 치유 축제 79 | 어진별, 링컨학교에 가다 81

금 캐는 고구마 밭 84 | 양행兩行 87 | 골넘이 배움터 꿈 잔치 91

첫눈 2 94 | 설날 95 | 장자의 봄꿈 97 | 이사 2 100

겹장원 102 | 겨울 산 103 | 풍경風磬 104 | 와불臥佛 105

아으 달님하 107 | 유월 108 | 천붕天崩 109 | 삼제三題 111

어진달 민서 114 | 데이트 118 | 데이트 2 122 | 술상 125

성탄 선물 126 | 첫눈, 그리고 시간의 그늘 128 | 설날 유감 133

유월 2 135 | 목련 꽃차 137 | 후일담 139

제2부

세한재 단상

나의 무한한 혁명에게 수처작주 입처개진隨處作主 立處皆眞 142 | 이사 145

새해 첫 날의 문을 열며 147 | 춘신春信 149 | 주막 어린이공원 152

세종 영평사永平寺 154 | 류근, 시바, 詩봄 157

내 마음의 끝 절, 개심사開心寺 160 | 국수와 '끌림' 165

무공해 부부 168 | 구월九月 172 | 법열法悅 174

세한주歲寒酒 176 | 죽음 179 | 장호원長湖院 181 | 뿌리 183

해후邂逅 185 | 동학사東鶴寺 가는 길 188 | 눈길 190

생일상 194 | 내가 사는 이유 196 | 어린 왕자에게 199

탐매探梅 202 | 춘수春瘦 204 | 충청도 절집, 서산 부석사浮石寺 206

감나무 집 욕쟁이 할머니 215 | 하늘과 땅 217

제
3
부

양
행
·
천
균
에
이
르
는
길

살아남은 자의 의무 80년 전 오늘　220　｜　전쟁, 치킨 게임과 매화　226

물의 깊이　230　｜　안도현, 김수영, 브레히트 詩를 쓰기 힘든 시대?　232

쇠귀 신영복 (1941~2016)　238　｜　부처님오신날 와선臥禪　241

절창絶唱　243　｜　시집에게 무릎을 꿇다　247　｜　물에 뜬 달　249

견고한 폭력에 맞서는 희망의 씨앗　254

꽃의 경전經典을 읽다　260　｜　천균天鈞　283　｜　추석秋夕　291

서
사

아침 이슬

아내가 오늘 아침 산행길에서 아침 이슬을 찍어서 보내왔다. 아내는 아침마다 혼자서 동네 앞산에 올라 다닌다. 아침 산행은 아내에게 온갖 자연의 선물을 안겨준다. 청설모가 아닌 다람쥐를 만난 것이 행운이고 산 어귀에 철따라 바꾸어 피는 이름 모를 들꽃들이 날마다 축복이다. 언젠가는 산 꿩을 만난 기쁨을 라디오에 실시간 사연으로 보내서 외식 상품권을 받기도 했다. 아내의 들뜬 목소리를 라디오로 들었을 때의 묘한 감정은 지금껏 오랜 여운으로 남아 있다.

아침 이슬은 맑고 영롱하지만 오래 가지 않는다. 순간이기에 더욱 처연하고 아스라하니 아름답다. 요즘 같은 때 햇살이 밝아오고 대지가 뜨거워지는 9~10시가 되면 대개 아침 이슬은 자취도 없이 사라지기 마련이다. 그런데 사진 속의 아침 이슬은 11시가 넘어서까지 남아 있었단다. 주변의 이파리들이 이슬을 모두 떨어내도록 마지막까지 남아 있었던 아침 이슬이라니 아내의 말대로 행운의 선물이 아닐 수 없다.

그런 아침 이슬이라도 아무나 볼 수 없는 것은 아니다. 마음의 눈을 뜬 자라면 누구라도 아침 산행길에 아침 이슬과 만나 반갑게 인사할 수 있을 것이다. 하지만 아무리 수많은 아침 이슬이 있다 한들 그게 아내가 본 아침 이슬이 될 수는 없는 법이다. 아내가 사진에 담아와 내게 보여준 아침 이슬은 세상 어디에도 없는 단 하나의 아침 이슬이다. 어린 왕자에게 수만 송이의 장미꽃 중에서 오직 하나의 장미꽃이 소중했듯이 내게는 오직 저 아침 이슬만이 하늘의 별처럼 빛나고 영롱하다. 오직 저 아침 이슬만이 자연이 우리에게 선물한 행운이자 축복이 아닐 수 없다.

2009년, 벚꽃 핀 날의 단상
사막을 건너는 법

어제 한낮에 갑자기 마음이 동하여 아내와 충남대 뒷산에 다녀왔다. 우리 동네 신성동에 있는 천문대 뒷길에서 시작하여 충남대 농과대까지 완만한 능선을 따라 난 약 2.5km 정도의 숲길을 걷노라니 봄볕의 따사로움과 소나무에서 내뿜는 솔잎 향기가 제법 산림욕을 하는 기분을 느끼게 한다. 천문대 가는 길목엔 생전에 어머님이 사랑하시던 잔디 꽃이 군데군데 노란 민들레 꽃을 머금고 무리지어 피어 있었다. 어머님이 돌아가신 이후로 잔디 꽃은 내게 눈물 꽃이 되었다. 숲은 울창하지 않으나 곳곳에 핀 산 벚꽃의 자태가 눈을 즐겁게 하고 발바닥에 와닿는 흙길의 감촉이 고향집처럼 편안한데다가 무엇보다 오가는 이가 드물어 마음이 호젓하고 한가로워 좋았다.

학교 다닐 때는 대학본부 뒷산에 있는 일명 장산곶 뫼(장군바위)에 곧잘 올라가서 치기 어린(?) 행동을 하곤 했더랬는데 충남대 농과대 넘어가는 전자 계산소 건물쯤 와서 장산곶 뫼를 올려다보니 불현듯 그때가 그리워지며 그때 그 자리에 동참했던 몇몇 친구들이 떠올랐다. 그 시절 누군가 한 여인 때문에 농과대 넘어가는 그 멀고 긴 길을 오르내렸던 기억도 시리게 떠올랐다. 아직도 학교에서 떠나지 못하고(?) 있는 ○○이한테 전화를 했다. 점심 먹고 나오는 중이란다. 반가웠다. 잠시 전화로나마 너스레를 떨며 그 시절을 회상하다가 다음 만날 날을 기약했다. ○○이가 그때 그 치기 어렸던 내 추억 속의 공범이자 주인공이었다는 사실이 새삼스럽게 느껴졌다. 그 시절 그 친구들이 다 애틋하고 그리워졌다.

충남대 도서관 뒤편 기숙사 가는 길목엔 2~30년 이상 된 벚나무들이 만개하여 여느 바람에도 폭설이 내리는 듯 꽃잎이 떨어지는 게 영화의 한 장면 같았다. 벚꽃 그늘 아랜 삼삼오오 파릇한 젊은이들이 오후의 봄 햇살을 즐기고 있고 내 기억은 오랜 영화의 한 장면을 더듬는다. 유지태랑 이영애가 나온 영화 「봄날은 간다」(2001년)에서 둘은 봄날 벚꽃이 지는 강원도 삼척시의 어느 거리에서 마지막 이별을 한다. 조성우가 만든 OST 「이별」의 선율이 애잔한데 아쉬운 듯 돌아보는 두 사람의 인연은 거기까지다. 우습지만 유지태가 입고 있는 사파리가 내가 젊은 날에 오랫동안 입었던 옷과 닮아서 더욱 애틋하다. 그곳에서 내 마음이 잠시 호흡을 멈춘다.

그리고 두 사람이 떠난 그곳 벚꽃 거리 위에 신카이 마코토 감독의 일본 애니메이션 영화 「초속 5cm」(2007년)를 처음 보았던 때의 감동이 새롭게 겹쳐진다. '초속 5cm'는 벚꽃이 떨어지는 속도이다. 우리가 마음을 열고 사람에게 다가가는 속도이며 사랑과 꿈의 열병을 앓으며 어른으로 성장해 가는 유년기의 슬픈 은유이다. 학창 시절 어른이 되어 다시 만날 것을 약속한 다카키와 아카리, 어른이 되어 서로를 그리워하면서도 끝내 만나지 못하고 건널목에서 스쳐 지나가는 그들의 운명이 가슴 아팠다. 지금 이곳 도서관 뒤 벚꽃 거리에도 파릇한 젊음이 넘쳐나고 또 어디선가 영화처럼 새로운 만남과 이별의 인연이 이어질 것이다. 그게 우리네 삶이다.

예전에 학교 다닐 때는 없었던 도서관 옆 제3학생회관 학생식당에 가서 아내와 점심을 먹었다. 식단도 예전과 달라졌다. 원하는 음식을 골라 먹는 뷔페식이었다. 만둣국(1,000원), 김치(300원), 잡채(800원), 밥(500원)을 고르고 스파게티 특식(2,000원)을 추가했다. 음식을 타러 줄을 서 있는데 빈 공기를 들고 앞에 선 한 남학생에게 주방 아줌마가 하는 말 "학생, 이번이 벌써 몇 번째지?" "3번쨴데요……." 우물쭈물 남학생이 대답하였다. 이내 아줌마의 다음 말이 궁금해졌다. "그려……, 많이 먹어. 많이 줄게……." 웃음기 띤 아줌마의 말씀에 남학생의 표정이 밝아지고 지켜보던 내 마음도 환해졌다. 그리고 친구의 빈 식판을 들고 서 있는 20여 년 전 내 모습이 떠올랐다. 친구들은 어떠했던가. 그때 얼마나 많이 빈 그릇을 들고 그 앞에서 보았던가. 그게 또 우리네 삶이다.

밖이 내다보이는 창가에 앉아 아내와 밥을 먹었다. 식당 밖 벚나무에서 벚꽃이 눈비처럼 날리고 있었다. 아내가 휴대폰으로 동영상을 찍으려 했으나 실패하고 말았다. 굳이 촬영하지 않으면 또 어떤가. 내 마음에 찍힌 그 수많은 영상들 속에 오늘의 풍경도 이미 담겨 있지 않는가. 언제든 내 마음 내키는 대로 꺼내어 수정하고 편집하고 삭제까지도 자유로운 내 마음 속의 영상들…… 나는 행복한 촬영감독이다.

아내와 손을 잡고 왔던 길을 돌아오는데 배도 불렀지만 마음이 넉넉하고 따뜻했다. 아내는 모처럼 운동한 게 다 소용이 없어졌다고 배불리 먹은 걸 후회한다. 이 길을 되돌아 집에 도착할 때쯤이면 이 배의 거북함도 다 사라지리라. 숲길을 걷는 동안 아들놈 민규가 자전거를 바퀴만 채워서 학교 앞에 방치했다가 잃어버린 일도, 어젯밤 내 책상 위에서 딸년 민서가 매실차를 엎질러 내 소중한 추사 선생의 「세한도」 한 폭이 얼룩진 일도, 그걸 닦는다고 내가 책상 유리를 들추다가 유리가 반 토막이 난 일도 다 용서가 되고 거룩해졌다.

아내와 옆으로 질러가는 지름길을 찾는다고 하다가 몇 번을 왔던 길을 다시 되돌아가야만 했다. 주변에 있는 사람들에게 물어보아도 다 허사였다. 결국 포기하고 길을 돌아가야 했다. 천문대 가는 길목에 아까처럼 잔디 꽃이 우리를 반갑게 맞아주었다. 역시 지름길을 찾느라 잔꾀를 부리는 수고보다 묵묵히 주어진 길을 걷는 노력이 소중한 법이다. 자연은 이렇듯 우리에게 어떻게 살아야 할지 가르쳐준다. 요란하지 않아도 그 소리에 귀 기울이는 것이 우리가 잘 사는 법이란 걸 새삼 느끼곤 한다. 문제는 실천이다. 부끄럽지만 아내와 봄 한 나절을 함께 보낸 시간이 그 실천에 값한 것 아닌가.

봄날, 오랜 벗들과 함께 솔잎 향기가 가득한 충남대 뒷산 숲길을 걸으며 두런두런 서로의 삶을 얘기하고 싶다. 잃어버린 사랑과 이루지 못한 꿈과 오지 않는 미래에 대하여. 또 다른 희망에 대하여. 그리고 그 길이 끝나는 곳, 벚꽃이 지는 나무 그늘 아래 앉아 오래도록 술잔을 기울이고 싶다. 술잔에 떨어지는 꽃잎을 함께 마셔도 좋으리라. '꽃나무 가지 꺾어 놓고 무진무진 먹고' 싶다던 옛사람의 풍취가 먼 곳에 있는 것이 아니다. 술기운이 두 볼을 물들일 때쯤 봄날의 햇살이 우리네 눅눅한 생활의 주름살까지 펴게 하리라.

그게 이 강퍅한 세상, 봄날 메마른 사막을 건너는 내 삶의 방식이다.

오랜 벗을 만나러 가다

서산 방문기訪問記

1.

날은 화창하고 구름은 뭉게뭉게 내 맘도 두둥실 여행을 떠나기 제격인 날이다. 서산에 사는 김동선, 이명신이 부부를 만나러 막 집을 나서려는 차에 현숙이에게서 전화가 왔다. 현충원 앞길에서 현숙이를 만나 이미 장만해놓고 보관만 해왔다는 동선이 딸 율이 옷을 건네받았다. 내일이 개학날이라며 함께 못 가는 걸 아쉬워하는 현숙이와 배웅 겸 작별 인사를 했다. 대전에서 공주, 유구, 예산을 거쳐 서산을 향해 가는 32번, 45번 국도, 청양을 거쳐 홍성으로 가는 39번 국도에 비해 그다지 볼 만한 풍경은 없지만 그래도 이 길이 가장 빠르다. 혼자 몸이라면 일부러라도 그 길을 가겠는데 몸이 불편한 아내와 애들과 함께 가니 내 욕심대로만 하기도 뭐하다.

예산 지나 삽교에서 덕산 가는 새로 난 길은 고속도로처럼 포장이 잘 되어 있다. 옛날 같으면 구불구불 엿가락처럼 늘어져 30분 이상 넘어야 했던 가야산 고갯길도 이제는 시원하게 뚫린 터널을 지나 10분이면 달릴 수 있으니 세상 참 좋아졌다. 하지만 이것도 내년 4월쯤 완공되는 당진-대전 간 고속도로가 생기면 당진-대전 간을 2시간에서 1시간으로 당길 수 있다니 별 내세울 일도 아니게 생겼다. 그런데 편하게 달리는 차 안에서도 멀쩡한 산을 깎아내리고 구멍을 뻥뻥 뚫어대서라도 닥치는 대로 길을 만들어내는 우리네 인간의 탐욕을 생각하면 등줄기가 서늘해진다. 그 얼마나 많은 생명들이 소리도 없이 사라져갔을 것인가.

해미읍성 앞길은 한 달 전에도 하던 뭔 놈의 도로공사를 여태껏 하느라 어수선하다. 예전 같으면 읍내가 한 눈에 내려다보이는 읍성 성벽에 올라 한 바퀴 휘돌아 내려왔건만 이것도 일행의 상태를 보니 난망하다. 아내와 아이들은 모두 잠들어 있고 날은 뜨거워 차를 마땅히 세우기도 어렵겠다. 그래, 벗들이 눈 빠져라 기다리는 목적지에 한시라도 빨리 가는 게 도리겠다 생각하니 아쉬움이 조금은 달래지며 페달을 밟는 발 끝에 힘이 들어간다. 문득 떠오르는 공자님 말씀. '벗이 먼 곳에서 찾아오니 또한 즐겁지 아니한가?(유붕자원방래 불역낙호有朋而自遠方來 不亦樂乎)'라고 하지 아니했는가.

서산에는 동선이 말고도 알고 지내는 지기들이 몇몇 더 있지만 이희영이란 친구랑 막역한 사이다. 동선이랑 음암면 부장리에서 함께 자란 부랄 친구인데 대학 다닐 때 동선이를 통해 알고서는 이제껏 가족까지 모두 가깝게 지내고 있다. 이른바 현장 일로 잔뼈가 굵어서 이것저것 안 해본 일이 없지만 얼마 전에는 중동 두바이까지 갔다 오고 지금은 당진 화력발전소에 다니면서 부업으로도 이것저것을 하는 모양이다. 우리 친구들이 농쳐서 '이구라'라고 부를 만큼 입담이 걸죽하고 무궁무진한 친구다.

입을 열면 한 번에 한 명씩 고은 선생의 '만인보萬人譜'를 연상케 하는 사람 이야기이며 세상사가 끝도 없이 나오는데 너무도 구구절절해 나는 20년을 넘게 만났어도 어디까지가 진실이고 어디까지가 농인지 이제껏 가늠하기 어렵다.

이 친구가 아침부터 전화를 해서 우리 아내가 좋아하는 음식이 뭐냐고 묻길래 아무 음식이나 집에서 먹는 대로 그냥 먹으면 되지, 하며 됐다고 말했는데 오는 길에 또 전화가 왔다. 뭔 재주로 직장에서 나왔는지 대낮부터 아내랑 마트에서 장을 보고 있단다. 근데 곤란한 일이 생겼다. 동선이한테서도 다시 전화가 와서 명신이가 저녁을 준비하니까 자기 집에서 꼭 저녁을 먹잖다. 낭패다. 아침부터 전화를 걸어온 친구 면목도 있어서 동선이네는 잠깐 들러 명신이랑 애기 율이한테 얼굴도장 박고 희영이네로 동선이랑 함께 가서 저녁을 먹을 요령이었는데 말이다. 명신이가 애기 율이까지 데리고 움직이기도 뭐하고, 거기서 음주를 거나하게 한 뒤에 잠은 다시 동선이네로 넘어가서 자면 되니까. 여기서도 이놈의 인기는 식을 줄 몰라서 탈이다. 다들 정말 오랜만에 만나는 친구랑 가족에게 밥 한 끼 직접 지어 대접하고 싶은 그 마음이 참으로 아름답지 않은가.

2.

아내와 의논 끝에 일단은 우리 서산 방문의 일차 목적인 율이 아빠 엄마네서 저녁을 먹고 희영이네서는 음주를 하기로 결정하고 전화를 했다. "그려, 그렇게 혀."라고 말했지만 못내 서운한 듯한 희영이의 헛헛한 목소리가 전화기를 타고 느껴졌다. 허나 어쩌랴.

명신이가 율이(율이는 아명이었고 지금 이름은 민재다. 김민재)를 안고 마당까지 나와 반겼다. 이름처럼 예쁘고 지혜롭게 생긴 '율'이가 낯선 손님들을 물끄러미 바라보았다. 아기의 눈매가 서늘하고 깊었다. 한자로 빛날 율燏자를 생각했는데 인명용 한자가 아니라 그냥 한글 이름으로 올렸단다. 어느 쪽이든 예쁘고 흔치 않은 이름이라 기억에 오래 남는다. 우리 애들은 율이가 예뻐 죽겠다며 서로 안아보겠다고 지들끼리 싸우고 난리를 편다. 율이는 생각보다 훨씬 건강해 보였다. 전화로 동선이가 율이가 잘 아프다고 해서 걱정했는데 엄살이었나 보다. 마음이 놓였다. 작년 여름에 우리 아버지 돌아가셨을 때 태안 장례식장에서 이 부부를 잠깐 보았는데 웬일인지 동선이만 안에 들어오고 명신이는 차 안에서 기다리더니 그게 다 율이가 생기고 몸가짐을 조신하게 하느라 그랬다는 것을 이제야 알겠다.

20년 가까이 오직 둘이서만 살아온 동선이, 명신이 부부에게 율이가 얼마만큼 크고 소중한 존재인지 새삼 말해서 무엇하겠는가. 마흔도 훌쩍 넘어 가졌지만 이토록 건강하고 예쁘게 태어난 율이. 남들이 모두 염려하고 망설일 때 무엇이 이 부부에게 모든 이의 염려를 기우로 만들고 이토록 건강하고 예쁜 아기를 태어나게 할 힘과 용기를 주었을까. 다 지나간 일이지만 동선이는 10여 년 전 불의의 교통사고를 당해 중환자실에서 20여일 동안 혼수상태로 사경을 헤매다 모두가 마음을 거두려 할 때 기적적으로 살아나 지금에 이른 목숨이다. 친구의 신산하고 파란만장한 삶. 그 충격과 절망의 끝에서 모든 아픔을 삭이며 묵묵하게 자리를 지켜낸 아내 명신이의 인내와 용기가 또다시 율이를 낳게 한 힘이 아니었을까.

누구에게는 마흔 넘어 아이를 낳는 결심조차도 쉽지 않았을 텐데 너무도 자연스럽고 당연하게 오직 자연 분만과 모유 수유만을 생각했다는 명신이의 말이 그걸 담담하게 말해주고 있었다. 율이를 낳고 제대로 몸조리를 못 해서인지 명신이는 몸이 많이 야위어 있었다. 출산 무렵 친정어머니까지 몸이 많이 편찮으셨고 주변에서 마땅히 제대로 도움을 받을 곳이 없어 그랬다는데, 요즘 한약을 지어 먹고 조금씩 원기를 회복하고 있는 중이란다. 시간이 좀 걸리더라도 충분하게 휴식을 취하면서 영양을 섭취하면 좋겠지만 어디 우리네 생활이 그렇게 넉넉하게 돌아갈 수 있단 말인가. 아무쪼록 산후 조리 때문에 나중에 몸이 힘들어지는 일이 없도록 해야 할 텐데 친구의 어깨가 무겁다.

일을 마치고 부랴부랴 집으로 돌아온 동선이와 반가운 해후를 하였다. 아내가 서울 병원에 있을 때 올라와서 본 이후로 한 두어 달 된 것 같다. 동선이네는 서산 시내에서 좀 벗어난 호숫가에 자리 잡아 호젓한데다가 예전에 가든을 하던 집이라 건물과 마당이 모두 넓고 큼지막하여 시원하다. 대신에 시꺼멓고 손가락만 하게 큰 산山모기의 위세가 대단하다. 나도 집안에서 한 방을 물렸는데 크게 부풀어 올라 놀랐다가 생각보다는 가려움이 오래 가지 않아 혼자 속으로 웃었다. 100평도 훨씬 더 넘어 보이는 마당에 잡초가 무성해 모기가 많다고 명신이가 동선이더러 풀 좀 뽑으라고 성화인데 동선이 대답이 걸작이었다. "허, 이걸 혼자 뽑으면 무슨 재민겨. 사람들 모아서 막걸리라도 마시며 같이 뽑아야 재미지." 이참에 마당의 풀을 다 뽑아 버리자고 아들 민규를 불러 장갑까지 끼고 마당으로 나섰다. 풀은 생각보다 뿌리가 깊지 않아 쑥쑥 뽑히는 게 설렁설렁 해도 반 나절이면 끝날 일 같았다.

그런데 날이 어둑해지면서 모기 때문에 더 못 한다고 들어가자며 동선이가 연신 만류하고 나선다. 이런저런 사정으로 이 집을 아예 세 놓고 시내 쪽으로 이사를 갈지 모른다는 속내를 넌지시 비친다. 한가하게 집에 들어앉아 있는 것도 아닌데 언제 나가게 될지 모를 집 마당에 잡초 뽑는 일이 어디 쉬운 일이랴. 마당 한 켠에는 지인이 찾아와 커다란 다라를 땅에 묻고 수련까지 근사하게 심어 만들어줬다는 작은 연못이 수줍게 숨어 있었다. 무성한 풀 더미에 가려있어 미처 몰라볼 뻔 했다. 문득 떠오르는 옛 기억 하나. 그 언젠가 누군가가 내게 건네준 공책 한 켠에 그림과 함께 적혀 있던 생텍쥐페리『어린 왕자』의 한 구절. "사막이 아름다운 것은 어딘가에 우물이 숨어 있기 때문이다." 그래 마당이 아름다운 것은 어딘가 연못이 숨어 있기 때문인 거야. 그 땐 그게 무슨 말인 줄 알 길이 없었는데 이렇듯 살아가며 조금씩 그 뜻을 헤아려 가게 된다.

명신이 음식 솜씨는 정갈하면서도 깊이가 있고 맛깔스러워 사람을 상에서 쉽게 떨어지지 못 하게 한다. 아내 때문에도 굉장히 싱겁게 먹는 우리 집 음식 맛을 생각하면 간이 다소 강하게 느껴지기도 했지만 멸치와 다시마를 끓여 우려낸 육수에 동선이네 본가에서 담근 재래식 된장을 풀어 간을 낸 콩나물 두부 된장국의 시원함과 맛깔스러움은 일품이었다. 아내는 육수를 부어 잘 익힌 열무김치 맛에 연신 탄복한다. 이젠 조미료 쓰지 않고 만들어내는 음식 아니면 어디서든 쉽게 음식에 손이 가지 않는 내 입맛에도 명신이 손맛이 마냥 정겹고 편하다.

저녁을 먹은 뒤 우리 집 식구 모두 동선이랑 시내에 있는 희영이네로 찾아갔다. 아내가 아프다는 소식을 듣고는 그 길로 부부가 함께 밤늦은 먼 길을 달려와 위로해주던 고마운 친구. 이희영. 이번에도 먼 곳에서 찾아온 친구를 위해 비장의 무기를 내놓는다. 들어나 봤는가. 산삼주. 인삼주도 아니고 장뇌삼도 아닌 진짜 산삼주란다. 세 줄기로 뻗은 것이 진짜 상품가치가 있는 거라는데 비록 줄기가 두 줄기뿐이라지만 산삼주라는 말만으로도 잔을 잡은 손이 다 떨렸다. 하하. 원래 몸에 열이 많아 한겨울에도 별로 춥지 않은 나인지라 인삼 쪽에는 별로 애정이 없었는데 산삼주의 당당한 풍모에는 나도 모르게 움츠러든다. 인삼주에 비해 훨씬 은은하고 부드럽게 넘어가는 맛이 과연 산삼주다. 뒤끝에 남는 향기의 그윽함은 구증구포하여 덖어낸 작설차의 그것에 못지않다. 희영이 아내가 렌지에 구워 낸 서산 육쪽마늘까지 안주 삼아 술잔을 기울이니 세상에 부러운 것이 없다.

다만 이 기막힌 맛을 함께 나누지 못하는 다른 벗들의 얼굴이 어른거려 자꾸 마음에 걸려온다. 함께 올 뻔했던 현숙이며 술 좋아하는 희제, 태관이, 주형이, 그리고 모든 친구들이 이 자리를 함께했다면 얼마나 좋았을까. 그러면서도 아들내미 성재 숙제 도와주다 얼떨결에 전화 받은 동철이한테 산삼주 타령을 하며 약을 올리고 김포 사는 희도한테 전화 걸어 돌아가며 애들마다 한마디씩 또 산삼주 타령을 늘어놓게 했으니 내 심성이 가히 고약하다. 밤이 깊어가는데 내일 아침 출근이 염려됐는지 서둘러 대리운전을 부르러 일어서는 동선이가 희영이는 내심 야속해 보인다. 나도 오늘밤은 동선이네서 묵기로 한지라 어쩔 수 없이 함께 파해야 하는데 집에 온 지 얼마 안 돼서 일어나는 마음이 아내나 나나 희영이 내외에게 못

내 서운하고 미안했다.

3.

동선이네로 돌아오니 명신이는 벌써 잠자리를 다 마련해놓고 율이랑 잠이 들었다. 아니, 그런데 이게 뭔가. 그 추억의 모기장이다. 어릴 적 여름방학이면 놀러간 할머니 댁에서 으레 올망졸망한 사촌들 대여섯과 낄 낄거리며 뒤엉켜 잠자던 모기장 속의 추억, 운 나쁘게 모기장 쪽에 바짝 붙어 잠을 자고 나면 모기장이 다 소용없다. 아침 내내 여기저기 퉁퉁 부풀어 오른 몸뚱이를 긁느라 얼마나 고생했던가. 시골만 다녀오면 온통 모기 물린 자국에 부스럼투성이가 되었지만 그래도 여름방학이 돌아오기를 얼마나 기다리고 기다리며 꿈꿨었던가. 그 고색창연한 추억의 모기장을 예서 보다니 가슴이 슬쩍 아려온다.

아내와 아이들을 재워 놓고 동선이랑 둘이 동네 슈퍼 앞 파라솔에 앉아 캔맥주에 오징어구이로 조촐한 2차를 벌였다. 동선이가 사람들의 이상理想, 친구들의 이상과 변화, 그리고 자신의 이상에 대해 말했다. 정당 활동을 열심히 하지 않는 친구에 대해 말하며 머릿속의 생각만이 뭐가 중요하냐며 언성을 높였고 이놈의 자본주의가 우리를 얼마나 힘들게 하는지, 우리가 어떻게 그걸 넘어설 수 있고 넘어서야 하는지에 대해 말했다. 나는 자신을 좀 더 낮추고 위에서 내려올 필요가 있다고 말했다. 그래야 좀 더 많은 사람이 함께 그 길을 가지 않겠냐고 말했다. 결코 위에서 그대로 고립되어서는 안 된다고 말했다. 얼마 전 사회당 일을 하는 오래 된 친구를 만나 나눴던 얘기들이 떠올랐다. "어떻게 할 거니? 너희 사회당은 어떻게 되는 거야? 통합은 안 하는 거야?" 집행부를 비롯한 상당수가 진보신당으로 옮겨 간 사정을 알고 물어본 말인데 "그쪽에서 관심이 있남? 그냥 이대로 끝까지 가는 거지 뭐." "……" 경우가 다르지만 이 친구의 삶과 동선이의 모습이 오버랩되어 다가왔다.

사고가 나기 전 늘 견결하고도 원칙적이면서 과격하기(?)까지 했던 동선이의 삶을 알기에 그토록 큰 사고가 나고서도 이렇게 거뜬하게 회복된 동선이의 정신적(!) 건강에 안도하면서도 한편으로 총과 총이 맞서야 이 상황을 해결할 수 있다고 힘주어 말하는 동선이의 믿음에 대해 적지 않은 염려도 생기는 것이다. 80년대라면 지금 동선이가 열성적으로 활동하는 '진보신당'이라는 것조차 가당하기나 했을까? 시간은 흐르고 정도의 차이는 있더라도 모든 것이 변하기 마련이다. 물론 큰 눈으로 보면 그 안에서 쉽게 변하지 않는 것이 있고 변해서는 안 되는 것도 있는 것이다. 어떤 사람은 그 길에서 자신의 신념을 버리기도 하고, 어떤 사람은 자신의 신념을 지키며 살기 위해 최선을 다하기도 한다. 또 어떤 사람은 그 사이에서 쉴 새 없이 흔들리며 묵묵히 현실을 견뎌내기도 한다. 그렇다면 일신의 영달을 위해 신념을 헌신짝처럼 내팽개치고 자본과 권력에 기생하는 '김문수', '이재오' 류 따위는 논외로 치더라도 누가 어떤 기준으로 무엇을 비난할 수 있을 것인가? 무엇이 신념을 지키는 기준이 될 수 있을 것인가?

정녕 견결한 신념을 지켜가는 이들과 현실을 묵묵하게 따라가는 이들이 행복하게 만나서 서로를 함께 이끌어갈 수 있는 길은 없단 말인가? 우리 사회에서 진보신당이 안정적으로 자리를 잡고 뿌리내리는 길이 여기에 있지 않을까? 한쪽을 외면하고 나머지 한쪽만으로 어떻게 대중 정당을 한단 말인가? 정당 활동을 열심히 하지 않는 친구의 아픔과 고민을 비판할 것이 아니라 애정으로 끌어안고 함께 갔을 때 동선이의 견결한 신념도 한층 빛을 발하고 무르익은 성과를 가져오게 될 것이라고 나는 생각한다. 하지만 이렇게 말하는 내 자신의 삶이 변변찮고 부끄러우니 이 얘기는 이만 여기서 접을 수밖에.

다음날 아침을 먹고 동선이는 출근을 하고 명신이랑 율이를 보건소에서 하는 아기 경혈 마사지 강좌에 태워다 주고 집으로 돌아오니 집안이 조용하고 쓸쓸하다. 정작 주인들은 다 밖에 나가고 우리 식구가 주인인 것처럼 집에 있는 게 겸연쩍고 우습다. 인터넷을 켜고 카페에 들어가 보니 대전 번개모임에서 찍은 사진들이 올라와 찬찬히 들여다보며 한동안 댓글을 달았다. 비록 서로가 자리한 곳이 다를지라도 마음과 마음으로 서로를 감싸 안고 이해하고 북돋아주기 위해 애쓰는 친구들이 이렇게나 많이 한자리에 모일 수 있다는 것을 생각하니 저절로 행복해진다. 이제껏 잘 해왔지만 앞으로 더 잘 해야 할 일들이 많이 있을 것이다.

무엇보다 친구들 만남은 이해관계를 떠나야 한다. 그리고 여럿이 하는 것이다 보니 반드시 모두를 위해 묵묵하게 자기를 희생하는 누군가가 있어야 한다. 그런데 모두가 '누군가가 그것을 하겠지'라고 생각하는 만남은 오래 갈 수 없다. 그런 생각만 하면서 아무도 하지 않을 테니까 말이다. 그렇기에 우리 모임이 이렇게 발전해온 데는 묵묵히 자기 자리에서 희생해온 재찬이, 한국이, 희제 같은 친구들의 공이 큰 것이다. 아무튼 가장 중요한 것은 이해와 사랑이다. 잘난 친구여서가 아니라 비록 아무리 못났을

지라도 '친구의 아픔과 슬픔까지도 등에 짊어지고 가는 자' 그것이 친구가 아니겠는가. 이 세상을 살아가며 상처 난 내 영혼이 쉬어가게끔 마련된 두 자리, 그 중에 하나가 가족이며 하나가 바로 친구이다.

명신이가 돌아와 잘 익은 수박 한 덩어리를 쪼개 먹은 뒤 아쉬운 작별 인사를 하고 길을 나섰다. 며칠 더 쉬다 가지 왜 벌써 가냐며 붙잡는 명신이 손길이 애틋했지만 저녁에 대전에서 학원 회의가 잡혀 있는지라 어쩔 수 없었다. 그리고 오후에 잡혀진 율이 백일사진 찍는 것 아니라면 어제 아쉽게 헤어진 희영이네 애들이랑 해서 다 같이 개심사나 용현계곡으로 바람이라도 쐬러 갈 텐데 그도 여의치 않아 그냥 우리 가족만 나오게 되었다. 나오는 길에 동선이가 일하는 장애인심부름센터를 찾아가서 동선이와도 작별인사를 나눴다. 9월 4일경에 논산에서 충남도 장애인 체육대회가 있어 논산에 온다고 하는 데 잘하면 그때 다시 한 번 볼지도 모르겠다. 아무쪼록 율이가 건강하고 슬기롭게 무럭무럭 잘 자라주길 바라는 마음 간절하다. 그리고 명신이도 하루빨리 예전같이 순수 자연미를 자랑하던 옥 같은 피부, 건강미 넘치는 모습으로 돌아와 동선이랑 율이랑 세 식구 알콩달콩 행복하게 살기를 마음으로 빌고 또 빌며 서산을 떠났다.

4.

해가 벌써 중천을 넘어서는데 점심을 먹지 않고 출발한지라 어디 점심을 해결할 만한 데를 먼저 찾아야 했다. 개심사 쪽으로 갈까 마애삼존불 있는 용현계곡으로 갈까 망설이다가 운전대 잡은 내가 개심사 쪽으로 밀어붙였다. 용현계곡의 번듯한 음식점들보다는 옛날 할머니 댁 문을 들어서듯 소박하고 단출한 음식점들뿐인 개심사가 나는 더 정겹고 마음에 끌린다. 민규랑 민서는 용현계곡으로 가서 신나게 물놀이하는 걸 오매불망 꿈꿨을 텐데 매정한 아빠가 개심사를 들러 그리로 가자고 협상안을 내놓으니 어쩔 도리가 없다. 개심사는 내가 혼자 마음속으로 꼽는 전국의 절 중에서도 가장 애착이 가는 절이다. 숱하게 드나들어 이제는 몇 번을 왔는지조차 헤아려지지 않는다. 내 고향 서산에 이러한 절이 있다는 게 한없이 자랑스럽고 행복하다.

　개심사 가는 길목에는 도로 양옆으로 야트막한 구릉이 끝없이 이어지는 삼화목장의 드넓은 초지가 이국적인 장관을 이루며 펼쳐져 있다. 게다가 길옆에 군데군데 무리지어 심어진 수많은 벚꽃나무들로 인하여 봄이면 축제 인파가 인산인해를 이룬다. 하지만 개심사 입구에 닿으려면 큰길에서 빠져나오고도 저수지를 길게 돌아 구불구불 난 길을 따라 한참을 더 들어가야 한다. 벚꽃의 행락은 화려해도 절은 속세의 인연들에게 속내를 쉽게 드러내 보이지 않는 법이다. 개심사 입구에는 유명사찰이나 국립공원마다 떠들썩하게 차려져 성황을 이루는 음식점들을 찾아볼 수 없어 늘 고즈넉하고 한가하다. 이것이 내가 그토록 아름다운 대웅전 건물을 두고 있는 수덕사를 마다하고 한결같이 개심사를 찾아오는 첫째 이유이다. 그것이 현실이긴 하지만 영주 부석사나 계룡산 동학사가 그러하듯 사하촌으로 망가진 절들의 운명이 못내 안쓰럽다.

　절 밑에 제대로 된 식당이라곤 '가야산장'과 '고목나무 가든'이 유이唯二한 음식점인데 두 곳 다 가봤지만 우리 돌아가신 둘째 외숙모를 닮은 할머님이 시어머님을 모시고 아들과 함께 운영하는 가야산장으로 발길이 자연스레 가곤 한다. 식당 밖 나무그늘 아래 앉아 산채비빔밥을 시키고 가만히 안쪽을 들여다보니 할머니는 보이는데 큰할머니가 보이지 않아 물어보니 웬걸, 작년에 그만 돌아가셨단다. 작년 여름에 오고 못 와봤으니 그 사이 큰일을 치른 것이다. 10여 년 전 아내랑 어머니를 모시고 와서 지금 우리가 앉은 바로 이 자리에 놓여 있던 널찍한 평상에 앉아 어죽을 시켜 먹던 기억이 떠올랐다. 그때 어머니가 너무도 맛있게 어죽을 드시던 기억은 선연한데 그리운 어머니는 지금 이곳에 계시지 않는다. 세월이란 것이 다 그렇다.

개심사 아래 사하촌이 보잘 것 없고 소박한 것은 절의 모습과 상관이 있어 보인다. 개심사는 모든 것이 자연 그대로이고 인위적인 것이 별로 없다. 절로 올라가는 소나무 숲 사이로 난 돌계단 길은 S자형으로 굽어 돌며 높지도 가파르지도 않게 비스듬히 절을 향해 상승하는데 홍송의 진한 향기와 바람소리가 이름처럼 찾는 이의 마음을 저절로 열게 만든다. 절 입구에 들어서면서 마주하게 되는 긴 네모 모양의 연못에 가로놓인 외나무다리는 절로 들어가는 일주문처럼 의젓하다. 최근에 세운 산 아래 일주문이 생기기 전까지 외나무다리가 홀로 그 역할을 다했는데 지금 것은 얼마 전에 썩어서 부러진 다리를 치우고 새로 걸쳐놓은 듯싶다. 자연석을 깎아 만든 층층계단을 올라 안양루를 마주보며 오른쪽으로 돌아 해탈문으로 들어가면 절 경내로 들어선다. 대웅보전 한 켠에 서있는 이 절에서 가장 오래 된 건물인 심검당(요사채)이나 안양루 앞 종각에 쓰인 기둥의 생김새를 보면 휘어진 나무의 굴곡을 그대로 살려 쓴 파격적인 미감이 결코 예사롭지 않음을 알 수 있다.

절을 한 바퀴 돌아보면 절 앞뜰과 여러 부속건물을 잇는 동선 또한 자연스런 굴곡과 높낮이로 이어져 있어 절 전체가 여염집처럼 편안하고 따뜻하다. 안양루 큰 마루엔 절 뒤편에 있는 허름한 요사채 건물을 다시 지으려고 한다며 기왓장을 수북이 쌓아놓고 한창 기와시주를 받는 중이다. 아무쪼록 이 절의 아름다움을 가리는 황당하고 어리석은 불사가 되지 않기를! 안양루 왼편으로 난 길 끝에는 해우소가 있다. 제대로 된 해우소가 그러하듯 일어서면 허리 아래밖에 가려지지 않는 칸막이는 그 유명한 선암사 '뒷간'만은 못하지만 절집 뒷간만이 간직한 개방과 해탈의 아름다움을 잘 보여준다. 그것이 절집을 찾는 중생의 마음을 어루만지는 불가의 보덕報德이 아니고 무엇이겠는가. 그렇다면 정호승이 「선암사」라는 시에서 "눈물이 나면 기차를 타고 선암사로 가"서 "해우소 앞 등 굽은 소나무에 기대어 통곡하라"고 절창했듯이 우리도 그럴 수 있는 것 아닐까.

5.

개심사를 나와 용현계곡을 가려했지만 날이 구물구물하고 어두워지는지라 아이들을 간신히 달래서 물놀이를 다음으로 미루고 대신 돌아오는 길에 예산군 신암면 용궁리 추사 고택 앞에 사시는 작은아버지 댁에 들러 인사를 드리기로 하였다. 작은아버지는 인천에서 사시다가 7년 전에 이곳 예산에 내려와 지금은 청양 가는 신양면에서 양계장을 크게 하고 계신다. 추사 고택 바로 앞 용궁리에 허름한 전통 기와집을 옮겨 복원한 뒤에 그 옆에 현대식으로 집을 짓고 사시는데 전통 기와집이나 현대식 집이나 한여름에도 서늘하여 올 무더위에도 거뜬하셨다고 자랑이 대단하시다. 아내나 애들이나 잘 가꾼 마당의 잔디며 나무들이 우거진 작은아버님 댁이 너무 좋다고 다들 부러워하고 야단이라 내가 "좀만 기다려봐. 우리도 이런 집 짓고 살자구." 하면서 큰소리를 쳤는데 영 반응이 싸늘하여 겸연쩍고 쓸쓸했다.

사실 내가 정작 부러운 것은 집 앞에서 5분이면 걸어갈 수 있는 추사 고택이다. 늘 수시로 추사 고택을 드나들며 그를 추모할 수 있다는 것은 생각만 해도 행복한 일 아닌가. 태관이가 논산에 있는 윤증 고택 옆에 산다하니 그 또한 부러운 일이다. 몇 년 전 친구들과 추사 고택에 들렀을 때 추사 기념관에서 동철이랑 내가 김정희 선생 글씨 탁본을 한 점씩 골라 사온 일이 있었는데 동철이는 사무실 한복판에 표구를 하여 걸어놓았고 나는 이것을 내 책상 유리 밑에 깔아두고 아침저녁으로 보고 또 본다. '세한도歲寒圖', 비록 아우라가 상실된 복제품이라 하나 내겐 이보다 더 지극한 일이 없으니 모든 게 내가 주고받기 나름 아니겠는가.

작은어머님이 이것저것 바리바리 싸주시는 것을 가득 싣고 집으로 돌아오는 길이 흐뭇하고 든든하다. 오는 길에 간간이 빗방울이 유리창을 두드리는데 졸음이 쏟아지는 게 도저히 운전을 못 할 지경이라 차를 휴게소에 세우고 한 10분쯤 눈 붙였을까. 다시 몸과 머리가 맑아지고 개운하여 운전하는 것이 즐겁고 상쾌해졌다. 모든 길이 그러하다. 떠날 때와 돌아올 때 몸과 마음의 상태가 다른 것이 자연스러운 게 아닌가. 이렇듯 몸이 지치고 정신이 나른할 때 잠깐이라도 쉬어가는 것, 그것이 인생의 도리다. 졸음이 쏟아지는 데 무리하게 깨어 있으려고 눈을 부라리고 소리를 지르고 뺨까지 철썩 때리며 운전해본 일이 한 번쯤 있었을 것이다. 그런데 그게 행복하던가. 돌이켜보니 그렇게 하지 않으면 안 될 정도로 절박했던 것이었나. 천천히 가자. 주위도 둘러보고 살피며 가다가 힘들면 쉬었다 가는 게 잘 사는 길이다. 서산으로 오랜 벗들을 만나러 간 이번 여행은 내게는 그런 의미로 다가온다.

정호승 시인이 용서한다면, 시인이 「선암사」에서 부른 절창은 내게 이렇게 다가온다. 내게는 절집 뒷간이 친구고 친구야말로 절집 뒷간이다.

눈물이 나면 차를 타고 친구에게 가라
친구에게 가서 실컷 울어라
친구와 쭈그리고 앉아 울고 있으면
죽은 소나무 뿌리가 기어다니고
목어가 푸른 하늘을 날아다닌다
친구들이 손수건을 꺼내 눈물을 닦아주고
친구들이 가슴 속으로 다가와 종소리를 울린다
눈물이 나면 걸어서라도 친구에게로 가라
어느 곳에 있든 친구를 만나면
친구의 굽은 등에 기대어 통곡하라

아버지를 만나러 가는 길

오늘은 아버지 제삿날이다. 오랜만에 대중교통을 이용해 시골집으로 가는 길은 왠지 낯설면서도 기분이 좋다. 운전대에 온통 정신이 매달리지 않아도 되니 이리저리 새로운 것들에 눈길을 쏟기도 하고 그도 물리고 지루해질 양이면 가방에서 마음에 둔 책을 꺼내어 천천히 읽으면 그만이니 말이다. 세상에 편한 게 따로 없다. 천형 같던 운전대로부터 해방된 몸이 누리는 이 호사를 뭐라고 칭송해야 할지…….

버스에서 유홍준 선생의 『나의 문화유산답사기』 1권을 읽으며 왔다. 벌써 몇 번을 읽었는지 모른다. 하지만 읽을 때마다 그 느낌과 감동이 다르니 참 희한한 일이다. 얼마 전에 전남 강진에서 해남 보길도까지 아이들을 데리고 다녀온 '남도 답사 1번지'의 여정이 오롯이 되살아났다.

올해는 정약용 선생이 태어나신 지 250년이 되는 해이기도 하다. 200여 년 전에 선생이 모든 것을 버리고 터벅터벅 걸어간 유배길을 20여 년 전 유홍준 선생이 새로이 걷고, 그 길을 다시 또 나와 내 아이들이 함께 따라서 걷는다. 건널 수 없을 것 같던 역사의 간극이 그렇게 하나의 인연으로 만나 강물처럼 출렁이며 함께 흘러간다. 제삿날 아버지를 뵈러 시골집으로 내려가는 이 길도 그렇게 시간을 건너뛰어 오랜 인연을 이어가며 곡절히 흘러가는 물길인지도 모른다.

서산 터미널에 내려 버스를 갈아타려다 터미널 맞은 편 골목 안에 있는 '청기와식당'에서 깻묵된장 백반을 시켜 먹었다. 집에서 직접 재배하고 만들었다는 들깨와 된장의 조화가 뱃속을 편안하게 만든다. 아버지를 만나러 가는 이 길의 아늑함처럼 말이다.

제1부

상곡리 통신

상곡리 통신

이사

지난주 수요일에 이사를 했다. 충남 금산군 군북면에 있는 상곡초등학
교라고 국내 1호 아토피 치유 안심학교로 소문이 난 곳이 있다. 아이가 이
곳으로 전학을 오면 학교 옆에 있는 아토피 치유 희망마을의 황토 집으로
가족도 함께 이주해서 살게 한다. 우리 집 막내 어진달 민서가 아토피가
있는데에다 마침 우리 부부도 귀농을 꿈꿔온 지 오래고 기회가 닿은 김에
아내와 아이들 먼저 짐을 싸서 내려 보냈다. 사실 여기가 방송을 타면서
전국에 많이 알려져 대기자도 많고 문의하는 이도 많은데 우리는 정말 운
이 좋았다. 이런 걸 천운이라고 하나…….

아내에게 얘기를 듣고 가기 전에 자료를 찾아보기는 했어도 이 정도일
줄은 몰랐다. 직접 가서 보니 정말 좋더라. 그야말로 아이들에겐 꿈의 학
교다. 사방이 깊은 산으로 둘러싸인 데다 친환경 건축으로 안팎을 리모델
링한 학교 건물은 또 얼마나 예쁜지. 100% 친환경 급식에 모든 방과 후 수
업까지 전액 무상교육이다. 선생님들도 다 실력이 쟁쟁한 분들이란다. 교
감 선생님이 특히 과학 교육에 열의가 큰데 우리가 찾아간 날에도 아이들

을 데리고 들로 산으로 돌아다니며 현장학습을 하는 걸 보았다.

밤에는 운동장에 모여 천체망원경으로 별자리를 관측하기도 한다. 운동장 한 쪽에 편백나무와 황토로 지은 아토피 치유센터가 있어 아이들이 언제든 자유롭게 족욕이나 샤워도 하고 잠도 자면서 쉴 수 있게 되었다. 심지어 아토피가 심한 아이들은 등하교까지도 자유롭게 할 수 있단다. 모든 게 아이들 위주로 짜여 있어서 정말 아이들에겐 천국이 따로 없을 것 같았다. 운동장에서 놀고 있는 아이들을 보니 아토피가 아주 심한 아이들도 있었지만 하나같이 표정은 밝고 활기차 보였다. 전교생은 30여 명이고 민서가 다닐 2학년은 남자애만 2명인데 이제 민서까지 쳐도 달랑 3명이다. 남자애들이 여자아이가 전학 오게 해달라고 날마다 빌었단다. 아이들의 정성이 통했나 보다. 우리 민서처럼 예쁜 여자애가 오게 됐으니 말이다.

상곡초등학교는 폐교 위기에 처한 학교를 마을 주민과 군이 힘을 모아 살려낸 성공적인 사례다. 아토피 문제가 워낙 심각하고 호응도 좋으니까 군에서 국고지원까지 받아 의욕적으로 일을 추진하고 있다. 더구나 근처에 질 좋은 황토가 풍부하여 황토 집을 짓기에 안성맞춤이다. 가족이 사는 황토 집은 2013년까지 20여 채를 더 지어 40세대 규모의 황토마을을 조성할 계획이다. 상곡리는 충남에서 가장 높은 904m 서대산 자락에 들어앉아 청정 무공해의 환경을 지닌 아름다운 곳이다. 산 고개를 넘어 들어가는 길과 나오는 길이 하나뿐인 말 그대로 오지다. 대도시에서 그리 멀지 않은 곳에 이런 곳이 있다는 건 정말 놀라운 일이다. 늦봄에는 산벚꽃, 여름에는 아토피, 가을에는 인삼 축제가 열린단다. 온산을 뒤덮는다는 산 벚꽃의 장관을 떠올리니 벌써부터 마음이 일렁거려 큰일이다.

아들 어진별 민규는 근처 제원면에 있는 제원중학교로 전학을 했다. 15분 정도 통학버스를 타고 다니는데 이곳도 전교생이 40여 명인 작고 아담한 학교다. 그런데 시골에 있는 작은 학교라고 우습게 보면 큰일 난다. 교장 공모제로 온 젊은 교장선생님이 아주 의욕적으로 학교를 꾸려 가시는데 학력평가가 충남 평균보다 10점정도 높게 나온단다. 전교생이 밤 8시까지 자율 학습을 한단다. 민규, 민서를 데리고 학교를 찾아갔는데 난리가 났다. 전학생이 온다고 너도나도 몰려와 아는 체 하는 바람에 민규가좀 얼이 나갈 정도였다. 전교생이 40여 명이니까 모두가 가족같이 지내는느낌이다. 여기 아이들도 표정을 보니 하나같이 순박하고 맑았다. 나는 직장 관계로 지금 사는 집에 혼자 있다가 공무원인 누나가 세종시로 내려오면 그리로 들어가 살 예정이다. 누나가 결혼을 안 한 미스…… 이제 그야말로 주말 부부가 되었다. 이런 것도 기러기 아빠라 하나? 주말에나 아내가 아이들을 데리고 올라오거나 내가 쉬는 날 내려가서 만나야 한다.대전에서 고속도로 50분 거리니까 충분히 다닐 만은 하다. 결정을 내리는데 쉽지는 않았지만 후회는 없다.

사는 게 다 그렇다. 뜻하지 않게 어디선가 새로운 바람이 불어오는데 크게 고민하지 않았다. 그 바람 따라 그냥 흘러가려 한다.

상곡리 통신

아내의 첫 가을

아내가 단감의 껍질을 곱게 벗겨서 처마에 주렁주렁 매달았다. 파란 하늘 빛깔이 아내의 정성을 닮아 눈부시다. 머지않아 아내가 만든 홍시로 아이들과 즐거운 주전부리를 할 생각하니 절로 흐뭇하고 배부르다.

앞뜰에 노랗게 핀 국화잎을 따서는 찜통에 넣어 한동안 김을 쐰 뒤 꺼내어 채반에다 말리고 있다. 겨우내 마실 국화차를 마련하는 중이다.

모과는 아직 푸른 기가 가시지 않았다. 마음 같아서야 저것도 당장에 한 소쿠리 가득 따서 아이들 고뿔을 다스릴 모과차라도 만들어야겠지만 아직은 아니다. 무엇이든 때가 있는 법이다. 무르익을 때를 기다리는 것도 귀한 공부다.

상곡리에서 맞는 아내의 첫 가을이 그렇게 무르익어 가고 있다.

상곡리 통신

국화차

아내가 일일이 따서
곱게 말려 보내준 국화 잎으로
차를 우려 마신다

그윽한 향기 속에
간밤에 내린 서릿발이
한 발은 녹아 있다

한 모금 넘기려 하다가
울컥 아내가 그리워져
다 넘기지 못하고 내려놓는다

상곡리 통신

추석

태안 만리포 해수욕장에 왔다. 쪽빛의 가을 하늘이 드넓은 바다에 드리
워져 짙은 옥빛으로 출렁이고 있다. 지난여름의 환락을 탓하기나 하려는
듯 성난 파도가 분노의 이빨을 하얗게 드러내고 연신 밀려와 부서진다. 비
철기의 바닷가는 언제나 쓸쓸하고 적막하다.

명절을 쇠러 큰형님 댁에 오가는 길이면 잠시 이곳에 들러 바람을 쐬다
가곤 한다. 이곳에 오면 5년 전 원유 유출 사고로 세상을 놀라게 했던 그
악몽 같던 시간이 떠오르지 않을 수 없다. 지금 바다는 언제 그런 일이 있
었냐는 듯이 깨끗하고 평화로웠다. 물론 겉으로 보기에만 그럴 뿐이지 깊
은 바다 속이거나 눈길이 미치지 못하는 어딘가에 시커먼 기름덩이가 독
버섯처럼 도사리고 있을지 모른다.

완전한 복구에 걸리는 자연의 시간은 기약할 도리가 없다. 누구는 10년,
누구는 30년, 어떤 이는 100년을 훌쩍 넘길 지도 모른다 한다. 그토록 끔찍
한 재앙을 일으킨 것도 사람이고, 그 책임을 회피하고 모면하고자 애썼던

것도 사람이었고, 그 흔적을 지우고자 100여만 명의 자원봉사자들이 모여들어 거대한 인간 띠를 이뤘던 것도 사람의 일이었다.

어진달 민서가 바닷가 나무계단에 앉아 밀려오는 파도를 바라보고 있다. 무슨 생각을 하는 걸까? 소혹성 B612호 바오바브 나무의 등걸에 걸터앉아 광활한 우주를 굽어보던 어린 왕자의 심정이 그러했을까? 끊임없이 밀려오고 부서지는 파도와 바닷새, 먼 수평선과 구름들이 민서의 친구고 스승이다. 자연에 들어앉은 민서가 부럽다.

상곡리 통신
가을 냉이

아내가 어진별이랑 달이를 데리고 아랫마을 밭으로 냉이를 캐러 갔다. 이 계절에 무슨 냉이를? 하고 무심히 흘려버렸는데 아내가 보내온 사진을 보니 진짜 냉이가 맞다. 살다 보니 가을 냉이란 것도 다 보게 된다.

내일은 금산 집에 아내에게 그립고도 특별한 이들이 찾아온다. 부천에 사시는 장모님께서 딸이 시골집으로 이사를 했다는데 한 번 오지 못해 애태우시다가 처제를 앞세워 내려오시는 것이다. 장인어른은 일흔이 훌쩍 넘은 연세에도 일을 다니시느라 아무래도 짬을 못 내신 것 같다. 얼마 전만 해도 장인어른이 손수 운전해서 두 분이 여기저기 잘 다니셨는데 갑자기 눈이 어두워지시고 난 후로 먼 길 운전은 엄두를 못 내게 되었다.

그 바람에 장모님을 모시고 올 운전자가 나설 때까지 한참의 시간이 지나갔다. 더군다나 장모님은 신장 투석을 받고 계신 지 오래다. 사흘에 한 번씩 병원에 다니시며 지칠 대로 지친 몸을 이끌고 먼 길을 오시는 장모님의 나들이가 특별할 수밖에 없다. 어머니를 맞이하는 아내의 마음은 하루 종일 분주하면서 애틋하고도 먹먹하다.

별이랑 달이도 할머니를 만날 설렘에 부풀어 엄마를 도와 할머니가 드실 냉이를 열심히 캐고 있다. 기특하게도 외할머니가 똥기저귀 갈아가며 핏덩이 같던 자신들을 다 길러주신 은혜를 아는가 보다. 가을 밭이랑에 푸르게 자라난 냉이를 캐는 오누이의 머리 위로 봄 햇살처럼 푸근한 가을 햇살이 오래도록 머물고 있다.

내일 금산 집은 아내가 정성으로 차려낸 밥상으로 하여 봄날처럼 따뜻하고 풍성할 것이다. 뒤뜰에서 캐어온 토란 뿌리를 넣고 끓여낸 탕은 정갈할 것이고 가을 냉이를 우려낸 된장찌개의 향그러움은 여래의 마음처럼 부드럽고 거룩할 것이다. 가을 산처럼 늙으신 어머니와 가을 냉이를 닮은 딸의 행복한 상봉을 기다리는 금산의 밤이 조용히 깊어가고 있다.

상곡리 통신
첫눈

상곡리에 첫눈이 내렸다. 아내가 보내준 사진을 보니 마당에 내놓은 화분 속 노오란 국화 꽃잎 위에도 감나무 위에도 양철지붕 위에도 먼 산골짜기에도 하얀 눈이 소복하니 쌓였다. 영락없는 첫눈이다.

대전에도 오늘 아침에 첫눈 비슷한 게 내렸나본데 어젯밤 오랜 벗들과 만나 진탕하게 마시고 찜질방에서 아침 늦게까지 주무신 내가 어찌 그걸 알았겠는가. 아직도 내겐 첫눈이 오지 않았다. 해 뜨자마자 감쪽같이 흔적도 없이 사라져버린 그 눈을 정녕 첫눈이라 부를 수는 없는 일이다.

내가 마음으로 따르는 어느 형님은 아침 출근길에 내리는 진눈깨비를 보며 가정맹어호苛政猛於虎, 호랑이보다도 무섭다는 정치의 광포함을 생각하고 애절양哀絶陽, 양물陽物을 자를 수밖에 없었던 민중의 처절한 고통을 생각하고 이 추위에 40미터 철탑에 올라가 있는 비정규직 노동자의 절규를 떠올렸다 한다.

첫눈은 아직 오지 않았다. 이 부박한 세상을 살아내는 힘으로 살며시 다가오는 그런 섬세한 감정의 떨림, 첫사랑처럼, 그 언젠가 아내가 나로 인해 느꼈다던 첫 키스의 황홀함처럼 다가오는 첫눈은 아직 내리지 않았다.

그런 정치는 아직 실현되지 않았다.

상곡리에 내린 첫눈이 아내의 품처럼 따뜻하고 포근하기만 하다.

상곡리 통신
첫 수확

아내가 첫 수확의 기쁨을 알려왔다. 이사를 가자마자 아랫집 할머니 댁 인삼밭 한 켠을 얻어내더니 별이랑 달이랑 씨앗 뿌리고 밤낮으로 물주며 정성으로 키워온 알타리 무다.

사람과 다르게 땅은 거짓말을 하지 않는다. 9월 중순에 심은 거라 파종 시기가 한 달 정도 늦었단다. 잎은 무성하지만 밑동이 좀 덜 들어앉았다. 엊그제 첫눈까지 내린지라 땅이 얼어버리기 전에 서둘러 캐내다 보니 밑동이 충분히 들어찰 여유가 없었다. 무슨 일이든 때가 있는 법이다. 무엇이든 때에 맞추어 씨앗 뿌리고 도모하는 일의 엄정함을 다시금 깨닫게 된다.

그렇다고 수확의 기쁨이 덜해지는 건 아니다. 좀 늦었을망정 그래도 씨앗을 뿌렸기에 이나마의 기쁨이라도 누릴 수 있는 것이 아닌가. 개중에는 밑동이 제법 실한 놈들도 있어 흐뭇하고 밑동은 부실해도 잎이 무성한 건 오히려 시래기 감으로 적당하니 그 또한 즐겁지 않을 수 없다. 세상 이치가 다 그렇다. 모든 게 뜻한 대로만 되지 않는다. 세상의 이치와 내 뜻이 오롯이 만나야 그때 비로소 일이 영글게 된다.

내가 할 도리를 다했다면 주어진 결과를 담담히 받아들이는 일이 중요하다. 부족한 것은 채우고 넘치는 것은 덜어내고 비뚤어진 것은 바로잡았으면 될 일이다. 아내와 아이들의 정성이 일궈낸 자연의 선물이 조용히 나를 타이르고 있다. 생각의 방향을 바꾸면 감사하지 않은 게 없고 행복하지 않을 때가 없다는 걸 말이다.

아내는 자신이 애써 키운 농작물을 거두면서도 겨우살이 먹거리를 어떻게 챙길 건가 궁리하기보다 이걸 누구에게 보내고 누구랑 나눠먹나 따지기에 여념이 없다. 아내가 카스˙에 올린 글이다.

"첫 수확물이다. 9월에 이곳 상곡리로 이사 와서 처음으로 심은 알타리 무…… 이층 아버님 따라서 씨를 뿌렸는데 이렇게 예쁘게 자란 것이다. 민서와 뽑는 내내 누구누구와 나눠 먹을까 기쁨과 설렘이 한가득이다. 첫 번째 이 기쁨을 나눈 분은 퇴근길 민서를 태워다주신 민서 담임샘이시다. 대전, 서울, 일산, 전라도…… 기다리시라!"

아내는 천성이 많든 적든 남에게 나눠주고 퍼주길 잘 한다. 내가 벌어오는 게 신통치 않은데 살림살이가 펴질 리 만무하다. 하지만 늘 아내의 마음만은 풍성하고 넉넉하다. 빈 곳간을 두고도 담대할 수 없는 나 같은 부류는 범접할 수 없는 경지다.

요즘 자유로운 연애(?) 중이시라는 내 얼친˙˙ 수녀님이 얼마 전 이렇게 일갈하셨다. "권력은 소유하면 소멸하지만 나누면 더 커지는 것"이라고.

쥐꼬리만 한 권력이라도 쥐어본 일이 없는 우리 부부지만 수녀님의 바람처럼 "나눔이 소리 없이 세상을 밝히고 더 큰 힘으로 세상을 바꾸게" 되리라 믿는다.

어젯밤 아내가 전국으로 보내려고 일일이 포장하여 한 차 가득 실어온 알타리 무 상자를 맞아들이는 내 마음이 무거우면서도 칠첩반상 앞에 앉은 듯 풍성하고 기름지지 않을 도리가 없다.

---

* 카스: 페이스북facebook과 같은 SNS(Social Network Service)인 '카카오스토리'를 줄여서 부르는 말이다.

** 얼친: SNS인 페이스북facebook에서 친구 관계를 맺은 이를 뜻한다. 'face(얼굴)+친구'

상곡리 통신
도리뱅뱅이

　지난밤 그리 쳐대던 눈보라의 흔적은 감쪽같이 사라지고 간간히 눈발만 날리는 월요일 저녁, 모처럼 한 자리에 모인 아내와 아이들과 함께 금산의 맛으로 유명한 도리뱅뱅이와 어죽을 먹으러 갔다. 금산이란 동네를 제대로 알게 된 것도 올해가 처음이지만 작가 윤대녕이 『어머니의 수저』에서 어머니를 모시고 대전(금산)을 다시 찾게 되는 이유로 손꼽았던 그 도리뱅뱅이도 나는 이제야 처음 먹게 되었다.

　'도리뱅뱅이' 말만 들어도 뱅뱅 돌 것 같은 이름의 이 음식의 정체는 겨울철 빙어가 우리에게 건네주는 또 다른 맛의 선물이다. 얼음처럼 차갑고 투명한 물고기 빙어를 수조에서 갓 꺼내어 산 채로 초장에 찍어 입에 털어 넣을 때 느꼈던 육신의 황홀한 기억을 오롯이 간직하고 있는 내게 도리뱅뱅이의 맛은 낯설고도 새로운 느낌으로 다가왔다. 빙어를 프라이팬에 뱅뱅 돌려 갓 튀겨냈기에 날것의 맛은 사라진 대신 고소하고 바삭한 맛이 살아났다. 무엇이든 잘 소화해 내는 어진달 민서는 물론이고 입이 짧은 어진별 민규도 즐겁게 먹는다. 아무래도 살아 있는 빙어를 통째로 썰어서

목으로 넘기는 일이 아이들에게 어울리는 일은 아니다.

아내는 얼마 전에 집에 찾아온 친구와 함께 와서 이미 먹어보았단다. 마침 그때 아내가 갔던 집이 문을 닫았기에 그 뒷집으로 갔는데 예전 그 집보다 맛이 낫단다. 다행이었다. 아이들도 좋아하고 운전도 해야 하기에 도리뱅뱅이를 따로 포장해서 집으로 가져와 막걸리랑 궁합을 맞춰 보았다. 막걸리의 맛이 빙어의 비린 맛을 잡기도 하고 겉돌기도 했다. 포장해 온 것이라 시간이 지난 탓이라 여겨졌다. 숙성의 여유가 필요한 음식이 아니라면 어느 음식이든 원재료의 식감과 요리한 자의 손맛이 살아있는 유효기간이란 게 그리 길 수가 없는 법이다. 물론 예외가 있기는 하다. 그 자리의 분위기와 사람의 구성이 새로운 맛을 만들어낸다. 내게는 가족이란 이름의 새로운 유효기간이 있었다.

당장에 이 기쁨을 함께 나눌 벗들이 옆에 없어 아쉽기도 했지만 도리뱅뱅이는 늦은 밤 아이들에겐 즐거운 야식이 되었고 아내와 내겐 감미로운 만찬으로 다가왔다. 반쯤 농담 삼아 아내에게 말했다. "나 내려올 때마다 도리뱅뱅이 해주면 좋겠다." 아내를 부려먹는 거냐고 비난할 이들이 많겠지만 그래도 다음에는 아내의 손맛으로 정성껏 차려진 도리뱅뱅이를 조심스레 꿈꾸어 본다.

꿈을 놓지 않는 한 언젠가는 그 꿈이 실현될 수 있다.

그렇다면 언젠가 아내가 해준 이 지극히 평범한 말이 나에게는 그윽한 도리뱅뱅이의 맛처럼 황송하고 거룩하지 않을 수 없게 되었다.

상곡리 통신

작은 음악회

엊그제 어진달 민서가 다니는 상곡초등학교에서 '사랑과 행복이 샘솟는 작은 음악회'가 열렸다. 안타깝게도 나는 그 시간에 그곳에 갈 수 있는 처지가 못 되어 아내가 보내준 사진 몇 장으로 허전한 마음을 달래야 했다.

어진달 민서는 1,2학년 아이들과 합동으로 오카리나 연주를 했다. 이곳 음악회는 잘하는 아이들을 뽑아서 하는 게 아니다. 따라서 잘하고 못하고가 중요하지 않다. 누구나 저마다 갖고 있는 만큼의 실력을 사람들 앞에서 뽐내면 될 뿐이다. 누구는 사람들 앞에 서고 누구는 구경꾼이 되는 양극화가 없어서 참 좋다. 이 모든 게 산골의 작은 학교이기에 가능한 일이다.

상곡초등학교에는 전교생이 참여하는 오케스트라단도 있다. 저마다 자신의 악기를 선정해서 실력을 연마해야 한다. 민서는 바이올린을 하기로 했다. 민서가 바이올린은 처음이고 악기를 준비하는 비용 부담도 만만치 않아 빌려서 쓰기로 했는데 마침 담당 선생님께서 주선을 하여 중고 바이올린을 구입했다. 겨울방학 때 집중적으로 실력을 연마한단다. 긴 겨우

내 민서가 연주하는 바이올린 소리가 어떻게 성장 진화하게 될지 벌써부터 궁금해진다.

'민서가 피아노 배울 때 보였던 재능이 이번에도 또 나타나면 어떻게 하지?'

아이의 예술적 재능을 경제적으로 후원할 일이 두려운 아빠의 김칫국 소망이 상곡리의 겨울 밤하늘에 반짝이는 별빛마냥 오래도록 수줍게 빛나고 있다.

상곡리 통신

대설大雪

1.

오늘 또 눈이 내리고 있다. 금산에는 엊그제보다도 더 많이 내린단다. 여기도 그렇다. 아무래도 우리나라 이름을 대한설국雪國으로 바꿔야 할 것 같다.

엊그제 내린 폭설 때 아내가 보내온 쪽지 글이다. 고갯길이 끊겨 집에 가보지 못하는 서운함을 이렇게라도 달래야겠다.

폭설이다.

한 시간 만에 세상이 하얗게 변했다. 산 고개를 덮은 눈 때문에 버스도 끊겼다. 민서 뒤로 걸어가시는 어르신은 끊긴 버스에서 내려 고개를 넘어오시는 중이시다. 그 와중에도 민서는 눈사람 만드느라 여념이 없다.

이 글을 쓰는 이 시간엔 걷는 것조차 힘들게 통제 불능 상태다. 덕분에 민규는 고개 너머 2학년 형 집에서 자기로 했다.

산골이 실감난다.

이것이 산골이다.

아직도 눈은 펑펑펑 내리고 있다.

2.

서대산 자락 상곡리에 밤새도록 큰 눈이 내렸다.

아침이 되어도 어른들은 눈 속에 신선처럼 들어앉아 나올 줄 모르고 가르릉가르릉 늙은 숨만 고르고 있겠다.

한낮이 되어도 눈은 내리고 쌓이는데 인적 끊긴 학교 운동장에서 마음껏 뒹굴며 노는 너구리 삼 형제의 가슴에는 서대산보다 커다란 눈사람 하나 자라고 있겠다.

눈은 자꾸만 나려 쌓이고 까르르르 너구리 까부는 소리에 서대산 골짜기 산짐승들의 어깨가 들썩거리고 상곡리 아이들의 가슴도 출렁거리겠다.

산토끼, 고라니, 꽃사슴, 족제비도 나오고…… 어진달, 소영이, 동균이, 철홍이도 나오고…….

상곡리 눈 맑은 아이들과 사람이 그리운 짐승들이 둘러 앉아 서대산보다도 커다랗고 착한 눈사람을 만든다.

해거름이 되어도 눈은 나리고 나려 푹푹 쌓이는데 머어언 산골짜기에 쩌엉 나뭇가지 내려앉고 상곡리의 하얀 겨울밤은 아득하니 깊어만 가겠다.

상곡리 통신
화이트 크리스마스

성탄절 아침 하염없이 눈이 내려 쌓이고 있다. 얼마만의 화이트 크리스마스인가? 세상은 온통 성탄의 축복인 듯 흰빛으로 숙연하게 물들어간다.

세상의 가장 낮은 곳까지 내려가는 저 눈발을 보아라. 무엇이 애타게 그리워 흰 눈은 저리도 내리는가. 가난한 이에게 희망의 빛이요, 슬퍼하는 이에겐 따뜻한 위안이며, 주저앉은 이를 일으켜 세우고, 도려낸 상처에서 새살이 돋게 하는 힘, 그 넉넉한 그리움의 힘을 일러 우리는 사랑이라 부르지 않는가.

예수가 세상에 온 날 그가 사람 세상에 내려온 깊은 뜻을 헤아려본다. 예수는 어디에 있는가. 베들레헴 마구간 구유 속에 있는가. 아기 예수의 탄생을 축복하는 동방박사의 기도 속에 있는가. 교회당 지붕 뾰족한 십자가 위에 있는가. 흥겨운 크리스마스 캐롤송 노랫가락 아니면 휘황한 성탄목 점멸하는 전등 불빛 사이에 있는가. 그 어디에 있는가.

아기 예수가 사람 세상에 온 날, 세상의 낮은 곳 30미터 고공 송전탑 위에서 내려오지 못하는 비정규직 노동자들의 아픔을 돌아본다. 중음신中

陰身으로 구천을 떠도는 넋들의 피맺힌 절규를 듣는다. 천장에 목을 매달고 허공에 몸을 내던져야 하는 그들의 절망 위에 마음이 오래도록 머물지 않을 수 없다.

가난한 이들, 고통 받는 이들의 무리 속에서 그들과 아픔을 함께 나누며 그들의 지친 어깨를 걸어 다시 일으켜 세우는 힘, 눈발처럼 청정하고 견결한 그리움, 청년 예수의 얼굴을 본다. 등에 짊어진 고통의 십자가를 내려 사랑인 듯 가슴에 품고 가는 인간 예수의 아름다운 얼굴을 본다.

상곡리 통신

청출어람靑出於藍

『순자荀子』의 「권학勸學」 편에 나오는 말이다.

學不可以已(학불가이이)	배움을 그쳐서는 안 된다
靑取之於藍(청취지어람)	푸른색은 쪽 풀에서 얻었지만
而靑於藍(이청어람)	쪽빛보다 더 푸르고
氷水爲之(빙수위지)	얼음은 물이 이루었지만
而寒於水(이한어수)	물보다도 더 차다

청출어람靑出於藍, 스승보다 더 나은 제자를 길러내는 일이 얼마나 힘들면서도 뜻깊고 소중한 일인지 일깨우는 말이다. 부모의 마음 또한 이러하리라. 내가 기르고 가르친 아이가 자라서 나보다 더 크고 훌륭하게 되는 일보다 큰 기쁨과 축복이 어디 있겠는가.

'청출어람靑出於藍'은 내가 아이들을 가르치고 또한 그들로부터 배우면서 먹고 살아가는 일터이자 마음과 몸을 닦는 도량의 이름이기도 하다.

내가 아이들을 가르치는 일에 나선 지 20여 년이 다 되어간다. 참 긴 세월이다. 그곳에서 만나고 인연을 맺은 제자가 벌써 몇 명인가. 재주가 신통치 않고 부덕한지라 모두를 기억할 수도 없고 인연이 그리 이어질 수도 없는 일이지만 그래도 그중에 특별한 인연을 이어온 제자들이 여남은 명은 되니 다행이라면 다행이고 그들에게 고맙다면 고마운 일이 아닐 수 없다.

오늘은 40대의 내 마지막 생일이기도 하다. 멀리서 제자가 케이크를 들고 찾아온단다. 그것도 바다 건너 멀리 일본에서 말이다. 중학교 때 만나서 여태껏 인연을 이어온 여제자이다. 일본 메이지대학 상과를 졸업하고 그곳에 취업을 해서 살고 있다. 이제는 20대 젊은이로 훌쩍 커버렸지만 내가 그 아이의 집안일이며 살아온 과정의 눈물겨운 속내를 가늠하기에 더 애틋하고 대견하고 마음이 가지 않을 수 없다.

오늘은 또 멀리 서천에서 내가 마음을 주고받는 오랜 지기 송 아무개 약사도 찾아와 함께 자리를 하기로 했다. 이 또한 즐겁고 행복한 일이 아닐 수 없다.

오늘 하루 '청출어람'은 문을 닫고 쉰다. 멀리서 찾아오는 반갑고 그리운 손님들을 맞이할 준비를 하기 위해서다. 그렇다고 배움이 그쳐질 리가 없다. 아내와 어진별이, 달이도 금산에서 올라온다. 아내와 농수산물 시장에 들러 장을 보기로 했다. 얼마 전에 내가 친애하는 한 아무개 형님이 형수님과 정성으로 차려내신 정결하고 융숭한 밥상은 아닐지라도 박주산채로나마 내 40대를 보내는 마지막 생일상이자 오랜 지기와 제자를 위한 조촐한 밥상을 마련해야겠다.

또 다른 만남의 자리에서 이어질 배움의 인연을 생각하니 벌써부터 마음이 절로 설레고 행복해진다.

상곡리 통신

설날의 풍경

설날 아침 충남 태안군 소원면 의항리에 있는 큰형님 댁에서 차례를 지내고 소원면에 있는 큰댁에 세배를 드리러 갔다. 큰아버지는 올해 연세가 아흔 둘이시다. 보청기를 끼고 대화를 하시는 걸 빼고는 아직도 정정하시다. 얼마 전부터 큰댁은 서울에 사는 사촌 큰형님이 내려와 큰아버지 내외분을 모시고 역귀성하여 명절을 쇠고는 했다. 그런데 이번 설에는 어쩐 일인지 그냥 댁에 계시는지라 성묘를 마치고는 세배를 드리러 가게 되었다.

큰아버지와 어머니께서 반가이 맞으며 일일이 잡아주시는 손길이 군불을 땐 아랫목처럼 따스하고 은혜로웠다. 온화하게 웃으시며 이것저것 챙겨 내주시는 모습은 보살처럼 너그럽고 인자하시다. 돌아가신 우리 아버지 어머니가 두 분 자리에 돌아와 계신 듯 편하고 아늑하다. 두 분께서는 당신의 며느리들이 셋이나 되지만 조카며느리인 울 아내마저 사랑하시어 볼 때마다 칭찬하시고 격려를 아끼지 않으신다.

큰아버지께서는 잿빛의 개량 한복을 입은 내 모습이 얼핏 산사에 거하는 수도승의 모습을 닮아 우스우셨던지 나보고 어느 절 주지냐며 짐짓 우스개 농담까지 건네신다. 돌아가신 우리 아버지가 7남매의 둘째시니 생전에 아버지에겐 하나뿐인 형님이셨으리라. 언젠가는 두 형제분이 저 세상에서 반가이 해후하시겠지만 그것을 서둘러야 할 이유가 어디 있겠는가. 100세를 넘어서까지 세배를 드리러 다니는 우리네 모습을 즐거이 꿈꾸어본다.

돌아오는 길에 지난해 가을 추석을 즈음하여 찾았던 만리포 해수욕장을 다시 찾았다. 그때 어진달 민서는 소혹성 B612에서 온 어린 왕자마냥 나무 계단에 앉아 푸른 바다를 보며 상념에 잠겼더랬다. 오늘은 백사장에 내려가 바람을 맞으며 홀로 거닐어본다. 그때 짙푸른 옥빛으로 출렁이던 바다는 오늘 잔뜩 찌푸린 하늘 아래 우울한 빛깔로 흔들리고 있다. 바다도 그렇지만 우리네 삶도 늘 한결같을 리가 없다.

큰형님은 얼마 전까지도 이것저것 벌인 일들이 뜻대로 되지 않아 힘겨워했지만 이제는 모든 게 순조롭게 풀리는지라 한결 여유롭고 행복하다. 참 다행이다. 형님이 내주신 40㎏ 쌀 포대 자루를 차에 얹는데 뒷산 골짜기 어딘가에서 한줄기 바람이 불어온다. 집 뒤 아버지 어머니를 합장해 모신 무덤가에서 아버지 어머니가 환하게 웃으며 내려다보고 계셨다.

상곡리 통신
젊은 날의 초상 1

— 시간 여행

여행은 우리 삶과 어떤 관계가 있을까? 여러 가지 의미가 있겠지만 어찌 보면 우리네 삶 자체가 여행이 아닐지? 알 수 없는 어딘가로부터 와서 알지 못할 어딘가로 흘러간다는 점에서 우리의 삶은 예정 없는 여행 같은 것이다. 우리는 모두 우주의 시공간을 정처 없이 여행하는 중이다.

젊은 시절의 내 모습을 돌아보는 것은 단순히 내 지나온 궤적을 더듬어 보는 이상의 의미가 있다. 정지된 시간으로서 사진 속에 붙박여 있는 내 모습을 보는 일은 돌아갈 수 없는 시간의 막막함을 떠올리게 하는 동시에 현재라는 시간이 얼마나 소중한지 다시금 마음에 새기게 한다.

내 지난 청춘의 시간은 거칠고 아팠으나 아름다웠다. 지금 이 순간이 아무리 힘들고 아플지라도 아름답게 빛나고 있는 것처럼 말이다. 시간의 여행은 아름다운 것이다. 가난과 질병과 전쟁으로 신음하는 우리의 일상일지라도 우주에서 바라본 지구란 별은 얼마나 푸르고 아름다운가.

95년 봄 전라도 부안에 있는 능가산 개암사 오르는 길목에서 찍은 사진이다. 아내가 벽걸이 게시판에 붙여둔 것을 발견했다. 묘했다. 그해 가을 나는 도봉산에서 아내를 만난다. 그해 봄은 아내를 만나기 전이고 나는 감당할 수 없는 외로움으로 지인과 변산을 여행 중이었다. 아직 꽃이 피기 전인 배롱나무 아래서 나는 시간의 그늘에 붙박여 있다.

다가올 어떠한 일도 우리는 정확히 알지 못한다. 다만 분명한 것 중의 하나는 '지금'이란 시간은 사라지지 않는다는 것이다. 개인이나 집단의 기억 속에 살아 있지 않는다 하여 그렇지 않다고 생각할 일이 아니다. 뇌의 주름이 생각의 결이 되듯이 우주의 시공간에 접혀진 수많은 주름은 우리가 살아온 흔적이며 살아가야 할 길이다.

상곡리 밤 하늘에 무수히 빛나는 별들은 우리가 우주란 시공간을 여행하며 지구란 별에 잠시 머무는 방문자일 뿐이라는 것을 조용히 일깨워 준다.

상곡리 통신
젊은 날의 초상 2

- 밀월 여행

내게도 몸속을 흐르던 피조차 푸르던 청춘의 시절이 있었다.

95년 가을 아내와 도봉산에서 처음으로 만난 지 수개월이 흐르고 이듬해 봄의 문턱에서 우리는 양가 부모님의 허락을 받아 드디어 둘만의 여행을 처음으로 떠났다. 그것도 기차를 타고 1박 2일로……

강원도 정선 아우라지를 거쳐 태백까지 돌아오는 일정이었는데 정선에 가려면 청량리에서 기차를 타고 증산이라는 곳까지 가서 기차를 갈아타야 했다. 우리는 청량리에서 밤 기차를 탄 관계로 증산에 내려 하룻밤을 묵어가야 했다. 아내와 나는 스스럼없었고 여관방은 작지만 깨끗하고 따뜻했다.

다음날 아침 일찍 기차를 타고 정선 아우라지로 갔다. 간밤의 어둠은 걷히고 사위는 밝은 햇살로 눈부셨다. 여량 역에 내려 이정표 앞에서 정선의 높고 아득한 봉우리를 뒤로하고 사진을 찍었다. 그때 아내가 찍어 준

사진을 스캔했더니 사진의 테두리에 생긴 세월의 구겨진 자국까지 그대로 따라왔다. 미욱하였기에 지우고 싶은들 어찌할 수 없는 내 젊은 날의 모습이 고스란히 그 안에 다 담겨 있었다.

지금은 더 이상 기차가 다니지 않지만 그때는 증산에서 정선을 지나 구절리까지 이어지는 정선선 철길 위로 협궤 열차가 달렸다. 우리는 열차의 맨 꽁무니에 나란히 서서 자꾸만 뒤로 멀어져가는 정선의 산하를 바라보며 둘이 함께 가야 할 앞날을 그려보았다. 그러노라면 정말로 아득한 현기증이 일며 시간은 흐르기를 멈추고 세상은 고요하니 오직 둘만이 함께 있는 듯했다. 꿈결 같았다.

그해 96년 가을 단풍이 유난히도 곱고도 붉게 피어나던 날, 우리는 도봉산에서 처음으로 만난 지 정확히 365일 만에 결혼을 했다. 가을, 겨울, 봄, 여름의 사계절을 온전히 거치고 나서야 우리는 하나가 되었다. 누구도 알지 못할 그 무언가가 우리를 그리로 이끌었다.

누구에게나 그리도 푸르고 빛나던 젊은 시절이 있었으리라. 누구나 언제고 이렇게 그때의 기억이 속절없이 꾸물거리며 살아오는 날이 있으리라. 주저할 것이 없다. '지금 이 순간'의 가치를 온전히 누리기 위해서라도 '그때 그 시절'로 거슬러 올라가는 시간 여행은 충분한 값어치가 있는 것이 아닌가. 모든 것이 더 늦기 전에 말이다.

상곡리 통신

수선화

1.

지난주 화요일에 열 일 제치고 노구老龜 형을 따라 충남 서천의 봉서사에 들어앉은 소보笑步 형님을 만나러 다녀왔다. 겸사겸사 비인면에 사는 송형宋兄이랑 부천의 이형李兄까지 불러 모으니 술상에 앉을 자리가 비좁다.

아침에 봉서사가 들어앉은 건지산 정상에 오르니 수선화가 한 떨기 피었다. 올해 처음 만나는 꽃 보살이다. 부끄러워 고개를 숙인 걸까 힘겨워 고개를 떨군 것일까. 아니다. 온 세상을 끌어안으려고 몸을 낮추는 중인 게다.

2.

작년 이맘때 서천에 있는 봉서사에 소보 형님을 만나러 가서 보았던 꽃 보살 수선화가 금산 집 마당 한쪽 켠에 수줍게 피어 있는 걸 보았다. 오랜 지기를 만난 듯 반갑고 고마웠다. 한 해가 한 바퀴 돌아 제자리로 돌아온 것이다. 꽃 보살 저도 그렇겠지만 나도 한 해를 잘 건너왔으니 반갑고 고 맙지 않을 수 없다.

돌아보니 그동안 참 많은 일이 있었다. 느닷없이 아내와 아이들이 금 산으로 이사를 하고 나는 세종으로 이사를 하고 어진별 민규는 사춘기라 는 긴 터널을 지나고 있고 아내가 운전면허를 따고 어진달 민서는 반장 이 되고 아내는 학부모회 회장이란 무거운 감투를 쓰고 아내와 내가 다 시 공부를 시작하고⋯⋯,

작년 이맘때 내가 이렇게 금산 집에서 수선화를 보게 될 거라고 어찌 생각이나 했겠는가. 세월이 무상하기도 하지만 어찌 보면 이게 다 이렇 게 살아 있으니 가능한 일이다. 그리고 보면 세상에 고맙지 않은 일이 없 다. 봄날 쓸쓸히 꽃잎 진다하여 마냥 슬퍼할 일이 아니다. 살아 있으니 아 프고 쓸쓸할 수도 있는 게다. 살아 있으니 화도 내고 투정도 부릴 수 있고 이런 글도 쓸 수 있는 법이다. 이 눈부신 봄날에 이렇게 살아 있으니⋯⋯.

상곡리 통신
봄눈

금산 상곡리에 이른 아침부터 때 아닌 함박눈이 내렸습니다. 오늘이 벼르고 벼르던 산벚꽃 축제날인데 지랄 같은 날씨가 훼방을 놓네요.

4월 스무날 곡우절에 내리는 눈은 8월의 크리스마스처럼 생뚱맞으면서도 속절없이 처연하고 애잔합니다. 하이야니 흩날리는 것이 벚꽃 잎인지 눈꽃 잎인지 내가 한겨울의 꿈을 꾸고 있는지 겨울이 봄날 세상의 꿈 속에 들어앉았는지도 모르게 거짓말처럼 봄날의 천지 사방은 순백의 적막입니다.

이렇게 또 하나의 봄이 천천히 지나갑니다.

상곡리 통신
달려라! 어진별!!

어제는 우리 집 큰아들 어진별 민규가 다니는 제원중학교에 조촐한 체육대회가 열렸다. 흔히 생각하듯이 만국기 휘날리며 온 가족이 소풍 나와 어우러지는 그런 초등학교 운동회가 아니라 학생들끼리만 하는 행사다 보니 그런가 보다 하고 지나가려 했다. 그런데 엊그제 벚꽃 구경 차 금산집에 내려오신 장모님께서 한사코 사랑스러운 손주 놈이 운동장을 뛰어다니는 모습을 보고 싶다고 하셨나 보다. 아내가 서툰 운전 솜씨로 옆자리에 장모님을 모시고 산 너머 제원중학교까지 납시었다(참고로 아내가 지난겨울에 운전면허를 딴 뒤로 혼자서 차를 몬 것은 이번이 처음이다).

그러고 보니 코흘리개만 같던 민규가 어느새 코밑털이 가뭇한 15살 청소년이 되었다. 얼마 전에는 코 밑 수염이 자신의 콤플렉스라며 불쑥 면도기를 쓰겠다고 고집하여 깎을수록 더 짙어지는 법이니 좀 더 두고 보자고 타이르느라 애먹은 적이 있었다. 그것 말고도 요즘 민규가 제 엄마 속을 부글부글 끓게 하는 게 어디 한두 가지인가. 무엇이든 제 고집을 내세우지 순순하게 따르는 법이 없다. 15살 민규는 지금 사춘기란 긴 터널을 지나고 있는 중이다. 아마도 지금쯤 그 터널의 거의 끄트머리에 와 있기를 소망해보지만 그거야 아무도 모르는 일이다. 시간의 엄정함만이 모든 것을 스스로 있어 마땅할 제 몫의 자리로 돌아가게 하리라.

아내와 장모님이 학교에 도착했을 때 마침 전 학년이 참가하는 계주가 벌어지고 있었다. 민규가 앞선 상대편을 추월하여 달려들어 오는 모습을 아내가 용케도 동영상으로 찍어 보내왔다. 아내의 응원 소리가 격하다. 민규야! 화이팅!! 뛰어! 빨리 뛰어!! 민규야!! 숨을 헐떡이며 들어오는 민규에게서 아프리카 초원을 달리는 야생 치타 수컷의 냄새가 난다. "엄마 왜 왔어요~?!" 달리며 내뱉는 민규의 외침이 생뚱맞다. 언제는 지가 오래놓고서? 하긴 그도 그럴 것이 학부모라고는 달랑 아내와 장모님뿐이었으니 말이다. 오죽 민망했으리.

여하튼 민규가 전세를 역전하는 바람에 결국 계주 경기는 민규 편이 이기게 되었단다. 멀리까지 손주가 달리는 모습을 보러온 장모님께 귀한 선물을 안겨드렸으니 참 다행한 일이 아닐 수 없다. 민규 덕택에 나중에라도 장인어른 뵈올 내 면목이 섰다.

고맙고 대견하구나!
민규야!! 언제고 아빠는 너를 응원한다!!
잘했다!! 치타!!!

상곡리 통신
행복

어제 오랜만에 금산 집에 내려와 아내와 어진달 민서를 데리고 외출을 했다. 늘 밤에 와서 아침에 나가곤 했는데 어제는 날을 만났다. 어진별 민규는 아쉽게도 학교에 있는지라 함께할 수 없었지만 우리끼리라도 즐겁게 시간을 보내자고 단호하게 마음을 먹은 것이다.

금산 읍내에 나가 메밀국수도 먹고 배도 꺼트릴 겸 칠백의총 옆에 있는 금성산 '술래길'도 느릿느릿 걸어보았다. 민서는 매번 엄마하고만 이런저런 시간을 보내다가 아빠가 함께하니 괜스레 신이 난 모양이다. 연신 이 것저것 물어보고 자기 생각을 떠들어대는데 꼭 제비 새끼가 오물거리며 지저귀는 것 같았다.

"아빠는 엄마를 언제 만났어요?"

"어디서 만났어요?"

"아빠는 어릴 적 꿈이 뭐였어요?"

(……)

"아빠는 군대 3년 다녀왔어요?"

"아니."

"그럼 2년이에요?"

"응……."

앗, 아빠의 민감한 부분까지 건드리고, 민서의 질문이 끝이 없다.

"아빠, 저는 외교관이 되고 싶어요."

"그래? 민서야 너 원래 꿈이 디자이너였잖아?"

"글쎄 확실히 모르겠지만 외교관도 좋아 보여서요."

"외교관이 되면 세계 여러 나라를 다닐 수 있어서 좋은 것 같아요…….
아빠랑 엄마랑 오빠랑 함께 외국에 나가서 살 수 있잖아요. 아빠 엄
마한테 돈 많이 벌어서 용돈도 많이 드릴 거예요. 결혼해서도 그럴
거예요."

"아빠가 보기에 민서는 훌륭한 외교관이 될 수 있는 장점이 많은 것
같아. 얼굴이 한국적으로 아름답게 생겼고 마음이 친절하여 사람들
과 잘 지내고 영어도 잘하잖아. 발음도 좋구…… 어쩌구저쩌구…….."

민서가 쉴 새 없이 묻고 말하는 건 무언가 허전한 것을 채우려는 뜻이
기도 하고 그동안 채워진 것들을 드러내고 싶은 마음이기도 할 것이다.
올 초만 해도 응석쟁이, 땡강쟁이 민서였는데 이젠 말 한 마디 행동 하나
가 너무도 이쁘기만 하니 우리 민서가 달라져도 많이 달라졌다. 아이들이

자라는 게 참 무섭다.

요즘 들어 몸도 마음도 부쩍 자란 듯한 우리 딸 민서가 나는 여간 사랑스러운 게 아니다. 오빠 어진별 민규는 중2 열다섯, 폭풍우를 헤치고 긴 터널 속을 지나가는 중이다. 오빠의 느슨한 자리를 의젓하니 메우고 있는 열 살 민서가 참으로 기특하지 않을 수 없다. 특별히 가르치고 돌본 것도 없는데 혼자서 여물어가고 있으니 말이다.

학교에서도 반장이 되어 선생님들 칭찬과 사랑을 듬뿍 받고 동네 어른이나 학부모들에게도 늘 칭찬만 받으니 스스로도 기분이 좋고 행복한 모양이다. 밤마다 긁어대게 만들고 '잠시도 놔두지 않고 공격해대는'(민서가 일기장에 쓴 표현이다) 아토피만 아니라면 민서는 이곳 생활이 너무도 꿈같은 나날일 것이다. 그러기에 밤마다 민서의 몸을 어루만져 주느라 제대로 잠을 이루지 못하는 아내가 더욱 황송하고 거룩하지 않을 수 없다.

금성산 술래길은 야트막한 야산의 능선을 따라 길을 낸 산책로이다. 산은 높지 않으나 길이가 7km나 되니 만만하게 볼 길이 아니다. 키만 높고 싱거운 것보다는 얕고 작지만 야무지고 단단한 게 제 값을 할 때도 있는 법이다. 산딸기도 따 먹고 사진도 찍으며 천천히 걷다 보니 해가 뉘엿뉘엿 넘어가기에 도중에 돌아와야 했다.

가다 보니 군데군데 소나무 숲길에 시를 써넣은 액자가 걸려 있었다. 시의 향기를 맡으며 걷는 산책로라…… 그럴 듯하다. 마음에 들어와 앉는 시가 두어 편 있었다. "저녁 때 돌아 갈 집이 있"고 "힘들 때 마음속으로 생각할 수 있는 사람이 있"어 행복하다는 나태주 시인의 소소한 '행복'이 냉큼 마음에 들어와 앉았다. 내 마음이다. 詩봄

상곡리 통신

8월의 소낙비

지난밤 금산 집에 내려와 아무도 없는 빈 집을 홀로 지키고 있다. 오전 내내 장마 통에 밀린 한 보따리 빨래를 해 널었다. 선풍기를 틀고 앉아 책장을 넘기노라니 마당가 느티나무의 매미들이 장단을 맞추어 울어댄다.

점심때가 지나자 사위가 컴컴해지더니 소낙비가 한바탕 쏟아붓고 지나간다. 소낙비치곤 제법 굵은 장대비다. 부리나케 널어놓은 빨래를 걷어들였다. 목을 놓아 울어대던 매미 소리도 잠잠하고 먼 산에 운무가 가득하다.

한 식경이 지나자 언제 그랬냐는 듯 하늘이 쾌청하다. 매미 소리가 또 하늘을 찌른다. 다시 빨래를 내다 널었다. 바람이 시원하다.

이러기를 두세 차례 여름날 한낮이 이렇게 천천히 흘러가고 있다. 소낙비도, 운무雲霧도, 8월의 햇살도, 바람도, 빨래를 걷었다 널었다 부산한 나도 모두 대자연의 품에서 하나다.

꿈결인 듯 아득하다.

상곡리 통신
말복

오늘은 말복末伏이었다. 입추立秋는 지났는데도 무더위가 마지막 기승을 부리느라 온 산하가 달궈질 대로 달궈진 몸을 뒤척이며 헉헉거리는 통에 내 몸과 마음도 편치 않았다. 마당에 내다 넌 빨래가 금세 마르다 못해 이내 뜨거워진다.

금산 집은 그래도 산자락에 묻힌 오지에 들어서 있어 바깥보다는 형편이 나은 편이다. 물이나 그늘이 넉넉하지는 않아도 기온이 2~3도는 낮다고 한다. 뜨거운 한낮의 바람 사이로 산그늘이 내려오면서 가을바람인 듯 서늘한 바람이 이따금 지나가는 걸 느낀다. 멀지 않은 곳에 가을 손님이 기다리고 있다.

누가 그랬던가. 나는 매주마다 휴가를 떠난다고. 속을 다 모르고 하는 말이겠지만 반은 맞는 말이다. 남들은 이곳에 일부러 놀러오기 위해 큰 맘을 먹을 테니 말이다. 다만 여행객이 느끼는 그 기분을 다 느낀다면 여기가 어찌 내 집일 수 있겠는가.

어진별 민규, 어진달 민서는 여름방학을 맞아 모두 고모네로, 이모네로 떠나고 집안엔 아이들이 없어 고요하다. 마지막으로 본 지가 벌써 보름이 넘어가는 막내딸 민서의 얼굴이 자꾸 어른거린다. 전화 통화로 엄마 아빠가 보고 싶다며 울먹이던 그 마음이 애잔하고 기특하다.

방학은 아이들이 새로운 것을 체험하고 깨닫는 열린 공부의 시간이다. 공부가 어찌 책이며 교실에서만 이뤄지는 일이겠는가. 방학이 끝나고 친구들이 모이면 그 안에 몸과 마음이 사뭇 커버린 아이가 있기 마련이다. 세상에 나가서 하는 공부가 그를 옹골지게 키우고 단련시킨 까닭이다.

말복을 기념하여 아내와 옥천에 있는 벚꽃식당으로 보양식을 먹으러 갔다. 아이들이 없는 틈을 타서 우리끼리 가고자 한 마음은 아니었지만 단둘이 나서고 나니 오래전에 했던 데이트 기분이 난다며 아내가 좋아했다.

금산에서 옥천으로 넘어가는 새 길은 아직 개통 전이라 옛길을 따라간다. 작은 개천을 건너고 큰 하천을 따라 군데군데 마을을 끼고 구불구불 길이 이어진다. 번듯한 새 길은 이런 인간적인 정취와 멋을 기대할 수 없다. 시간과 편리함을 벌었지만 이것을 잃고서야 그것이 어떻게 불가피한 일이라 말할 수 있겠는가. 4대강 사업이 그렇고 제주 강정이 그렇고 각종 개발 사업들이 다 그렇다. 다 잃고 나서야 정신을 차린들 무슨 소용이겠는가.

지인이 추천한 맛집 치고는 벚꽃식당의 보양식은 별로였다. 물론 먹을 만은 하였으나 고기가 질겨서 국물의 깊은 맛을 버렸다. 다 그런 법이다. 내 입으로 들어오기 전에 어떻게 남의 입만 믿고 내가 먹은 듯 감동할 수 있겠는가. 하지만 아내와 둘이 먹는 보양식이니 그만하여도 기쁘고 맛있지 않을 수 없다.

내친 김에 돌아오는 길에 추부에 있는 하늘정원을 들리려 했으나 과한 듯하여 그냥 집으로 왔다. 내일 저녁에 어머니 기고라 시골에 내려가야 하기 때문이다.

집에 도착했는데 차에서 내린 아내가 외치는 것이 아닌가. "와! 별들이다. 별들이 엄청 많이 떴어." 정말 밤하늘에 무수한 별들이 보석처럼 반짝거리고 있었다. 황홀했다.

내일은 칠월 칠석 견우와 직녀가 일 년에 한 번 만나는 날이다. 저 별들 어딘가에 내일의 만남을 기대하며 가슴이 한껏 부풀어 있을 견우와 직녀의 별이 반짝거리고 있을 것이다. 오작교를 놓을 까치와 까마귀들은 벌써 만반의 준비가 끝났을 테고 이제 시간만 흐르면 된다. 그렇게 상곡리의 말복 날 여름밤이 천천히 지나가고 있다.

멀리서 별똥별 하나가 산머리 위로 떨어진다.

상곡리 통신
아토피 치유 축제

안내가 늦었다. 작년에 이어 올해로 두 번째 열리는 농촌체험 아토피 치유 축제가 금산군 군북면 상곡초등학교 일대에서 벌어지고 있다. 마을 주민들과 상곡초등학교, 금산군이 마음과 뜻을 모아 만들어낸 귀한 자리다. 어제부터 오늘까지 이틀간 열리고 있는데 나는 오늘 아침 대전에서 세종 집에 와 있던 어진달 민서를 데리고 내려와 참석하고 있다.

가족들이 함께 즐길 수 있는 다양한 체험 프로그램이 마련되어 있어 푸짐한 시골 밥상을 마주한 기분이다. 경운기를 타고 마을을 돌아보고, 다슬기를 잡아보고, 마을 뒷산 치유의 숲을 걸어볼 수 있다. 아토피 관련 상담이나 진료도 받을 수 있다.

어진달 민서는 풀줄기로 여치 집을 만들어보고, 수수깡으로 우스꽝스러운 안경을 만들어 껴보고, 황토 염색 체험으로 황토 손수건을 만들어보았다. 방학 동안 만나지 못했던 친구들을 만나니 더 즐겁고 기쁜 듯하다.

아내는 상곡초 학부모 회장으로 이혈침 체험 봉사를 하느라 분주하다. 남편은 뒷전이다. 하지만 하나 섭섭하지도 않다. 민서랑 여기저기 둘러보고 겪어보고 기웃거리다가 이렇게 시원한 바람이 부는 나무 그늘에 앉아 여유롭게 페이스북에 글을 올릴 시간을 얻었으니 말이다.

전국에 있는 여러 지자체에서 단체로 참석한 인원이 꽤 되었지만 그냥 가족 단위로 찾아온 이들은 많아 보이지 않았다. 모든 행사가 그렇지만 형식과 모양에만 치우치다 보면 실속이 부족해지는 법이다.

올 봄에 처음 겪은 산벚꽃 축제가 기대와 많이 달라 황망했던 기억이 떠오른다. 모두에게 뜻 깊고 즐거운 행사가 되기 위해서는 준비하고 넘어야 할 일이 많다. 해를 거듭할수록 차츰 개선되고 나아지고 깊어지리라.

비가 온다는 소식이 있어 염려했으나 이곳 하늘은 맑고 푸르기만 하다. 게다가 바람마저 시원하게 불어 한낮의 휴식이 달콤하기까지 하다. 운동장 곳곳에서 뛰노는 아이들의 개구진 함성도 나른하니 평화롭다.

아무래도 온갖 상술이 난무하고 번잡한 인파로 하여 어지럽고 피곤하기만 한 여느 축제 현장은 부담스럽다. 이렇게 천혜의 자연 환경 속에서 천천히 즐기고 쉴 수 있는 여유가 있는 축제는 주최 측의 바람과는 다를지도 모르지만 내게는 횡재와 다를 바 없다.

내 욕심만 챙길 수는 없는 일이지만 흥행과 수익보다 여유와 휴식을 모토로 한 축제는 어찌됐든 황송하고 바람직한 일이 아닐 수 없다.

내년 아토피 치유축제를 다시 손꼽아 기약하게 되는 까닭이다.

상곡리 통신
어진별, 링컨학교에 가다

지난 월요일에 어진별 민규를 충북 충주에 있는 '깊은 산속 옹달샘 여름 캠프 링컨학교'에 보내고 왔다. 아침편지로 유명한 고도원 선생이 운영하는 청소년 캠프이다. 15살, 중2, 사춘기라는 끝이 보이지 않는 긴 터널을 지나고 있는 민규를 응원하기 위해 민규 고모가 보내준 귀한 선물이다.

당연히도 민규 고모는 내게 하나뿐인 누나고 아내에겐 시누이지만 언제나 그 이상의 사람이다. 나는 우리 4남매 중 어린 시절부터 가장 오랜 시간을 누나와 함께 보냈다. 아내에겐 누나가 돌아가신 시어머니와 다를 바 없으면서도 언니 동생처럼 다정하고 친밀하다. 아이들에겐 언제나 든든한 후원자이다. 나나 아내나 아이들이나 우리 가족이 누나에게 받은 은혜를 다 헤아리기 어렵다. 민규가 그 고마움을 이해할 때쯤 민규가 지나고 있는 터널도 끝이 보이기 시작할 것이다.

아직은 깜깜한 터널 속이다. 가기 전날까지도 민규는 "놀러가는 것도 아니고 왜 그런 데를 가야 하냐?"며 가기 싫다고 어깃장을 놓았고 미리 읽어가야 할 책 두 권을 마지못해 읽다가는 결국 그마저도 다 읽지 못하고 갔다. 속상했다.

막상 캠프가 열리는 현지에 도착하여 숲 속으로 난 계단을 올라가노라
니 민규의 태도가 달라지기 시작했다. 바짝 긴장한 눈치다. 떨떠름했던 민
규의 표정과 말투도 어느새 바뀌고 있었다.

"아빠, 저 지금 엄청 떨려요……."
"지금 군대라도 가는 거니? 떨긴 왜 떨어……."

정말 그때까지 나는 아무렇지도 않았다. 이렇게라도 집을 떠나봐야 자
신의 모습을 투명하게 들여다 볼 수 있고 집이 왜 소중한지도 느낄 게 분
명하였으므로 잠시 헤어져 있는 건 대수가 아니었다. 새로운 환경에서 새
로운 친구들을 만나면서 민규가 얼마나 많은 걸 느끼고 깨닫게 될지 오직
그것이 기대될 뿐이었다.

물론 아내가 함께 왔다면 민규가 단체복으로 갈아입고 운동장처럼 넓
은 숙소의 낯선 친구들 사이에 서먹하니 앉아 있는 걸 보는 동안 왠지 눈
시울이 뜨거워지고 콧잔등이 시큰해지기는 했을 것이다. 나 또한 민규를
놔두고 돌아서 나올 때 몰래 민규가 앉아 있는 모습을 멀리서나마 다시
한 번 훔쳐보게 되었으니 말이다. 애잔했다.

아이들을 지도하는 선생님 한 분이 숙소의 너른 방에 서먹하니 모여 앉
아 있는 아이들을 격려하며 한마디했다.

"다들 처음 들어왔을 땐 지금 너희들처럼 뻘쭘해 하지만 나중엔 너무

재미있어 한단다. 일정이 다 끝나고 집으로 돌아가야 할 땐 서로들 친해지고 정이 들어서 정말 헤어지기 아쉬워할 거야⋯⋯."

선생의 말이 아이들에겐 어떻게 들렸을지 모르겠으나 내게는 적이 위안과 격려가 되었다. 부디 그렇게 되길⋯⋯. 다행이다.

내일은 민규를 만나러 가는 날이다. 벌써 일주일이 흘렀다. 마지막 날인지라 오늘 낮에 민규한테서 전화가 왔나 보다. 고모하고만 연결이 되었다. 저녁에도 다시 전화가 와서 이번에는 나도 민규와 통화를 했다. 깜짝 놀랄 만한 얘기가 있었다. 메가톤급 '스포성' 내용인지라 오늘은 여기에다 밝힐 수 없음을 이해해주시라.

내일이 어서 밝아 한시라도 빨리 민규를 만나게 되었으면 좋겠다. 어진별 민규의 '변신' 프로젝트가 어떻게 진행되었을지 마냥 궁금하고 궁금해 미치겠다.

"아~ 나 지금 엄청 떨린다⋯⋯."

---

* '변신' 프로젝트의 전말은 이렇다. 그때 어진별 민규는 그곳에서 '나의 꿈'을 주제로 쓴 글이 뽑혀서 200여 명의 친구를 대표해 고도원 선생의 특강 시간에 이를 발표하는 영광을 누렸다. 그 때 민규가 어떤 내용을 발표했는지는 정확하게 알 수 없으나 보통의 아이들이 썼던 내용과는 좀 달랐다는 것만 전해 들었다. 민규는 지금도 그때의 '빛나던 영광'을 기억하고 있을까? 선생이 지켜보는 가운데 200여 명의 친구들 앞에서 했던 자신과의 약속을 잊지 않고 있을까? 아직도 민규의 '변신' 프로젝트는 진행 중이다.

상곡리 통신
금 캐는 고구마 밭

어제 종일토록 아내와 건너편 산기슭 산경山耕 너른 고구마 밭에서 황금을 캤다. 어제 캔 양만 헤아려도 금괴 일곱 짝, 그동안 애면글면 아내 혼자 캐온 것까지 추스르면 얼추 스무 짝에 가깝다. 사진에 담긴 풍경은 지난여름 황금을 매달기 위해 저리도 무성하니 푸르렀던 고구마 잎사귀에 대한 추억이다. 태풍이 올라온다기에 서둘러 캐다 보니 밭에 흘린 금싸라기가 적지 않다. 그래도 첫 수확의 기쁨을 천지신명과 나누는 일은 당연하고 기쁜 일이 아닌가.

고구마 밭에서 황금을 캐다니 김유정의 '금 따는 콩밭'도 아니고 무슨 꿍꿍이 수작인가 싶겠지만 포장 박스에 말끔하니 담겼거나 대형 마트 진열대에 곱살하게 올라 있는 상품 고구마만 섭취하신 분들은 절대로 모를 일이다. 고구마 밭에서 주렁주렁 황금을 캐내는 기적 같은 일은 언제든 어디서든 일어날 법한 일이다.

산경 고구마 밭 다섯 이랑은 아내가 아랫집 아버님한테서 거저 얻은 것이다. 아버님은 아내를 친딸처럼 귀애하신다. 아버님 댁 고구마 밭에 멧돼지가 들어 다 파먹는다고 걱정하시면서도 아버님 댁 진돗개 백구를 개집째 들어 밭 지킴이로 올려놓은 곳은 정작 우리 고구마 밭이었다. 오머가며 고구마가 잘 들어차는지 살피고 거들어주신 것도 어디 하루, 이틀이었겠는가. 아버님의 보살핌이 금덩이로 여물지 않을 수 없었으리라.

들어보니 고구마 밭 3천 평 농사에 일손이 7명 붙어 심고 거두는 데 나 홀씩이 걸린다 한다. 일손은 대개 할아버지, 할머니들이고 품삯은 일당 6~7만 원이 들어간다. 노인 분들이라 해도 워낙 농사일에 이력이 난지라 우리네 같이 어설프기 짝이 없는 종자랑은 비교할 바 없이 숙련된 일꾼들이시다. 그런 분들이 보기에 우리 부부가 고구마 캐는 모습은 우습기 짝이 없었을 것이다. 그분들 깜냥으로 어림잡아 반나절이면 퉁칠 일을 며칠이 지나도록 붙잡고 끙끙거리고 있었으니 말이다.

하지만 아내와 이런저런 얘기를 나누며 낫질을 하고 호미질을 하며, 바람이 불고 구름이 흘러가고 해가 뉘엿뉘엿 넘어가도록 산자락에서 시간의 흙냄새를 맡는 일은 참으로 행복했다. 아내가 그만 떠들고 일이나 열심히 하라며 갖은 핀잔을 주었지만 끝내 굴하지 않았다. 지청구를 들을수록 고구마 밑에 든 금덩이가 두둑하니 따라 올라오는 느낌을 지울 수가 없었다. 몸은 고되나 마음은 깊고 평온했다.

고구마든 감자든 고추든 땅콩이든 어떤 농작물이고 그를 수확한 이의 땀과 정성이 깃들지 않은 것이 없다. 그의 노고가 없이 이뤄진 먹거리가 하나 없다. 농작물 하나하나가 금덩이 같이 귀하고 거룩하지 않을 수 없는 까닭이다. 아무 생각 없이 내 돈 내고 사 먹으면 그뿐이라고 생각했던 때가 부끄러워졌다.

어둠 저 너머에서 사위가 컴컴해지도록 돌아오지 않는 엄마를 부르는 어진달 민서의 목소리가 들려왔다. "엄마, 언제 와?" 건넛마을에서 나는 소리가 바로 코앞에서 얘기하는 듯 가깝게 들려서 새삼 놀라웠다. 산이 깊고 공기가 맑아서 거침이 없다는 얘기가 아니겠는가. 엄마 아빠를 기다리다 허기진 마음에 그랬는지 늦도록 일하는 아빠 엄마의 짐을 덜어주고 싶어서 그랬는지 모르지만 열 살배기 어진달 민서가 저녁쌀을 씻어 밥솥에 안쳤다. 참으로 기특하고 고맙지 않을 수 없다.

어둠 속을 더듬어가며 고구마 금괴 일곱 짝에다 뿌리째 캐낸 땅콩까지 다 실어 나르고 나니 온몸이 파김치처럼 가라앉았다. 그래도 정갈히 씻고 나와 저녁상 앞에 앉으니 몸은 무거워도 마음만은 개운하다. 아내가 마련한 오늘의 특별식은 닭볶음탕이다. 감자가 빠지긴 했어도 아내의 솜씨는 늘 기대 이상이다. 이런 날 군북산産 생막걸리 한 사발이 빠질 수 없다. 술은 그윽하게 익어 감로수마냥 달콤하기 그지없다. 밤이 이슥해지고 어진별 민규까지 학교에서 돌아와 합세하니 오랜만에 네 가족이 모여 앉은 저녁 밥상이 만찬인 양 성대해졌다.

처마에 매단 풍경도 흐뭇이 숨을 머금고, 태풍 전야 상곡리의 가을밤은 아무런 태풍도 천둥 번개도 두렵지 않게 그렇게 고요하니 깊어만 갔던 것이었다.

상곡리 통신

양행兩行

지난 시월 어느 햇살 맑았던 가을날의 오후, 경기도 부천에서 금산 집에까지 찾아온 오랜 지인들과 일박의 여흥을 마치고 금산군 남이면 석동리에 있는 보석사로 천 년 묵은 은행나무를 찾아 나섰다. 일주문 지나 수삼水杉나무, 일명 메타세콰이어가 반듯하게 늘어선 숲길을 따라 얼마간 가노라니 천 년의 세월 동안 한 자리를 지키며 늙을 대로 늙고 묵을 대로 묵어서 이제는 온통 신령스럽기까지 한 거구의 은행나무가 허리에 치맛자락 같은 당줄을 드리우고 일행을 맞이한다.

천연기념물 365호라는 훈장보다 나라에 큰 일이 있을 때마다 소리를 내어 울었다는 그 사연이 곡절하여 마음에 들어와 앉는다. 도량의 품은 크지 않으나 진악산 신령같이 자리 잡은 천년 고목이 있어 오가는 이마다 절집을 마음에 담게 되니 은혜로운 일이 아닐 수 없다. 나 또한 일행보다 앞서 오른 덕분에 뒤에 올라오는 아내와 어진달 민서의 다정한 순간을 마음 폭에 담을 수 있었다. 손을 맞잡고 걸어가며 환하게 웃는 엄마와 딸의 모습이 시월의 가을 하늘인 듯 구김살 하나 없이 해맑고 은혜롭다.

아내에게 딸이 있다는 것은 얼마나 큰 위안인가. 남편인 내가 비운 자리, 힘들고 아프고 쓸쓸할 때에도 한 이불을 덮고 자며 머리카락을 어루만지고 살갗을 부비며 품 안을 파고드는 민서가 있어 마냥 적막하지만은 않았으리라. 고사리 같은 손으로 엄마의 어깨를 두드리고 팔다리를 주물러주는 막내딸이 있다는 건 얼마나 고맙고도 황송한 일인가. 코밑털이 듬성듬성 나기 시작한 머슴아이 어진별 민규라도 다 채워줄 수 없는 그곳에 민서가 아내의 딸로 함께 있다는 것은 말이다.

또한 민서에게도 엄마가 늘 곁에 있다는 것은 얼마나 다행이고 고마운 일이었겠는가. 아내가 아니었다면 누가 있어 전학 온 날부터 낯선 환경에 주저하고 머뭇거리던 부끄럼쟁이 민서를 인삼밭으로, 공연장으로, 도서관으로 데리고 다니며 이렇게 의젓하고 당당하고 슬기롭고 어여쁜 민서로 길러낼 수 있었겠는가. 엄마가 아니었다면 밤마다 아토피로 힘들어하는 민서를 위해 어느 누구라고 밤새도록 긁고 또 긁어도 시원하지 않고 생색나지도 않는 그 일을 하루도 마다하지 않고 묵묵히 감당해냈을 것인가. 엄마가 아니었다면 말이다.

엄마와 딸이 저리 함께 손을 맞잡고 걸어가고 있으니 과연 아름다운 동행同行이다. 아니, 단순히 동행이라기보다는 양행兩行이란 이름이 더 걸맞은 지도 모르겠다. 길은 두 갈래이나 오롯이 하나로 아울러 가는 길을 일러 '양행'이라 말한다. 헤아려보니 엄마와 딸이란 함께 가면서도 한 명의 여인으로서 제각기 가야 할 길이 따로 있으니 그러하고 따로 간다고 하여 결코 혼자 가는 길도 아닌 까닭에 또한 그러하다. 함께 손을 잡고 걸어가는 두 갈래의 한 길이야말로 엄마와 딸이 함께 보듬고 걸어가는 양행의 길이 아닐 수 없다.

엄마와 딸의 관계처럼 미묘하고 어려운 게 따로 없다 한다. 자칫하면 엄마가 이루지 못한 한이 딸에게로 옮겨가 고스란히 딸의 상처가 되고, 걸핏하면 딸이 누리지 못한 상실감이 엄마의 가슴에 보란 듯이 대못이 되어 박히기 십상이다. 같은 여자이기에 더욱 더 모질고 매섭기 짝이 없다. 한 세월을 살아가는 동안 둘 사이에 쌓이고 맺힌 애증의 사연을 다 늘어 놓으면 산이 되고 바다를 이룰 만큼 절절하다고 한다. 과연 엄마와 딸로 맺어진 인연이 기구하고 곡절하다. 하지만 아무리 부정해보아도 하늘이 맺어준 세상의 인연 가운데 같은 여자로서 엄마와 딸보다 가까운 것이 또 어디 있겠는가.

엄마는 하늘이고 딸은 하늘에 피어난 꽃이자 달이다. 하늘이 있어서 꽃이 피어나고 해와 달이 빛난다. 꽃과 달이 있고 해와 별이 있어서 하늘이 거룩해진다. 이렇듯이 오랜 시간을 함께 보내며 함께 한 세상을 살아 나가는 두 여자의 모습을 지켜보는 내 마음이 숙연하다. 나는 두 여자에게 어떠한 존재인가. 아내가 힘들고 아플 때 어리지만 딸 민서가 늘 곁에 있어 아내에게 든든한 힘이 되었다. 민서가 가려움으로 밤잠을 이루지 못하고 뒤척일 때 아내는 늘 민서 곁을 지키며 든든한 그늘이 되어 주었다. 나는 그들을 위해 무엇을 해왔던가. 나는 무엇을 해야 하는가?

내가 일찍이 아내에게 마음으로 붙여준 이름이 '어진하늘'이다. 아내의 타고난 성품이 온순하고 어질기에 그렇기도 했지만 어진별 민규와 어진 달 민서의 엄마로서 한꺼번에 별과 달을 다 품어야 하니 과연 그러하다. 잘 지었다. 어디 이만큼 어울리는 이름이 또 어디 있겠는가. 오늘도 상곡리의 겨울밤은 어진별과 달을 고요히 품은 어진하늘이 있어 깊고 아늑하며 평화롭기 그지없다. 겨울 산의 쩡쩡함마저 다 녹이고 감당해낼 구들장같이 따뜻하고 봄볕처럼 포근한 하늘이 있어 해거름에 떠오른 개밥바라기별도 밥티마냥 흐뭇하고 풍성하기만 하다.

상곡리 통신
골넘이 배움터 꿈 잔치

지난 화요일 어진달 민서가 다니는 상곡초등학교의 '골넘이 배움터 꿈 잔치'가 금산 읍내에 있는 다락원 소강당에서 성황리에 열렸다. 작년 이 맘때는 '사랑과 행복이 샘솟는 작은 음악회'란 예쁘고 앙증맞은 이름으로 행사를 치렀는데 하루가 다르게 불어나는 아이들을 감당할 수 없어서(?) 더 넓은 공간을 찾다보니 온 학교 가족들이 읍내까지 나와 행사를 치르게 된 것이다.

교장선생님께서 인사말을 하며 작년엔 교실이 비좁아 당신도 복도로 쫓겨 나와 까치발을 하고 구경해야 했다며 너스레를 떠신다. 새해엔 학교를 신축하고 강당도 지을 테니까 교장선생님의 까치발도 다락원 소강당도 다 추억이고 그리움이 되어버릴 것이다. 우리 아이들은 그것을 아는지 모르는지 대기석에 앉아 참새 떼마냥 즐겁고 명랑하기만 하다.

전교 회장 민균이랑 부회장 소희와 보민이가 사회를 보았다. 떨리는 목소리를 애써 누르고 열심히 진행하는 아이들의 모습이 기특하다. 공연은 12첩 반상으로 차린 수라상이 부럽지 않게 푸짐하고 풍성하다. 무려 21가지의 무지갯빛 볼거리가 끊임없이 펼쳐졌다. 아이들마다 서너 가지를 겹쳐서 준비하니 가능한 일이다. 악기를 배우고 동작을 익히고 호흡을 맞추느라 들인 선생님과 아이들의 노고가 어떠했을까 짐작이 갔다. 아이들의 공연은 매끄럽고 능숙하고 세련되지는 않았지만 아이들이 흘린 땀과 정성을 알기에 아름다웠고 거룩했고 감동적이었다.

어진달 민서는 바이올린을 켜고 피리를 불고 합창을 하고 3학년 친구들과 짝을 맞추어 커플 댄스를 췄다. 깜짝 놀랐다. 민서가 춤을 그리 잘 추는 줄 몰랐다. 민서가 항상 어디를 오갈 때마다 팔다리며 몸을 움직이고 흔드는 것은 알았지만 그게 춤 신경과 관련된다는 것은 생각지도 못했다. 솔직히 아빠 엄마를 닮아 몸치인 줄 알았다. 그런데 동작이 크고 시원하면서도 너무도 귀엽고 예쁘게 잘 추는 게 아닌가. 민서에게 미안했고 나도 모르게 눈물이 글썽여졌다. 나는 아빠로서 그동안 무엇을 해왔던 것인가…….

그날 안내장 표지에서 상곡리가 '골넘이 마을'이란 아름다운 우리말 이름을 갖고 있다는 것을 알게 된 건 넝쿨째 호박이 굴러온 일이었다. 골넘이란 '고개를 넘어서 들어가는 (오지의) 산골 마을'이란 뜻이겠다. 엊그제 전국에 내린 눈에 골넘이 마을에도 함박눈이 펑펑 내리고 버스마저 고개를 넘지 못해 어진별 민규는 학교도 못 가는 호사(?)를 누렸다는데 과연 골넘이 마을답다. 골넘이 마을의 올해 겨울은 또 얼마나 길고도 깊고도 아늑할 것인가. 하지만 벌써부터 이 겨울이 지나고 다가올 새해가 기다려지는 까닭이 따로 있다.

내년에 꿈 잔치는 다시 골넘이 마을에서 열린다. 골넘이 마을에 새로운 배움터가 세워지고 모두가 바라던 강당도 지어질 것이기 때문이다. 새로운 배움터에서 아이들은 또 얼마나 많은 꿈을 수수깡처럼 무럭무럭 키워 낼 것인가. 또 얼마나 많은 꿈들이 알알이 영글어 쏟아질 것인가. 벌써부터 마음이 부풀어 오르지 않을 수 없다.

내년엔 다들 '동전 한 닢 기타 하나'만 들고 골넘이 마을로 구경 오시라! 밤하늘의 별들이 보석처럼 반짝이고 아이들의 꿈이 밤톨마냥 알알이 영그는 '골넘이 배움터의 꿈 잔치'로.

상곡리 통신
첫눈 2

상곡리에 첫눈이 함박눈으로 내렸다. 지난해 이맘때 정확하게는 11월 15일 나무의 날에 상곡리에 내린 첫눈 소식을 전했다. 올해는 사흘이 늦었다.

언제나 누구에게나 첫눈은 헤어진 옛 연인의 소식처럼 아련하고 물컹하다. 공연히 눈물이 나고 가슴이 뜨거워져 혼이 나곤 한다.

해마다 되풀이되기에 지겨울 법도 한데 첫눈은 어김없이 우리의 마음에 부적처럼 들어와 앉아 소곤거린다. 눈물겹다.

"다시 처음으로 돌아가라고, 처음처럼 다시 시작하라고……."

상곡리 통신
설날

설날이다. 밤새 엎치락뒤치락하면서도 단잠을 잤다. 새로운 마음이 들어 아침 일찍 자리를 털고 일어나 책상 앞에 앉았다. 얼마 전에 생일상이라고 떡하니 받았기도 했지만 내 나이가 벌써 오십이다. 아득하다. 어떻게 여기까지 흘러온 것인가. 돌이켜보니 지나온 내 삶이 간밤의 잠자리와 별반 다르지 않다.

춘추시대 위나라 사람 거백옥은 나이 오십에 지나온 49년의 삶이 잘못되었음을 깨닫고 새로운 삶을 다짐했다 한다. 다산 선생은 유배지 장기에서 쓴 시에 불혹의 나이로 그보다 십 년을 앞서 깨달은 보람이 있다며 큰 허물이 없이 살고 싶은 속내를 털어놓고 있다. 오십이든 사십이든 나이자체가 중요한 것은 아닐 것이다. 지나온 것을 돌아보고 앞날을 다짐하는마음의 지극함이 소중할 뿐이다.

올해는 사정이 있어 귀성을 못 하고 가족과 세종에 머물고 있다. 고명 없은 떡국에다 네 가지 나물과 동치밋국으로 아침상을 차려 먹었다. 밥상은 넉넉하나 선산에 모신 부모님의 서운함이 밥상 위를 떠도는 듯하다.

살다 보면 이런 때도 있는 법이다. 따듯한 봄날이 되면 다시 찾아뵐 날이 올 것이다.

我思古人行(아사고인행)

내가 그리는 옛사람—거백옥

我思古人思蘧瑗(아사고인사거원)	내 그리는 옛사람 거원*을 생각하노라
能知昨非斯無怨(능지작비사무원)	지난 잘못 능히 알아 원망조차 없구나
蘧瑗四十九年非(거원사십구년비)	거원은 49년이 잘못되었음을 알았지만
我少十年尤可願(아소십년우가원)	나는 십 년 더 젊으니 더욱 바랄 수가 있네
自今勉力無大咎(자금면력무대구)	이제부터 힘을 쏟아 큰 허물이 없게 하리
我思古人行益健(아사고인행익건)	내 옛사람을 그리다가 건실함이 더해지네

—다산 정약용(1762~1863)

* 蘧瑗(거원): 공자조차 존경했다는 춘추시대 위나라 대부 거백옥蘧伯玉이다. 거원의 일화로 하여 50세를 '지비知非'라 하게 되었다.

상곡리 통신
장자의 봄꿈

설날 아침 일찍 울산에 있는 발전소에서 일하는 오랜 벗에게서 전화가 왔다. 어젯밤 경산에서 홀로 여관방에 기거하고 있는 한 친구와 술을 마셨다고 한다. 그 친구의 기구하고 박복한 얘기가 마음을 친다. 8남매 중 5남매가 차례로 세상을 떠나고 처자식도 잃고 이제 단출하니 남아 인생의 막장까지 흘러온 사연이다. 백석 시인의 시 「남신의주 유동 박시봉방」에 나오는 그 사내의 처지와 다를 바가 없어 흠칫하였다. 하이야니 눈을 맞고 서 있을 바우섶의 군고 정한 '갈매나무'가 떠올랐다.

오랜 벗과 '장자의 꿈'을 언급한 다산 선생의 시에 대해 얘기를 나누며 마음을 달랬다.

自笑(자소) 8

나를 비웃으며—장자의 봄꿈

不幸窮來莫送窮(불행궁래막송궁) 불행히 곤궁해도 곤궁을 안 쫓으리
固窮眞正是豪雄(고궁진정시호웅) 곤궁을 이기는 것 그게 영웅호걸이지
成灰孰顧韓安國(성회숙고한안국) 재가 된 한안국을 누가 다시 돌아보리
臨渡常逢呂馬童(임도상봉여마동) 강 건널 땐 언제나 여마동과 만난다네
寵辱莊生春夢裡(총욕장생춘몽리) 은총과 욕됨 모두 장자의 춘몽이니
賢愚杜老醉歌中(현우두노취가중) 어질고 어리석음 두보의 취시가라
海天昨夜霏霏雨(해천작야비비우) 어젯밤 바다 위로 부슬부슬 비 오더니
雜沓林花萬樹紅(잡답임화만수홍) 숲꽃들 나무마다 붉게 온통 피었구나

　　　　　　　　　　　　　　　　—다산 정약용

* 送窮(송궁): 궁함을 전송하다
* 韓安國(한안국): 한나라 양효왕의 중대부.
* 呂馬童(여마동): 항우가 패해 오강을 건너려 할 때 항우의 옛 친구 여마
　동이 왕예에게 저 사람이 바로 항우라고 가르쳐주어 궁지에 몰리자 자살
　하였다.
* 雜沓(잡답): 잡다하게 뒤섞인 모양.

부귀와 영화도 간난艱難과 신고辛苦도 모두 봄날의 꿈과 같다. 인생이
온통 흥망성쇠의 굴곡이고 천변만화의 날씨와도 같다. 맑았던 하늘에 난

데없이 소낙비가 퍼붓고, 간밤에 바다 위로 내리던 부슬비는 나무를 푸르게 하고 붉은 꽃을 벙글어지게 한다. 사흘 눈이 내려 겹겹이 쌓여도 열흘 봄볕에 자취도 없이 녹아내릴 것이다. 바람 한 점 없는 산 속의 날씨는 얼음장 같으나 머지않아 피어날 홍매화 한 가지에 마음이 머문다. 내 마음이다.

一溪氷雪寒山裏(일계빙설한산리)   차가운 산 속이라 시내 온통 얼음 눈뿐
只管紅梅早晚枝(지관홍매조관지)   곧 피어날 홍매 가지 그것만 걱정일세

ㅡ다산 정약용, 「원일서회元日書懷」 부분

상곡리 통신
이사 2

정초에 아내와 아이들이 있는 금산 집도 이사를 했다. 그동안 깃들어 살던 산안리 황토 집에서 상곡초 옆에 있는 상곡리 희망마을 기와 황토 집으로 옮겨 간 것이다. 그동안 상곡리 통신이라 이름 붙이고 글을 써왔으나 실제는 산안리 통신을 써온 셈이니 이제야 명과 실이 하나로 맞아들게 되었다.

이사 가는 날 이른 아침부터 아랫집 이보연 아버님이 햅쌀 한 말을 들고 오셔서는 문을 두드리셨다. 아내를 끔찍이도 귀애하시며 수양딸 삼고자 하셨던 그 어른이시다. 아버님 덕분에 고구마 농사도 흉내 내보고 이것저것 힘이 되고 의지된 것이 한두 가지가 아니었다. "이것 쌀이여…… 가져가서 해 먹어……." 말을 잇지 못하는 아버님 눈가에 느꺼운 것이 흐르고 있었다.

이사를 가고 나서 동네 어른들께 다시 찾아가 인사를 했다. 돌아오는 길에 이보연 아버님께서 말씀하셨다. "잘 살아…… 건강하구…… 마음만은 변치 말아야 혀……." 함께 찾아간 어진달 민서에게 꼬깃꼬깃한 돈을 쥐어주시며 덕담까지 선물해주셨다. 아내가 늘 돌아가신 시아버지 생각이 난다고 했던 어른이시다. 어른의 사랑이 고맙고 귀하고 눈물겹다. 잘 살아야겠다.

이사 간 상곡리 희망마을의 기와 황토 집은 다섯 칸 전통 한옥집이다. 방 두 개와 다락방에 너른 거실로 구색을 갖췄다. 거실에서 올려다 본 천장은 서까래와 들보가 고스란히 드러나 이 집이 한옥임을 실감케 한다. 3채를 나란히 붙여 지었는데 집 앞에 멀리 서대산의 풍광이 그림처럼 펼쳐진다. 이사 가고 나서 얼마 있어 큰 눈이 내렸다. 눈 속에 파묻히면 영락없이 집은 자연의 일부가 된다. 자연을 닮은 한옥집의 내력일 것이다.

이사를 가고 나니 누구보다 어진달 민서가 신이 났다. 맨날 동네 친구들과 어울려 놀 수 있으니 말이다. 그동안 산안리 집에 살 때는 학교가 끝나고 집으로 돌아오면 늘 엄마와 둘이서 쓸쓸한 시간을 보내야 했다. 이제는 그러지 않아도 된다. 아내는 부엌을 자유롭게 드나들 수 있어 행복하고 어진별 민규는 그동안 번듯한 제 방 하나 없는 설움에서 벗어날 수 있어서 기쁘다. 나는 이들이 모두 기쁘고 행복하니 덩달아 기쁘고 행복하지 않을 수 없다.

이사란 사는 곳의 기운을 바꾸는 일일 텐데 아무리 생각해봐도 이보다 좋을 수는 없겠다. 이보연 아버님이 건네주신 덕담처럼 이곳에서 가족 모두 건강하니 행복하게 잘 사는 일이 아버님의 바람에 값하는 일일 것이다.

"고맙습니다. 아버님도 오래오래 건강하게 사시길 빕니다. 자주 못 찾 아뵈어도 어디서나 마음만은 변치 않을 게요."

상곡리 통신

겹장원

지난해 10월에 어진달 민서와 아내가 충청남도 교육청에서 주최한 백일장 대회에 나가 나란히 장원을 했다. 민서는 초등 산문부 장원이고 아내는 학부모 산문부 장원이다. 민서는 「인삼밭의 질서」란 영특한(?) 제목으로 글을 썼고 아내는 민서를 교육해온 과정을 감동적으로 써서 장원을 하게 되었다. 한 집에서 나온 겹장원에다 겹경사라 학교 정문에 플래카드까지 걸렸단다.

다만 아쉽고 불안하여 마음에 걸리는 게 있다. 첫째는 작년 10월에 본 결과를 해가 바뀌고 방학식도 아닌 개학식이 되어서야 상장을 전달하는 교육 행정의 속 터지는 민첩함(?) 때문이다. 이미 결과는 알고 있었지만 상장 받을 날만 꼽아보다가 목이 한 치는 길어졌다.

둘째는 날로 커져가는 우리 집 여자들의 파워 때문이다. 애써 담담한 척 하지만 어진별 민규와 나는 날로 줄어드는 우리 집 사내들의 입지로 인해 춥고 불안하지 않을 수 없다. 밥만 축내고 있는 건 아닌지, 뭐든 한 건 해야겠는데 말이다. 복권이라도 살까? 아니면 무얼 해야 하나? 에취!!!

상곡리 통신
겨울산

금산 집 앞에 우뚝 솟아 있는 서대산의 장엄한 설경을 바라다본다. 어제는 흰 구름 속에 들어 앉아 신선처럼 요요하더니 오늘은 머리에 하이야니 눈을 쓰고 거인처럼 서 있다. 눈이 시원해지고 마음이 뜨거워진다. 안나푸르나가 부럽지 않다.

나는 언제부터인가 흰 눈이 덮인 겨울 산만 보면 피가 끓는다. 아무래도 겨울 산 어딘가에 내가 두고 나온 보금자리가 있나 보다. 눈 속에 들어 앉아 우주의 무게와 쩡쩡한 겨울 냉기를 오롯이 견디고 있을 두고 온 피붙이들이 못내 그리운가 보다.

상곡리 통신

풍경風磬

풍경을 달았다. 집 안으로 들어오는 온갖 액운을 막고 자연의 평화로운 기운을 얻고자 처마 끝에 간절한 마음을 모아 풍경을 달았다.

깊은 산사에 들어온 듯 맑고 청아한 풍경 소리가 집 주위를 감싸고 돈다. 하늘을 바다 삼아 바람을 파도 삼아 유영하는 물고기의 자유로움이 우주에서 바라 본 풍경인 양 꿈결 같다.

상곡리, 그곳에 풍경 하나 걸어두고 떠나왔다.

누구라도 나를 찾으시거든 내 마음인 줄 아시라고.

상곡리 통신
와불臥佛

간밤에 재미난 시를 한 편 읽었다. 와불님이 왜 그리도 오래도록 누워만 계신지 깨닫게 되었다. 강상기 시인의 「와불」이란 시다. 와불이 천년토록 일어나지 못하고 있는 까닭이 "내가 일어서는 날은/ 중생의 꿈이 사라지기 때문"이란다. "천지개벽 기다리는 중생들"의 꿈이 사라질까 봐서 그런 거란다. 천년토록 "종말 같은 세상"을 견디며 '천지개벽'을 기다려온 우리네 중생의 역사가 서러워졌다. 어처구니없으면서도 중생의 마음을 헤아려 일어나지 않는다는 와불님의 마음이 너무도 곡진하여 시인의 말처럼 탄복하지 않을 수 없었다.

"와, 정말 불이십니다"

영귀산 운주사에 천 년이 되도록 누워 계신 와불님이 떠올랐다. 정호승 시인이 쓰고 안치환이 부른 노래 「풍경 달다」에 실린 처연한 시구도 슬그머니 떠올랐다. "먼 데서 바람 불어와/ 풍경소리 들리면/ 보고 싶은 내 마음이/ 찾아간 줄 알아라"는 구절이 좋아 휴대폰 컬러링으로 썼는데 청승맞다고 아내가 싫어해서 삭제할까 고민 중이다. 그래도 내가 오래도록 아끼고 사랑해온 '풍경風磬'과 밤새도록 내 마음을 붙잡은 '와불님'을 노래한 시다. 내 마음이다.

나도 "운주사 와불님을 뵙고/ 돌아오는 길에/ 그대 가슴의 처마 끝에" 풍경 하나 달아야겠다.

녹슨 물고기

세상 어딘들 몸 하나 뉘일 데 없으련만
저리 허공에 아슬한 집을 짓고 들어앉아
바람이라도 불라치면 통곡의 춤을 춘다

녹슨 바람을 따라가며 운다

—졸시

상곡리 통신
아으 달님하

어젯밤 상곡리 하늘에 열나흘 묵은 달님이 뜨셨다.

햇빛 아래 빛나던 진달래도 산벚꽃도 수선화도 죄다 산그늘 아래 웅크리고 누웠다.

가물가물한 산 그림자가 달빛 아래 교교하다.

"아으 달님하 노피곰 도다셔
어귀야 머리곰 비취오시라
어귀야 어강됴리
아으 다롱디리"

상곡리 통신

유월

요즘 기별이 뜸하다 보니 상곡리의 근황이 궁금한 분들이 있을지도 모르겠다.

아내가 많이 아프다.

상곡리의 개울물은 날로 여위어가고 유월의 산과 들도 빛을 잃고 있다. 어진달은 아직 천진난만한데 홀로 남은 어진별은 쓸쓸하고 나는 하늘을 우러러 볼 낯이 없다.

유월의 문턱이 보릿고개처럼 높고 아득하구나.

부디 여래와 같은 마음들을 모아주시길 바란다.

아내가 다시 유월의 청보리처럼 푸르른 생명을 되찾을 수 있도록······.

상곡리 통신

천붕天崩

하늘이 무너졌다. 지난 6월 5일 어진하늘 심보영(은정), 아내가 세상을 떠났다. 47살, 하고 싶은 일도, 해야 할 일도 많을 텐데 아내는 그 모든 것을 내려놓고 눈을 감았다.

누구는 왔던 곳으로 되돌아갔다 하고, 누구는 우주의 허적虛寂 속으로 사라져갔다고 하고, 누구는 아내가 살아온 이력을 들며 틀림없이 천국 아니면 극락으로 갔다고 한다. 하지만 나는 아무 것도 알 도리가 없다.

아내를 어진별 민규와 어진달 민서를 닮은 두 그루 소나무 사이에 묻고 돌아왔다. 아내는 평소의 바람대로 충남 태안군 소원면 의항리 살아 생전 온갖 사랑을 받으며 살가웠던 시아버지 어머니가 누워 계신 선산의 양지 바른 언덕에 들어앉았다. 바다안개가 아내가 덮고 누울 이불인 듯 산 밑까지 몰려왔다가 서서히 물러갔다.

아내가 떠나고 텅 비어버린 상곡리의 하늘에는 엄마를 잃은 어진별과 어진달이 밤마다 외롭게 떨고 있다. 나는 아무 것도 할 수가 없었다. 책을 읽을 수도, 글을 쓸 수도 없었다. 하루하루를 그냥 견디며 지나왔다.

하지만 이렇게 가없는 슬픔 속에 잠겨 있는 것은 아내의 뜻이 아닌 줄 알기에 이제 다시 세상 속으로 나오고자 한다. 많은 분들이 멀리까지 찾아와서 슬픔을 나누고 힘을 얹어주셨다. 일일이 거론할 수는 없으나 그분들의 사랑과 격려가 눈물겹도록 고맙다.

아내와 함께 살아온 18년의 삶도 그러했지만 우리 앞에 또 무엇이 기다리고 있을지는 아무도 모른다. 산 넘어 불어오는 바람 따라 구름처럼 살아가련다.

상곡리 통신

삼제三題

一. 제사

그저께 밤 아버지 제사를 모시러 홀로 태안에 있는 형님 댁에 내려갔다. 아내가 없는 제사는 더할 나위 없이 쓸쓸했다. 평소에 막역했던 제수를 잃은 상심이 아내를 잃은 나보다도 더 큰 것 같은 작은형은 끝내 오지 않았고, 일이 바쁜 누나도 올 수 없었고, 어진별과 달이도 데리고 가지 않았기에 큰형님 내외와 달랑 셋이서 지내는 한밤의 제사는 뼈끝까지 시리고 추웠다.

술상 앞에서 큰형님은 집안 식구 누구에게나 다정하고 언제나 지성이었던 아내가 빠져나간 집안의 헛헛함을 한탄했다. 제수씨가 없는 집안이 한순간에 무너지는 듯하다고. 궁금하지 않을 수 없었다. 생전에 그리도 귀애하시던 막내며느리를 불러들이고 맞는 첫제사, 아버지 어머니는 지금 어떤 기분이실까?

二. 어진솔*(여인송與仁松)

아침 일찍 아내를 수목장한 집 뒤의 두 그루 소나무, '어진솔'을 찾아 나섰다. 간밤의 쓸쓸함과는 아랑곳없이 아내는 어진별, 달이 나무 사이에서 한없이 고요하고 평온해 보였다. 눈물이 쏟아지려다가 주춤했다. 나도 왜 그런지는 모르겠다. 삶과 죽음의 거리가 이렇게 아득한가. 머리가 하얘지고 어지러웠다. 앞산을 보니 하늘이 흐리고 무겁게 내려 앉아 있었다.

*어진솔, 내가 일찍이 애칭으로 아내를 어진하늘이라 부르고 아이들의 이름에 어진하늘 민(旻)자를 넣어 민규 민서, 어진별과 어진달로 불러왔기에 그리 생각해낸 이름이다. 두 그루의 소나무는 어진하늘인 엄마의 품에 안긴 어진별과 달이기에 두 이(二)자와 사람 인(人)으로 이뤄진 한자 어질 인(仁)의 형상과도 절묘하니 맞아 떨어진다. 자칭 '더불어 숲'인 나 또한 종내 그곳에 들어가 함께 할 것이기에 어질 인(仁)자에 더불 여(與)자를 붙여 여인송與仁松이라 다시 이름하였다.

三. 바다

아침도 거르고 집을 나섰다. 형수가 챙겨준 동백나무 묘목 두 그루와 화초 몇 점을 차에 실었다. 금산 집 마당에 심고 아내의 마음인 듯 가꿀 생각이다.

평소에 아내와 아이들을 데리고 즐겨 찾던 바다를 천천히 둘러보기로 했다. 십리포에서 백리포, 천리포, 만리포까지. 모두 형님 댁을 나와 고개만 하나 넘으면 가닿을 수 있는 바다다. 생전에 아내와 어머니를 따라 굴을 캐러 다니기도 했던 그 바다다. 여름이면 오랜 친구며 친지들과 어울려 물놀이를 다니던 그 바다다. 명절 때마다 돌아가는 길에 아내와 아이들을 데리고 찾아가 망연히 바라보다 돌아온 그 바다다. 그 바다가 이리도 참혹하니 쓸쓸하고 아름다울지는 미처 몰랐다.

하늘은 어느새 푸르게 개어 있었다. 햇살은 화사하니 눈부셨다. 바다는 제 그리움을 어찌하지 못하고 연신 파도를 밀어내고 있었다. 모든 게 아름다웠다. 하지만 이제는 더 이상 아내와 그 바다를 함께 바라볼 수 없다는 사실이 스멀스멀 피부로 스며들어왔다. 그제서야 아까 여인송與仁松 앞에서도 터지지 않던 눈물이 쏟아져 내렸다. 오래도록 그 자리에 붙박여 나도 바다가 되어가고 있었다.

상곡리 통신

어진달 민서

엊그제 9월 24일은 우리 집 막내딸이자 아빠의 영원한 이상형인 어진달 민서의 열한 번째 생일이었다. 민서에게는 엄마가 없이 맞이하는 첫 번째 생일이기도 하다. 생일 이브엔 내게 하나뿐인 누나이자 아이들 고모가 내려와 케이크를 자르고 파티를 하고 미역국을 끓이고, 아빠인 나는 당일날 꼭두 밤중에 애들을 잠도 못자고 기다리게 해놓고서는 깜짝 바베큐 치킨 파티로 즐겁게(?) 해주었다. 그렇게 한다고 어진하늘이자 가없이 넓은 바다의 품이었던 엄마의 빈자리가 메워질 리가 만무할 터인데 민서는 아무런 불평도 원망도 없이 고요하다.

어찌 보면 쿨하고 담박하고 어찌 보면 담대하고 웅숭깊은 민서의 속이 난 알다가도 모르겠다. 하루 종일 엄마와 붙어 다니고, 잘 때도 엄마가 읽어주는 동화책 이야기를 들으며 잠이 들고, 엄마의 머리를 매만져야만 잠이 들고, 가려움증이 올라오면 밤을 새가며 엄마가 온 몸을 긁어주고 어루만져주어야 잠이 들곤 했던 민서인데 말이다. 엄마가 있었다면 생일날 금산 읍내에 나가 맛있는 것도 먹고, 갖고 싶은 것도 사고 그랬을 텐데,

그 기억이 그리 쉽게 지워질 리 만무할 터인데 민서는 아무런 혼란도 동요도 없이 고요하다.

아내를 수목장하고 돌아온 다음날 민서가 세종 집 내 책상 위 컴퓨터 받침대에 써놓은 글귀를 잊을 수 없다.

"아빠 미안해. 그동안 아빠한테 잘못했어. 앞으로 잘 해줄게. 엄마는 좋은 곳으로 갔을 거야. 이거 낙서 아님 절대 지우지 말 것!!
—귀요미 민서가 뿅뿅"

그 뒤로 민서는 믿기지 않을 만큼 한 번도 엄마를 찾지 않고 어디에서도 그로 인해 누군가를 힘들게 하지 않았다. 오빠 어진별 민규는 내가 보지는 못했지만 고모랑 밥을 먹으면서도 엄마 생각에 울먹이고 글썽이고 울기까지도 했다는데 말이다.

아무런 내색도 않고 오히려 무심하기까지 한 민서가 야속해질 때도 있었다. 혹여나 아내가 민서의 저런 담대한 모습을 안다면 오히려 엄마로서 서운해지지나 않을까 하는 염려에서다. 쓸 데 없는 걱정이란 거 잘 안다. 반대로 민서가 엄마를 잊지 못해 늘 울고불고 하며 힘들게 했다면 어떠했을까 생각해보면 자명한 일이다. 이 모든 것을 내다보고 아내가 민서를 저렇게 키웠는지도 모른다. 엄마가 없이도, 엄마가 없는 이 가을의 무게를 오롯이 견뎌내고 있는 어진달 민서를 보면서 내 외로움의 사치를 돌아보지 않을 수 없게 된다.

민서는 제 생일을 자축이라도 하듯이 학교에서 '학생실용영어인증서'

1급을 받아와서 문화상품권이랑 내놓았다. 여느 아이들처럼 학원을 다닌 것도, 어떤 아이들처럼 외국을 다녀온 것도 아닌데 스스로 영어의 문리를 트고 익혀가는 민서가 기특하고 대견하지 않을 수 없다. 민서는 엄마의 낭랑했던 목소리를 닮아서인지, 아빠의 낭창한 목소리를 물려받아서인지(?) 정말 발음이 매끄럽고 유창하다. 게다가 학급 반장이기도 하고, 담임선생님이 15년 교직 생활을 하면서 초반 3년 이후 오랫동안 잊었던 가르치는 보람을 되찾게 해줬다며 고백하게 만든 특별한 학생이기도 하다.

나는 민서의 책 읽는 목소리가 너무도 마음에 들어서 2학년 때인가 싫다는 민서를 간신히 구슬려가면서 다산 정약용 선생이 쓴 『아버지의 편지』를 함께 휴대폰 음성 메모로 녹음까지 했던 적이 있었다. 힘들게 녹음을 마치고 나서 천천히 들어보며 무한히 흡족해 했던 그 녹음파일을 일순간 휴대폰을 변기에 빠뜨리면서 고스란히 날려버린 일을 생각하면 지금도 마음이 참 아프다. 해마다 민서의 목소리를 녹음해서는 민서가 시집가는 날, 아빠의 마음을 담아서 선물로 주고자 했던 내 꿈과 의지가 그날부로 그렇게 물거품이 되어버렸으니 말이다. 다시 불을 지펴볼까?

어진달 민서의 오랜 꿈은 두말할 것도 없이 패션디자이너였다. 햇수로 2년 되었나 보다. 나와 아내가 은근히 민서에게 기대해온 꿈은 외교관이다. 지난해 언젠가는 민서 스스로가 외교관이 되고 싶다고도 해서 웬일인가 싶기도 했지만 그 후로 오랫동안 외교관 소리는 씨도 안 먹히는 얘기였다. 그런데 실용영어인증서 1급 받은 것을 내가 침이 마르고 입술이 닳도록 칭찬해가면서 민서의 영어 재능에다가 김연아 언니를 닮은 한국적인 미모에다가 담박한 성품에다가 엄마가 꾼 엄청난 태몽 등등이라면 외교관이 되고도 남을 자격이 있다고 바짝 추어주었더니 슬며시 관심을 보이기 시작한다.

내친 김에, 지난해 여름 충북 음성에 있는 반기문 유엔 사무총장의 생가를 들렀을 때 우연히도 반기문 사무총장이 그곳 생가를 찾아왔었고, 그래서 반기문 총장의 사진까지 얻어온 사연까지 끌어내서 밀어붙였더니 민서가 동요하기 시작한다. 관심이 점점 커지기 시작한다. 무심하고 담박하고 한 점 미동도 없이 초연하리라 여겼던 우리딸 민서도 영락없는 열한 살 소녀 아이다. 참 다행이다. 우리 집의 보물덩어리 어진달 민서가 사람의 딸로서 사람이었으니 말이다.

어진달 민서가 찍은 사진 한 장을 꺼내 물끄러미 들여다본다. 민서랑 함께 사진을 찍은 분은 민서가 올해 봄에 엄마를 따라가서 잠시 다녔던 경기도 장호원의 나래초등학교 담임 선생님이시다. 사진이 민서가 자라온 과정을 보여준다. 민서는 안경을 썼을 때랑 안 썼을 때의 느낌과 분위기가 많이 다르다. 안경을 벗으면 성숙한 처녀였다가 안경을 쓰면 천생 귀염둥이 소녀로 돌변한다. 묘하다.

상곡리 통신
데이트

지난 토요일 한낮에 짬을 내어 어진달 민서랑 대전의 구도심인 은행동 골목길이며 중앙로 지하상가를 어슬렁거리며 돌아다녔다. 백만 년 만에 어린 아가씨랑 팔짱을 끼고 데이트를 하니 기분이 삼삼하였다. 어진달이도 오랜만에 아빠랑 데이트를 하게 된 것이 기뻐서인지 아빠의 얄팍한 지갑에서나마 주렁주렁 이어져 나올 주전부리며 평소에 보고도 갖고도 싶었던 것들이 무진장 기대되어서인지 목소리에 콧바람이 잔뜩 들어갔다.

"아빠 나 '부래옥' 가서 팥빙수 먹고 싶어용~."
"어? 그게 어딨는데?"

어진달이는 내가 골목길에 주차를 하는 동안 주변의 상점과 특산물을 이미 쫙 스캔해서 입력이 끝난 상태인 듯했다. 달이에게 이끌려 난생 처음 들어간 '부래옥'이라는 팥빙수 가게…… 이름은 꼭 곰탕집 같은데 한식 디저트 카페라나? 가격 대비하여 난 그다지 끌리는 맛과 메뉴가 아니었지만 어린 친구들이 달달한 거 좋아하는 걸 겨냥해서 한식의 대중화를 실천하고 있으니 내가 뭐라 할 입장도 못 된다.

오곡팥빙수랑 한줄떡볶이를 시켰다. 달이는 아주 맛있게 먹는다. 나도 잠시 이성을 접어서 구겨 넣고 MSG 맛이 흥건한 팥빙수랑 떡볶이를 달이의 눈높이에 맞추어 냠냠 짭짭 좋아라 먹었다. 그런데 달이랑 무슨 얘긴가를 하다가 무언가에 대해 달이가 싫다는 얘기를 꺼낸다. 내가 왜 싫으냐고 물어봤더니, 어진달이 왈

"아빠~ 싫은데 무슨 이유가 있어야 해??!!"

헉, 콧소리마저 빼고 정색하면서 내뱉는 달이의 대답에 분위기가 싸늘해졌다. 영락없는 차도녀(차가운 도시의 미녀?)다. 뒷간 들어갈 때랑 나올 때 심정이 다르다고 음식을 배불리 먹자마자 콧소리가 힘없이 빠지고 대번에 새침해지는 달이를 보며 나는 이것이 혹시나 뭇 여인네들의 일반적인 심리나 정서가 아닐지 적이 염려가 되기 시작한다. 애나 어른이나 이런 게 여인네들의 일반적인 심리 패턴이라면 어떡하나. 나같이 여인네의 생리에 숙맥이고 밀당이고 뭐고 없이 오직 순정파인 사내는 여자들의 밥이기 딱 십상이다. 여전히 나에게 여자란 전인미답의 경지요 숙제가 아닐 수 없다.

부래옥을 나와서 배도 꺼뜨릴 겸 은행동 지하상가를 천천히 둘러보았다. 아까 그렇게 정색을 떨던 어진달이는 또 언제 그랬냐는 듯이 이곳저곳을 두리번거리며 먹잇감(?)을 찾는 눈치다. 콧구멍에 다시 바람이 들어

가기 시작한다. 나도 미녀 아가씨와 모처럼 즐기는 백만 년 만의 데이트를 이런 구겨진 모습으로 끝낼 수는 없는 노릇이었다.

"민서야. 뭐 사고 싶은 거 없어? 아빠가 사줄까? 옷? 신발? 핸드폰
케이스……?"
"아빠~ 이것도 예쁘고 저것도 예쁘고 예쁜 게 너무 많아용~."
"…….."

내심 헐겁기 그지없는 지갑을 들었다 놨다 해본다. 오늘 정말로 날 잡은 거 아닌가 모르겠다. 달이가 한곳에 오래 머물며 마음을 굳히지 못하도록 발길을 재게 놀려서 이곳저곳 옮겨 다녔다. 숨이 끊어져버린 내 손목시계에 약을 넣어준다는 핑계로 이곳저곳 시계방의 위치를 물어보며 다닌 것도 달이의 집중력을 흐트리뜨리는 데 주효했는지 모른다. 달이가 마침내 마음을 굳혔는지 입을 열었다.

"아빠, 나 양말 사주면 안 돼용? 양말이 별로 없어……."
"(민서야 그 말이 정말이니?) 그래……. 그럼 양말 볼까?"

달이의 마음이 또 어디론가 옮겨가기 전에 매듭을 지으려는 아빠의 가볍디가벼운 지갑이 슬프기도 했지만 나는 신속하고도 당당하게 양말 가게 앞에 가 섰다. 뭐 그런데 왜 양말이 이렇게 싼 거냐. 일금 5백 냥!! 분명히 딱지엔 그렇게 쓰여 있었는데 계산하며 보니 실제론 천 원, 천오백 원

짜리들이었다. 수박 3천 원 해서 가보니 3천 원짜리는 미끼 상품이었던 거랑 다를 바 없었다. 하지만 달이는 천 원짜리 양말 몇 켤레를 사고도 몇 십만 원짜리 브랜드 명품을 받아 안은 것처럼 기뻐했다. 달이처럼 귀엽고 앙증맞고 어여쁜 양말 몇 켤레가 아빠의 어깨를 가볍게 만들었다.

아빠의 가벼운 지갑을 헤아려 양말 몇 켤레로 한없이 고맙고 기뻐해준 우리 집 막내딸 어진달이 김민서가 나는 여간 예쁘고 거룩하고 황송하지 않을 수 없었다. 차도녀 전격 취소! 사정이 이러하니 '프리티 우먼' 어진달이와 함께 보낸 백만 년 만의 데이트가 어찌 귀하고 눈물겹고 아름답지 않을 수 있었겠는가. 다음에는 달러 빚을 내서라도 달이를 위해 무언가를 해야겠다는 생각이 저절로 일어났다. 벌써부터 다음 데이트 약속이 설레고 기다려진다. 아, 오늘 데이트의 승자는 온전히 어진달이 민서다. 난 아직도 멀었다.

상곡리 통신
데이트 2

어제 일요일 낮 시간에 우리 집 아들내미 어진별 민규랑 백만 년 만에 둘만의 데이트를 즐겼다. 지난 주 어진달 민서에 이어 연속으로 백만 년 만의 데이트를 이어가게 되었으니 이게 다 아내의 뜻인지 하늘의 뜻인지 다행이고도 오묘했다.

이번에는 둔산동 시내에 있는 '오모리 찌개집'에 가서 오모리 수타짜장과 3년산 오모리 묵은지 찌개를 먹었다. 무엇을 먹을지 궁리하면서 골목길을 어슬렁거리다 내가 추천하고 별이가 좋다 하여 들어간 집이다. 늘 느끼는 거지만 이 집의 수타 짜장은 특유의 인공 조미료맛이 느껴지지 않아 부드럽고 습습하고 개운했으며, 찌개는 3년 묵은지의 웅숭깊은 맛이 밥숟가락을 바쁘게 만들었다. 별이도 맛나게 먹는다.

내가 "아차, 아빠 페북에 글 올리려면 사진 찍었어야 하는데……."라며 음식을 먹기 전에 미처 인증샷을 찍지 못한 걸 아쉬워하니 한 마디 거든다.

"아빠, 이렇게 쓰면 되죠…… 맛에 깊이 빠져서 미처 사진을 찍을 틈이 없었다······."

맞는 말이었다. '그놈 아빨 닮아서······ 맥을 집는 눈썰미가 제법 있네.' 내가 속으로 느낀 반응이었다. 아들이 아빠를 닮아간다는 것은 책임이라는 면에서 거북하고, 시선이라는 점에서 여간 쑥스럽지 않을 수 없는 일이면서도, 섭리라는 점에서 보면 거룩한 일이 아닐 수 없다.

밥을 먹고 나서 배를 꺼뜨릴 겸 근처를 거닐면서 얘기를 나눴다. 얘기 도중에 안경 쓰는 일의 불편함에 대해 말했다. 어진달이나 별이는 둘 다 아내의 커다란 눈과 쌍꺼풀이 없는 내 눈을 섞어놓은 듯 크면서도 옆으로 길게 찢어지면서 쌍꺼풀이 속으로 살아 있는 눈이다. 아이들을 본 이들은 다 백만 불짜리 매력을 가진 눈이라고 치켜세운다. 그런데 그걸 가뜩이나 작은 얼굴에다 큼지막한 안경까지 걸쳐서 감추고 살았으니 나도 아이들도 흡족할 리가 없었다. 달이는 아직 어려서 잘 못 느끼지만 별이는 여간 민감한 게 아니다.

별이가 안경을 콘택트렌즈로 바꾸고 싶단다. 곧장 '시선視線'이라는 이름의 안경점으로 가서 렌즈를 장만했다. 세상이 밝고 또렷하게 보인다며 기뻐한다. 아빠한테 감사하단다. 모처럼 만에 진심으로 듣는 인사다. 구입보다 관리가 어려운 게 렌즈라는데 아무쪼록 잘 간수하고 무탈하게 쓰면서 뭇사람들의 어떤 '시선' 앞에서도 의연하고 당당한 별이로 살아주기를 바랄 뿐이다.

어제 별이랑 백만 년 만에 마음을 열고 대화를 나누려고 애썼다. 별이도 마음의 문을 여는 듯 보였다. 조만간 작은 형님과 함께 셋이서 캠핑을

갈 계획도 세워놓았다.

어진별이 민규는 중2병을 거쳐 지금까지 폭풍처럼 내달려왔다. 지금은 열대성 저기압으로 한 풀 꺾인 듯도 보이고 멀리 희미한 빛이 보이는 것도 같으나 모를 일이다. 다만 분명한 것은 언젠가는 그곳을 지나오게 될 것이고, 자기가 서 있던 자리를 다시 돌아보게 될 거라는 것이다. 그때 아빠와 함께 이렇게 서성였던 그 자리까지도 말이다.

사랑하는 아들 어진별 민규야

미안하구나. 아빠가 하늘 같은 아내를 잃은 막막함과 외로움만 살피느라 오아시스 같던 엄마를 잃고 사막의 모래알마냥 버석거렸을 네 외로움과 힘겨움을 충분히 돌아보지 못했구나. 그동안 너에게 흘러갈 물길 하나 제대로 만들지 못했구나. 미안하다······.

하지만 부디 잊지 말거라. 언제고 아빠는 너와 함께 있을 거고, 너의 삶을 끝까지 지지하고 응원할 거라는 사실을······ 많이 사랑한다······.

상곡리 통신
술상

깊은 밤 어진달 민서가 아빠의 쓸쓸함을 달래주려고 부엌에서 조막손으로 뭔가 오물조물하더니만 턱하니 술상을 봐왔다. 손수 빚은 나뭇잎 도자기 접시에 투박하니 생두부를 잘라 담고 손수 담근 무 장아찌까지 얹어서 그럴 듯한 술상을 차려냈다.

아내에게 물려받은 건지 스스로 터득한 건지 두부 담긴 모양을 보니 아무래도 열한 살배기 민서의 손이 예사롭지가 않다. 아내가 차려온 술상인 듯 곡주 한 잔에 세상은 온통 그윽하고, 그윽하다 못해 내 쓸쓸함마저도 마지막 잎새마냥 술잔에 몸을 떨군다.

상곡리의 늦가을 밤 사위에 바람 한 점 없는가 보다. 풍경도 흐뭇이 숨을 머금은 채 아무런 말이 없다.

상곡리 통신

성탄 선물

우리 집 막내딸 어진달 민서가 성탄절에 꿈같은 선물을 받았다. 얼친 임지형 동화작가님이 민서를 위해 정성스러운 성탄 선물을 싸서 금산 집으로 보내주셨다. 임 작가님이 쓴 동화책 세 권에 단정한 만년필 글씨로 꼬박 채운 무지무지 예쁘고 사랑스러운 크리스마스 카드다. 임 작가님 말마따나 정말 하늘나라에 있는 엄마가 보내온 선물인지도 모르겠다. 나에게 보내온 것도 아니고, 내가 받은 선물도 아니건만 내가 공연히 가슴이 설레고 울렁거려서 혼났다. 이건 임 작가님이 마음도 모습도 무지무지 아름답고 사랑스러운 작가님이란 것과는 전혀 무관한 사실이란 것을 애써 밝혀둔다.

임지형 작가님, 정말 감사드려요. 민서에게 큰 기쁨을 주고 따뜻한 격려가 되는 소중한 선물이네요. 민서가 임 작가님이 보내주신 책들 꼼꼼히 읽고 답장도 보낸다고 하니 기다려주세요. 엄마가 빈자리를 이리 애틋하고 따뜻한 사랑으로 채워주시니 제 아내도 분명 하늘나라에서 흐뭇하고 감사하게 여길 거예요. 세밑 추위에 몸 따뜻이 살피시고 새해에도 늘 건강하시고 여전히 재밌고 감동적인 작품들 써주시길 비옵니다. 평화와 행복이 언제나 임 작가님과 함께하기를…….

※ 임 작가님의 동의를 얻어서 성탄 선물과 크리스마스 카드에 담긴 임 작가님의 소중한 마음을 아래에 밝힌다.

Merry Christmas!

민서야, 안녕!
난 아빠의 페친 임지형 작가라고 해.
우연히 민서가 올해 사랑하는 사람을 멀리 떠나보냈다는 사실을 듣게 됐어.
나도 초등학교 때 사랑하는 엄마를 보낸 경험이 있어서, 지금 네 마음이 얼마나 외롭고 허전한지를 안단다.
그래서 조금이라도 네 마음을 위로해주고 싶어 작은 선물을 마련했어. 내가 쓴 동화책 세 권인데 혹시 읽었을 수도 있는데 그렇다 하더라도 꼭 보내고 싶었단다.
항상 이쁜 딸로 아빠 곁에서 든든한 힘이 돼 준다는 민서가, 크리스마스를 조금이라도 즐겁게 보내는 데 도움을 줄 수 있다면 그보다 더한 기쁨이 있을까 싶어.
항상 기쁘고 즐거울 수 없는 삶이지만, 언제나 네 주변엔 널 아끼고 사랑하는 사람들이 많다는 걸 기억하렴. 잘 지내고 또 새 책이 나오면 연락할게. 안녕.

2014. 12. 22
동화작가 임지형 씀

※ 아무래도 이 선물은 민서 엄마가 보내라고 한 것 같아.

상곡리 통신

첫눈, 그리고 시간의 그늘

1.

2014년 12월 31일, 한 해의 끝에 서서 지나온 한 해를 돌아본다. 한 해의 마지막 날 아침에 또 눈이 내렸다. 올해는 참말로 눈이 많이 오신다. 12월의 첫날에도 첫눈이 이리 내리더니 말이다. 얼마 전에 내가 다닌 대학의 '민주동문회'에서 올 한 해를 보낸 소회를 주제로 원고를 청탁해와서 덜컥 쓰겠다고 받아들이고서는 몇 날을 끙끙거리다가 간신히 써서 보냈더랬다. 지난 한 해를 돌아본다는 게 내게는 너무 가혹한 일이었다.

엊그제는 어진별과 달이를 데리고 아내가 잠들어 있는 충남 태안의 선산에 다녀왔다. 미세먼지로 하늘은 잔뜩 흐리고 무겁게 가라앉아 있었지만 아내를 수목장한 두 그루 소나무는 푸르게 잘 자라고 있었다. 이제는 아내의 넋이 나무의 뿌리를 벗어나 몸통으로 오르는 수맥관 어디쯤인가에 머무르고 있을지도 모르겠단 생각이 들었다. 두 그루 소나무 아래 서서 엄마의 이름이 새겨진 와비를 물끄러미 바라보고 있는 별이랑 달이를 보다가 슬픔이 차올라와 진정하느라 한참을 혼나야 했다.

오늘이 한 해를 마감하는 날이고 동문회지가 이미 나오기도 했을 테니까 회지에 실린 글을 여기 담벼락에다도 올려 소소한 뜻이나마 얼친 분들과 나눠보고자 한다. 글이 긴데다가 내용도 헐거워서 가운데를 덜어내고 올린다.

2.

12월의 첫날, 내 마음에는 비로소 첫눈다운 첫눈이 내리고 있다. 얼마 전인가 첫눈이 내렸다고는 하지만 온 지도 모르게 흔적도 없이 사라져 버린 그것을 온전히 첫눈이라고 부를 수는 없는 일이다. 아내를 처음 만났던 날의 설렘처럼 내리는 첫눈의 감격을 아이들과 잠시 들어와 머물고 있는 금산의 산골 집에서 홀로 맞이하고 있다. 아내가 지난 유월에 세상을 뜨고 나서 나는 속절없이 홀로다. 오랜 투병 생활을 해오던 아내는 그예 여름의 문턱을 넘지 못하고 우주의 어딘가 모를 영원한 안식처로 먼저 돌아갔다. 누구인들 별 수 있겠냐마는 벼락이 치는 듯, 아니 하늘이 무너지는 듯한 일이 내게도 일어났다. 거기까지였다. 영원할 것만 같았던 아내와의 만남도, 꿈같던 결혼 생활도 18년을 채 넘기지 못하고 그렇게 끝이 났다. 영락없었다.

아침에 일어나 거실 벽에 걸린 달력을 한 장 돌려놓았다. 갑오년 2014년의 마지막 12월장이다. 한 장씩 떼어버리는 달력은 아닌지라 두께가 빠져나가는 헐거움 때문은 아닐 텐데도 달력의 마지막 장을 넘기는 손길이 못내 쓸쓸하고 무거워 떨어지지 않는다. 달력의 사진에는 눈 쌓인 고택의 적조한 풍경이 펼쳐져 있다. 내친 김에 지나간 올해의 달력 사진 속 나머지 풍경까지 하나씩 펼쳐서 들여다보았다. 다 꿈 같았다. 그토록 화사하니 꽃 피던 봄날의 시절은 다 어디로 가버린 것인가. 여름날을 달구던 대지의 뜨거운 입김도, 단풍나무를 물들이던 가을날의 서늘했던 기운도 다 어디로 가버렸단 말인가. 지나온 사계절의 풍경은 달력 속에 그대로 남아 있었으나 모두가 다시 돌이킬 수 없는 시간들이었다. 우리네 기억의 허망함처럼 속절없고 눈물겨웠다. 아니 참혹했다.

아내가 세상을 떠난 유월의 달력 사진은 뜨거운 일사日射에 하얗게 말라가는 바닷가 소금밭의 풍경이었다. 아내는 그 뜨거웠던 유월의 태양 볕 아래서 마지막 숨을 거두고 알지 못할 먼 곳으로 먼저 떠나갔다. 아내가 떠나고 그 자리에 붙박여서 영원히 움직일 것 같지 않던 시간이 또 그렇게 흘러갔다. 49재가 지나고, 100일이 지나고, 그렇게 6개월의 시간이 거짓말처럼 흘러갔다. 나와 아이들을 걱정하는 벗이며 이웃들에게 우리가 이렇게 살고 있다고 전하고 싶었지만, 그렇게 안부를 전하마하고 약조도 했건만 다 지킬 수가 없었다. 이런 걸 무언가에 떠밀려왔다고 해야 하나. 그렇게 흘러온 거 같다. 속절없이 떠밀려오다가 이렇게 달력의 마지막 장을 넘기려다 말고 문득 잠에서 깨어난 듯 일어나 앉아서 묻고 있는 게 아닌가. 아무리 사방을 둘러봐도 아내는 곁에 없고 나는 홀로다. 아이들과 나만 이곳에 덩그러니 남아 있다. 이제 나는 어떻게 살아야 하는가. 어떻게 일어서야 하는가.

3.

창밖을 보니 눈 내리는 상곡리의 빈 들녘에 멀리 까마귀 떼 날고 바람소리 요란하다. 엊그제까지만 해도 붉게 타올라 하늘에 닿을 듯했던 서대산의 단풍들은 자취도 없고 겨우살이 준비로 하여 속으로만 바쁜 듯 검푸른 빛깔로 칙칙하게 가라앉아 있던 사위도 이제 하얗게 변해가고 있다. 겨울이 온 것이다. 그러고 보면 계절이란 게 참 묘하다. 누가 부리지도 이끌지도 않았건만 때가 되면 어김없이 우리 곁에 찾아들어 자연의 변화며 삶의 이치를 조용히 일깨워준다. 이런 계절의 변화를 느낄 수 없는 환경에서 사는 이들을 생각하면 우리에게 사계절이 있다는 건 여간 다행한 일이 아닐 수 없다.

> 나 여기 왔네 바람에 실려
> 여름의 첫날 바람이
> 또 나를 데려가리 가을의 마지막 날.
>
> ─압바스 키아로스타미, 「바람이 또 나를 데려가리」 사진전

마음을 고요히 가라앉히고 자연의 변화에 눈과 귀를 기울이면 언제나 자연은 우리에게 무언가를 한 가지씩 들려주고 속삭여준다. 멀찌감치 산비탈에 여직도 열매 몇 개 매단 채 사르라니 눈을 맞고 서 있는 모과나무 한 그루만 봐도 우리네 삶과 하나 다를 바가 없다. 봄이 되면 싹이 트고 꽃을 피우고, 여름이 되면서 줄기가 자라고 잎이 무성해지고, 가을이 되어

열매를 맺고 나뭇잎을 떨구고, 겨울이 되면 긴 휴식에 들어간다. 우리 모두가 이 긴 순환의 흐름 속에 놓여 있고 그것이 곧 우리네 삶이고 죽음이란 걸 어찌 부정할 수 있겠는가. 어느 하나 영원한 게 없고 순간이나마 쓸데없는 것이 없다는 것을 말이다. 모든 게 첫눈에 어린 눈의 결정처럼 서글프고도 신비롭다. 참혹한 아름다움이라니!

상곡리 통신

설날 유감

벌써 한 해가 한 바퀴 돌아서 다시 그 설날이 돌아왔다. 지난해 설날에
올린 두 편의 글을 내려 다시 읽어본다. 아득하다. 글을 읽노라니 남녘에
서 올라오는 매화 소식은 도처에서 분분한데 내 마음은 이미 통도사에 피
었다는 매화 꽃잎처럼 붉고 처연하지 않을 도리가 없다.

엊그제 충남 태안군 소원면에 사시던 큰아버님께서 아흔다섯을 일기
로 소천하셨다. 생전에 조카며느리인 아내를 참 예뻐해주셨던 어르신이
다. 아내가 세상을 떠난 작년에 아흔 넷이셨으니 마흔일곱의 아내와 딱
갑절이었다. 모두가 백수를 오롯이 누리시리라 기대할 만큼 정정하셨는
데 거기까지셨다. 지난 추석에 들렀을 때 내 손을 잡고 흐느끼시던 모습
이 선연하다.

"진작에 가야 할 사람은 이렇게 가지 않고 젊디젊은 네 아내가 먼저
갔구나……."

설날이 발인인지라 큰형님이 진즉에 장만해놓은 차례 상은 다 허사가 되었다. 장지는 아내를 수목장한 여인송與仁松이 있는 충남 태안군 소원면 의항리의 선영이었다. 평생을 온화하고 어질게 살아오신 큰아버님의 성품처럼 날씨도 따뜻하고 포근하였다. 큰댁 사촌들이 모두 교회를 다니는지라 장례는 평온한 분위기에서 기독교식으로 치러졌다.

하관식이 시작되고 찬송가가 울려 퍼지는 가운데 간간이 자식들의 울음이 터졌다. 서울에서 오신 당숙은 가장 존경하고 따르는 형님이었다며 오열하셨다. 나도 큰아버님께서 들어가신 유택에 국화 한 송이를 던지며 마음으로 빌었다.

'사랑합니다. 큰아버님 이제 좋은 곳에 가셔서 편히 쉬세요. 당신이 이뻐해주셨던 조카며느리가 잘 해드릴 거예요……'

장례를 치르는 저편에 아내를 수목장한 여인송이 푸르고 늠름한 자태로 서서는 이쪽을 바라보고 있었다. 그곳에 아내가 서 있는 듯했다. 눈물이 났다.

상곡리 통신
유월 2

유월이라면 바다 물결 같은 청보리거나 붉은 덩굴장미 아니면 밭고랑
마다 너울대는 진주 빛의 감자 꽃이거나 유월의 햇빛을 받으며 찰나의 섬
광처럼 피어나는 열무 꽃이 다인 줄 알았다. 논둑 밭둑길에 지천으로 피
어나는 온갖 들꽃의 형형한 꽃 잔치거나 앞 논에 부평초처럼 떠다니는 개
구리 울음이거나 뒷산 어딘가에서 아득한 그리움으로 피를 토하는 소쩍
새가 전부인 줄 알았다.

그늘을 편애하는 달
우람한 그늘의 등이나 어깨에 기대
혹은 그늘을 홑이불로 끌어다 덮고 누워
생을 다녀간 이들에게 나는 슬픔이었을까
기쁨이었을까 과연 그늘이었을까
(······)
이 생각 저 생각에 그늘 깊어지는,

한 해 가운데 정서의 키가

가장 웃자라는 달

　　　　　　　　—이재무, 「유월」 부분

　이재무 시인 형님의 시 「유월」로 인하여 비로소 유월이 짙은 녹음이 만들어내는 "그늘을 편애하는 달"인 줄, "그늘의 등이나 어깨에 기대어 그늘을 홑이불로 끌어다 덮고 누워 생을 다녀간 이들"의 달인 줄 알게 되었다. 한 해의 허리가 절반으로 굽어지는 슬픔만이 아니라 "이 생각 저 생각에 그늘이 깊어지고 정서의 키가 가장 웃자라는 달"이란 걸 깨닫게 되었다.

　허나 그것이 아니라도 유월은 지난해, 보릿고개처럼 아득한 유월의 문턱을 넘자마자 내 아내가 세상을 떠나간 달이다. 개울물은 날로 여위어가고 산과 들도 온통 빛을 잃은 채 주야장천 내리는 장맛비마저 그늘이 흘리는 눈물처럼 느껴지지 않을 수 없던 달이다. 이재무 시인의 말투를 빌려 다시 묻는다. 아내에게 나는 무엇이었을까. "나는 슬픔이었을까, 기쁨이었을까 과연 그늘이었을까."

상곡리 통신
목련 꽃차

작년까지만 해도 늦가을 이맘때면 아내가 정성으로 만들어 보내준 국화차를 시시때때로 마시곤 했다. 항상 곁에 두고 마시니 아껴 마셔도 그리 오래 가지 못했다. 처음에야 겨우내 마실 요량이었지만 어림 반 푼 어치도 없는 일이었다.

이제는 정말로 더 이상 마실 국화차가 없다. 아내가 정성으로 따서 만들어 보내준 국화 꽃잎은 예전에 다 떨어져버렸고, 다시 만들어줄 아내는 이미 먼 곳으로 떠나버렸다. 국화 꽃잎을 담았던 빈 통만이 폐사지廢寺地에 덩그러니 놓인 수조마냥 쓸쓸하니 남겨졌다.

하여 차를 마시지 않은 지 오래다. 그런데 어떻게 소식을 들었는지 나를 음양으로 격려하고 성원해주시는 어느 학생의 어머님 한 분이 목련 꽃차를 보내주셨다. 지난 봄 산목련 꽃잎을 일일이 따고 손수 말리고 담아서 정성스레 만든 것이다.

아내가 보내준 국화차가 다 떨어지고 나서는 아무리 값지고 귀한 차인들 쉽게 다가오지 않았다. 구증구포했다는 보성 녹차도, 중국에서 지인이 보내온 보이차도, 청양의 특산 구기자차도, 마차도 가까이 다가왔으나 다 멀리 하게 되었다.

허나 불현듯 생각이 바뀌었다. 한 잎 한 잎 정성으로 따서 만든 어머님의 마음을 아내의 마음인 듯 여기니 목련 꽃차가 국화차인 양 따뜻하고 그윽해졌다. 이제 아무렇지도 않게 목련 꽃차만 마셔도 울컥하니 아내가 그리워지고 눈시울이 뜨거워져 온다.

상곡리 통신
후일담

공활한 가을 하늘처럼 아득하구나.

2012년 가을, 바람이 부는 대로 식솔을 이끌고 금산군 군북면 상곡리 산골짜기로 들어간 날이 바로 오늘이었다. 순식간에 가을, 겨울, 봄, 여름이 지나고 또 가을, 겨울, 봄, 여름이 지나고, 다시 가을, 겨울, 봄이 지나갔지만 다시 여름은 오지 않았다. 어쩌면 다 꿈이었는지도 모르겠다.

'상곡리 통신'은 자연의 품에 안겨 속절없이 흘러가려 했던 내 비루한 시절에 바치는 헌사였다. 자연은 더할 나위 없는 기회고 안식처였으나 가혹한 환경이 되기 일쑤였다. 그곳에 머무는 동안 내 의지와는 상관없이 정신은 여위어가고 식솔은 헐거워졌다. 다만 예상치 못 한 것이 아니었기에 견딜 수 있었고 건너올 수 있었다. 후회는 없다.

여직도 '상곡리 통신'을 기다리는 벗들이 있는지 모르겠다. 하지만 그곳을 나온 지 벌써 반만 년의 세월이 지나가고 있다. 일일이 알리고 수습할 겨를이 없었다. 거기까지다. 문은 구색을 갖춰 열었으나 요란스레 문을 닫는 일은 하지 않을 것이다. 누군가 '상곡리 통신'을 기억해준다면 그것만으로도 황송하고 거룩한 일이 아닐 수 없다.

그제나 이제나 가을 하늘은 공활하고 아침저녁으로 선선한 바람이 불어온다. 이 가을이 지나가면 겨울이 오고 누군가는 또다시 봄을 기다리며 눈밭에 가난한 노래의 씨라도 뿌릴 것이다. 꽃무릇이 지고 매화가 피고 동백이 지는 날도 거듭될 것이다. 목련이고 모란이고 백련화인들 별수 있겠는가.

어쩌면 그 날 그 자리에 되돌아와 서 있는 건지도 모르겠다.

"사는 게 다 그렇다. 뜻하지 않게 어디선가 새로운 바람이 불어오는데 크게 고민하지 않았다. 그 바람 따라 그냥 흘러가려 한다."

제
2
부

세
한
재 단
상

나의 무한한 혁명에게

수처작주 입처개진隨處作主 立處皆眞

시인 김선우를 만났다. 지난 주 화요일 원전 강독 스터디를 마치고 그 옛날 세상의 변혁을 함께 고민하던 선배 교수를 만나기 위해 교정을 어슬 렁거리다가 시인 김선우가 아주 가까이에 와 있다는 것을 알았다.

불현듯 언젠가 그가 "사랑을 잃지 않겠습니다/ 그 길밖에/ 인생이란 것 의 품위를 지켜갈 다른 방도가 없음을 압니다"(김선우, 「나의 무한한 혁명에게」) 라고 노래한 시구가 떠올랐다. 그의 '무한한 혁명'을 만날 기대에 가슴이 일렁이기 시작했다.

대전 인문학 포럼에서 격주로 마련하는 '인문학과 더불어 살아가기' 올 해 행사의 첫 문을 김선우 시인이 열었다. 충남대 인문대학 문원강당에 많은 이들이 모여 있었다. 백발이 성성한 노교수부터 코밑 수염이 파릇한 새내기 대학생까지 이 가슴 저리게 여리고 높은 음색을 지닌 아름다운 여 인의 노래와 이야기를 듣기 위해 한 자리에 모여 있었다. 그날 알지 못할 무언가가 나를 그곳으로 이끌었다.

아직 바람은 차가웁고 뜨락에 꽃들은 피지 아니하였건만 그곳에 작은

술렁거림과 경이로운 발견이 있었다. 시인과 두 시간여를 한 공간에 머물며 시인의 모습을 보고 목소리를 들으며 이야기에 잠겨 있는 동안 내 청춘의 빛나던 기억이며 잃어버린 꿈이며 사람에 대한 그리움이 강을 거스르는 물고기의 은비늘처럼 반짝거리며 되살아났다.

아름다운 것은 시인의 하얗고 청초하니 가느다란 목덜미만이 아니었다. 푸른 핏줄을 불거세우고 용산과 크레인에 오른 노동자들과 제주 강정 구럼비 바위의 아픔을 이야기하며 조용히 젖어들던 시인의 검고 깊은 눈매만이 아니었다. 시인의 나직하나 절실한 '자기 혁명'의 신호에 반향하며 함께 껴 울고 있는 또 다른 영혼들, '우리'가 함께 숨 쉬고 있었다.

그곳에 아직 갈 길을 찾지 못하고 웅크리고만 있는 형의 앞날을 걱정하며 시인에게 길을 묻는 어린 동생이 있었다. 그곳에 시인의 아픔과 상처를 묻는 젊은이가 있었고, 어떻게 그 상처가 터지고 짓무르다가 아물어왔는지 어떻게 그곳에서 새살이 돋아날 수 있었는지, 속살을 드러내 보이며 화답하는 시인이 있었다. 그곳에 시인의 노래와 이야기에 귀를 기울이며 더불어 '스스로를 혁명하고 있는' 수백 명의 조용한 숨소리와 빛나는 눈동자가 있었다.

그들이 그렇게 한 자리에 모여 함께 숨을 쉴 수 있어 다행이고 고마웠다. 시와 이야기가 치유의 노래가 되고 있었다. 우리가 그렇게 서로가 서로를 마음으로 끌어안으며 상처를 어루만질 수 있다니 참으로 경이로운 일이 아닐 수 없었다.

김선우 시인이 임제 선사의 말을 꺼내놓았다. 자신이 가장 아끼고 사랑하는 말이란다. 과연 스스로를 혁명하는 시인답다. 나도 시인의 마음에 들어간 듯 오래도록 마음에 지니고 살아야겠다.

隨處作主 立處皆眞(수처작주 입처개진)
머무르는 곳마다 주인이 되어라. 지금 서 있는 그곳이 진리일지니.

세한재 단상
이사

－ 세한재歲寒齋

지난해 말 칼바람이 부는 세밑의 어수선한 틈에 세종 집이 이사를 했
다. 세종시 안에서 자리만 바꿨으니 큰 변화랄 것도 없을지 모르겠으나 새
로 옮겨 든 곳이 신축 아파트인지라 여러모로 마음 붙이기가 쉽지 않다.
주변은 온통 신축 공사 중인 대형 상가 건물과 아파트 단지로 둘러싸여
있다. 어찌 보면 잿빛 바다에 떠 있는 절해고도에 들어온 기분마저 든다.
　다행히도 내 방 창문으로 내다보이는 키 큰 소나무가 서너 그루 있어
수척한 내 마음을 어루만져 준다. 3층 높이까지 올라온 소나무의 키는 장
대하나 겨울철에 옮겨 심은 탓인지 두어 그루는 잎줄기가 파리한 것이
내가 오히려 저들을 염려해야 할 처지다. 이런 것을 일러 동병상련同病相
憐이라 하나. 저들도 나와 같아 새봄이 되면 뿌리까지 다시 푸르러지리라.
　아무튼 저물녘의 햇살이 창문으로 스며들 때 소나무의 그림자가 방 안
곳곳에서 어룽거리는 정경은 내 책상 위에 펼쳐놓은 추사 선생의 세한

도歲寒圖 한 폭과 어울려 고즈넉한 산사의 분위기를 자아낸다. 그래도 벽에 걸어놓은 사진 액자에까지 소나무가 들어와 태연하니 자리를 잡을 줄은 몰랐다. 이 또한 모진 겨울을 장하니 견뎌내라는 하늘님의 귀한 뜻이겠다.

> 歲寒然後知松柏之後凋也(세한연후지송백지후조야)
>
> 날이 차가워진 뒤에야 소나무와 잣나무가 늦게 시듦을 안다
>
> ─「자한子罕」, 『논어論語』편

화폭에 담긴 추사 선생의 정신을 기리는 뜻에서 누처를 '세한재歲寒齋'라 이름 붙이고, 새 집에 깃든 마음의 매무새를 가다듬는다.

세한재 단상
새해 첫날의 문을 열며

지난 한 해 세상의 날은 춥고 쓸쓸했으나 얼숲*과 카스**에서 인연으로 만난 여러 벗님들로 하여 내 삶이 따스하고 행복하였다. 이들이야말로 주춤거리던 나를 일깨우고 이끌어준 멘토이자 스승이 아닐 수 없다. 새로운 한 해를 시작하는 첫날 얼친 박선화 수녀님의 말씀에 마음이 오래도록 머문다.

> "침은 탐욕으로 고이고 땀은 삶에 대한 건강한 열정으로 흐른다. 침이 고여 있는 삶은 비뚤어진 입처럼 어긋난 삶이 되기 쉽고 땀을 흘리는 삶은 건강한 미래와 잘 맞는 삶이 될 것이다."

나에게 묻는다. 고이는 침은 제대로 뱉어냈고 흐르는 땀은 과연 닦아낼 만했던가. 이제 모든 게 돌릴래야 돌릴 수 없고 아쉬워한들 다시 채울 수 없는 시간이 되어버렸다.

어느새 마흔 아홉의 나이를 먹었다. 딱히 무언가 도모한 것도 일궈놓은 것도 이룬 것도 없이 예까지 흘러왔다. 자리를 펴고 누웠으나 잠이 오지 않는다. 자리에서 일어나 불을 켜고 한시 한 수를 찾아 읽는다. 다산 정약용 선생의 시다. 공교롭게도 선생의 나이 마흔 아홉 1810년 정월 유배지에서 마흔 아홉의 나이를 맞는 설날의 심정이 곡진하게 드러나 있다. 200여 년 전 조바심 나던 선생의 걱정이 오늘 나의 근심이 되어 있다.

설날의 감회 元日書懷—마흔 아홉의 심정 庚吾在茶山

天末流光疾若馳	하늘 끝서 세월은 말 달리듯 빠른데
年年春色到如期	해마다 봄빛은 약속한 듯 오누나.
朝盤未薄三三韭	아침상 넉넉하다 아홉 가지 부추나물
暮齒今齊七七蓍	늙은 나이 어느새 마흔 아홉이 되었네.
支父幽憂誰共語	지보***의 깊은 근심 뉘와 함께 말해보리
堯夫安樂世難知	소요부****의 안락법을 세상은 모르리라.
一溪冰雪寒山寒	차가운 산 속이라 시내엔 온통 얼음과 눈뿐
只管紅梅早晩板	곧 피어날 홍매 가지 그것만 걱정일세.

—다산 정약용

---

* 얼숲: SNS(Social Network Service)인 페이스북facebook을 우리식으로 순화하여 부르는 말이다.
** 카스: 페이스북과 같은 SNS인 '카카오스토리'를 줄여서 부르는 말이다.
*** 지보支父: 옛날 현자의 이름 요와 순 임금이 지보에게 천하를 양보하려 했으나 "나는 지금 남 모를 병을 앓고 있어 병을 다스리느라 천하를 맡아 다스릴 여가가 없다"고 한 일이 있다고 한다.
**** 소요부邵堯夫: 송나라 소옹邵雍의 자字 소문산에 은거하며 거처를 안락와安樂窩라 하고 자호를 안락선생安樂先生이라 하였다.

세한재 단상

춘신春信

밤새 뼈마디가 시리고 근육마다 와글거려서 잠을 이룰 수가 없었다. 외로움이 뼈에 사무쳐서 이제 뼈를 감싸고 있는 살점과 근육들마저 다 들고 일어난 모양이다. 하릴없이 자리에서 일어나 앉아 문득 창밖을 내다본다.

아침이 왔나 싶었으나 세상은 아직도 미망의 어둠에 깊이 잠겨 있다. 어둠도 근육통을 앓는지 퀭한 눈으로 물끄러미 나를 들여다보고 있다. 어둠의 근육 사이로 새벽 강이 뼈마디를 부러뜨리며 흘러가는 소리가 들리는 듯하다.

책상에 앉아 책을 펼쳐 읽다가 나도 모르게 고개를 좌우로 주억거린다.

其寢不夢 其覺无憂(기침불몽 기각무우)*

잠을 자도 꿈꾸는 일이 없고 깨어나서도 아무런 근심이 없다

* 『장자(莊子)』 외편의 「각의(刻意)」 편에 나오는 구절이다.

선현의 말씀은 엄정하나 내 근심이 깊지 않을 도리가 없다. 선현의 경지는 어느 결에 이르고, 세상은 언제야 미망에서 깨어날 것인가. 벗이 보내온 남도의 봄소식은 밝고 따스한데 도다리쑥국 한 냄비로 풀어질 세상의 주름인지 모르겠다.

세상의 겨울이 길고도 깊다.

하나.

"친구에게 '봄'을 보내다"

경남 하동에 있는 화력 발전소에서 일하지는 않고 맨날 지리산만 타고 댕기는 내 오랜 벗이 벙글어진 매화 사진에 위 글을 적어 보내왔다.

다시 지리산 자락의 악양 벌판이며 형제봉 주막이며 그곳에 가득했던 질펀한 노랫가락이며 화개장터 가는 길 곰삭은 매운탕 집이며 유장히 흐르는 섬진강 물이며 그를 굽어보고 있을 지인 형님의 신선같이 너그러운 웃음이 그리워진다.

애써 부르지도 않았고 그립지도 않았는데 매화는 해마다 봄을 이끌고 내게 다가온다.『고래』란 소설을 쓴 천명관이란 작가 식으로 말하면 그것은 자연의 법칙이다. 아니 마음의 법칙이다.

둘.

아침에 일어나니 내 오랜 벗이 바리바리 싸서 보낸 남도의 봄소식이 나를 반갑게 맞이한다. 지난해 이맘때는 하동 발전소 사택 마당에 벙글어진 매화 소식을 바람결에 실어 보내더니 오늘은 거제 구조라 초등학교 폐교 마당에 만발한 춘당매春堂梅에 남해안 별미 '도다리쑥국'의 그윽한 향까지 푸짐하니 얹어 보냈다. 눈물이 난다.

그래도 나는 더불어 근육통을 앓으며 친구의 마음을 헤아리고 어루만져 주는 오랜 벗이 있어 참 다행이다. 곁에 있는 듯 따스하니 읊조리는 그의 목소리가 오늘따라 더욱 고맙고도 애닯게 들린다.

"친구의 초대로 거제에 다녀왔네. 매화가 만발했네. 겨울의 끝자락에서 오는 봄의 설레임보다 가는 겨울이 아쉬운 건 나이 들어가는 사람들의 마음 아닐까나. 몽돌해수욕장의 자갈들은 파도에 쏠릴 때마다 자르륵 자르륵 앓는 소리를 내는 게 나처럼 저 놈들도 근육통이 있나 보네. 남쪽 바닷가의 별미인 '도다리쑥국' 한 냄비 보내네. 한 숟가락 떠먹으면 봄이 와글와글 시끄럽게 몰려온다네. 그렇게 어려운 한 시절 지나가고……."

세한재 단상

주막 어린이공원

노란 산수유 꽃잎들이 푸른 하늘을 머리에 인 채 따사로운 봄햇살을 쬐며 꾸벅꾸벅 졸고 있는 삼월의 한낮, 반가운 지인들이 우리 동네 신성동까지 찾아왔다. 우체국 뒤 흙집 '모밥'에서 무쇠솥 정식에다 파전을 얹어먹고 마당이 통창으로 내다보이는 커피숍 '뜰이 있는 집'에서 차를 마시며 이야기 꽃을 피웠다.

20여 년 만에 만난 선배 누나도 있고, 정식으로 인사하긴 이번이 처음이지만 오랜 인연인 듯 다정히 대해주시는 시인 형님도 있고, 지난 몇 계절을 만나지 못해 아쉽고 그리웠던 오랜 인연의 선배 교수 내외도 있었다. 다들 내게는 고맙고 그리운 사람들이다.

이곳이 주막집 툇마루가 아닌 것이 못내 아쉬웠지만 저마다 마음속에 담아둔 이야기를 하나씩 꺼내놓다 보니 예정된 시간이 금세 흘러갔다. 지리산 골짜기며 계룡산 상신리 뒷산의 귀기어린 암자며 비구니절인 운문사에서 일박을 한 무용담이며 끝도 없이 풀어져 나오는 이야기 보따리가 마당 가득한 봄 햇살처럼 장하고 푸짐하다.

나는 지난 해 부처님오신날에 다녀온 영동 황간의 반야사 문수암 얘기를 꺼냈다. 까마득한 절벽에 아스라이 걸터앉은 문수암에서 들은 물소리며 바람 소리며 새소리에 대해 말했더니 선배 누나가 맞장구를 친다. 반야사로 들어가는 물길이 얼마나 아름다운지 기억하는 누나도 절벽 위에 앉은 문수암까지는 오르지 못했나 보다. 훗날을 기약할 일이 생겼다.

엊그제 강화도에서 함민복 시인을 만나고 왔다는 시인 형님은 카메라가 자꾸 눈에 밟히는 눈치다. 시인은 풍경의 기억을 시로 남기는 것도 부족해서 이제는 아예 사진으로까지 붙잡아두고 싶은가 보다. 가진 거라곤 마음의 카메라밖에 없는 내가 공연히 겸연쩍고 괴괴해졌다.

주막이 아쉬운 우리네 심정을 헤아려서인가 마당 건너로 보이는 작은 공원의 이름이 '주막 어린이공원'이다. 우리 동네 신성동에 이렇게 대단한 이름의 어린이공원이 있다는 걸 오늘에야 알았다. 무슨 영문인지 알 도리가 없지만 하고 많은 이름 중에 왜 주막인가? 학업에 심신이 지친 어린이들이 와서는 탁배기 한 잔씩 걸치고 쉬어가라는 깊은 뜻인가?

술은 없고 술 따르는 주모의 육자배기 가락도 없지만 봄날 산수유나무 그늘에 앉아 빈 술잔을 기울인다. 술은 취하지 않으나 영락없이 까닭 모를 설움이며 외로움이며 그리움 같은 것이 턱밑까지 차오른다.

아하, 참말로 봄인가 보다.

세한재 단상

세종 영평사永平寺

어제 서천에 있는 지인을 만나러 갔다 오는 길에, 마음이 허랑하여 세종 집으로 가는 길목에 있는 장군면의 영평사에 들렀다. 잠시 망설였지만 오기를 참 잘했다. 날은 흐리고 무거웠지만 적요한 절집의 풍광과 산바람이 허랑한 마음을 적이 달래주었다.

도착하니 일주문 가에 늘어선 왕벚꽃 몇 그루가 이제야 여느 바람에도 무수히 꽃잎을 휘날리며 지고 있었다. 보도에 수북이 쌓인 꽃잎은 눈이 내려 쌓인 듯도 하고 떡가루를 뿌려놓은 듯도 한 것이 과연 자연이 스스로 만든 작품이었다.

영평사하면 구절초가 유명한지는 일찍이 알았지만 철쭉이 이리도 아름다운지는 몰랐다. 절로 올라가는 입구부터 대웅전을 삥 둘러 절 구석구석까지 온갖 빛깔의 철쭉이 만개해 있었다. 어지럽도록 황홀했다.

부처님오신날이 멀지 않아서인지 대웅전 앞마당엔 저마다의 염원을 매단 오색 연등이 즐비하고 이제 막 행사용 대형 풍선에 바람을 넣는 중이었다. 코끼리를 타고 연꽃에 들어앉은 석가모니 캐릭터가 너무 귀여워 보여 혼났다. 아마도 어린이 불자들을 위한 고마운 배려가 아닐까 싶었다.

경내에 울려 퍼지는 불경 소리가 사바 중생의 어지러운 마음을 잡아주려는 듯 그윽한데 대웅전 처마에 매달린 풍경 속 물고기 한 마리가 무겁게 내려앉은 하늘 위를 자유로이 헤엄치고 있었다. 날이 흐리다고 마냥 주저앉아 쉬는 게 아닌가 보다. 날은 흐려도 바람을 만나면 맑고 청아한 풍경 소리를 내니 말이다.

대웅전 뒤뜰에 핀 철쭉의 사태를 보노라니 숨이 막힐 것 같았다. 산신각으로 올라가는 길목에 한참을 서서 하염없이 꽃만 바라보다가 내려왔다.

며칠 전 잃어버린 팔찌를 새로 하나 사서 돌아가려고 가게로 들어가려는데 스님 한 분이 나를 보고 말을 건넸다.

"아직 점심 안 하셨죠? 지금 공양 중이니 들어가서 점심 하세요. 셀프입니다……."

스님의 말씀이 따스하고 자비로웠다.

절집의 음식은 소박하고 평화로운 것이 특징이다. 자박하게 끓여낸 된장찌개랑 각종 나물 반찬들이 속을 편하게 다스려주었다. 밥을 다 먹고 설거지까지 스스로 해결하니 평등하기까지 하다. 누구에게나 열려 있고 누구나 평등한 것이야말로 종교가 지닌 가장 큰 거룩함이어야 한다고 나는 줄곧 믿어왔다. 그것이 세상을 구원하는 종교의 참된 힘일 것이라고 말이다. 그것이 이뤄지지 않는 종교가 세상에 기여한 바가 있는 예를 나는 여직 듣거나 본 적이 없다.

나오는 길에 밥값도 할 겸 매화석 팔찌를 하나 장만했다. 부적을 겸한 팔찌다. 부끄럽지만 '돈을 잘 벌게 하는 부적'이란 명패가 달려 있었다. 욕심을 버리고 허랑한 마음을 다스리러 찾은 절집에서 다시 욕심 하나 들고 나간다. 참 사람 사는 일이 우습고 묘하지 않을 수 없다.

그래도 내 마음이 흘러가는 대로 따라 간 시간이었기에 귀하고 고마웠다. 비가 그치면 날이 흐리다가도 다시 햇볕이 날것이고 그때나 이제나 바람은 때가 되면 불 테니까 말이다.

세한재 단상

류근, 시바, 詩봄

내가 얼친으로 따라 댕기며 서정과 해학과 깨달음의 카타르시스를 느릿느릿 뽑아 먹고 있는 류근이란 친애하는 시인이 있다. 시인이 쓰는 글마다 말미에 붙어 다니는 감탄사인지 욕설인지 뭔지 모르는 정체불명의 물건이 또 하나 있다. 아는 이는 다 아는 일이겠지만 '시바'라고.

대부분이 이를 보고 처음엔 당혹스러웠겠으나 그게 시인의 언사가 의도한 비꼼과 뒤집기와 벗어남(풍자와 전복과 일탈)의 종지부이자 신나는 틈과 어울림과 놀이(소통과 난장과 유희)의 기호란 걸 눈치 채곤 이내 즐거워졌을 것이다. 나 또한 그러하다가 얼마 전에야 그 물건에 담긴 또 다른 뜻을 깨닫고는 깊은 전율을 느꼈다(나만 몰랐을지도 모르겠다).

그것은 시인의 물적 토대에서 비롯된 생존의 부르짖음이자 시인의 깊은 내면에서 울려 나오는 정언명령이었다. 이 얼마나 처연하고 절절한 외침인가!

시바=詩봐, 시 좀 제발 읽어 달라구!

전율을 느끼지 않을 수 없었고 이 시인의 애타는 전언에 화답하지 않을 수 없었다. 그리고 꼬박꼬박 내가 올린 글이나 댓글 말미에 '詩봄'을 붙이기로 하였다. 물론 시인에게 거짓을 고할 수는 없는 일이니 시를 읽은 날만 그러하기로 마음먹었다. 내 글에 '詩봄'이 없는 날이면 그날은 내가 시 말고 술이라든가 여자라든가 자연이라든가에 마음을 더 내어준 날일 것이다. '詩봄'이 붙은 날이라면 내 마음속에 어김없이 시가 들어앉은 날이 되는 것이다. 그리고 그 시를 얼친 여러분과 함께 나눌 수 있도록 내 담벼락에 자랑스럽게 걸어놓고자 한다.

이 정도면 흡족하지는 않지만 시인의 마음에 습기를 머금게 하지 않았을까 조심스레 기대해본다. 시인의 명성에 기대어 내 존재감을 느껴보고 싶은 내 안에 있는 '짐승'의 소곤거림 때문만은 아니다(사실 이게 중요한 일이란 걸 부정할 수는 없지만……). 우리 얼친님들도 이 기회에 하루에 한 편씩이라도 시를 읽는 운동에 동참하시는 것이 어떨까 하는 마음이 동하였기 때문이다. 이른바 '詩바, 詩봄' 운동이라고-.

왜 우리에게 시가 필요한지를 구구절절하게 설명하는 일은 입만 아픈 노릇이다. 나처럼 류근 시인이나 림태주 시인이나 이재무 시인이나 이원규 시인이나 우리 대전의 권덕하, 육근상, 최광임 등등의 시인을 얼친으로 삼고 따라 댕기며 직접 느껴봐야 통하는 일일 게다. 그것이 얼마나 즐겁고 상쾌하고 그윽하고 아름다운 일인지.

다들 오늘 시집 한 권씩들 사시고, 시 한 편씩 읽으시고, 즐겁고 행복한 마음으로 담벼락에 시바든 시봄이든 '시바, 詩봄'이든 영혼의 날개를 걸어보자. 이 아름답고 처연한 봄날, 늦봄의 저녁에 말이다.

이를 기리는 뜻에서 내가 형님으로 모시는 대전의 권덕하 시인이 여래의 마음으로 시를 노래한 詩 한 편을 담벼락에 걸어놓는다. 봄바람에 오래도록 휘날리도록……. 詩봄

詩

휘파람 불듯 비누방울 날리듯
입에서 새끼들 풀어 놓는 물고기 있다
찰나에 어미 입으로 숨어드는 어린 목숨들 있다
물풀로 금줄 치고 부화 기다리다
주리고 주려서 뼈가 되고
살이 붙는 말
머금어 기를 수 있는 것이
자식들만이 아니구나
곡절에 피어나 가슴을 치는 노랫말도
난생卵生이구나
눈 감고 부르는 청 좋은 노래,
구전口傳하는 생명이여

—권덕하, 『생강발가락』(애지, 2011)

세한재 단상

내 마음의 끝 절, 개심사開心寺

번잡스럽지 않은 사하촌의 여유로움은 여느 절에서 볼 수 없는 개심사만의 미덕이다. 산나물을 내다파는 아낙네들의 인심과 소박한 충청도 음식의 맛을 느낄 수 있는 유이唯二한 식당 '가야산장'과 '고목나무 가든' 두 곳이 차에서 내린 이방인들을 반기는 전부다. 적어도 얼마 전까지는 그랬다. 개심사의 첫인상이 여염집 아낙네의 얼굴처럼 편안하고 수더분한 이유가 그랬다. 요즘 들어 개심사 사하촌에도 뭔가 새로운 것들이 자꾸 들어서고 생기려는 조짐이 있는 듯 보여 마음이 편치 않다.

이곳의 일주문은 세워진 지 얼마 되지 않았다. 일주문이 없다는 것도 모든 것이 꾸민 데 없이 자연스럽고 편안한 개심사만의 특색이었는데 이제 문을 세우고 턱을 만드니 드나드는 몸가짐에 나도 모르게 힘이 들어가는 듯싶다. 그래서 부러 문을 만들었는지도 모른다. 나같이 어물쩍 산사의 정적과 평화를 깨러 나타나는 어중이들을 경계하려는 깊은 뜻 말이다. 내가 개심사를 마르고 닳도록 찾는 이유는 바로 이것과 관련이 있다. 개심사로 비스듬히 올라가는 계단 길 입구에 세워진 표지석. '세심동洗心洞,

개심사開心寺', 나와 같이 죄 많은 중생이 우거진 수풀의 짙은 내음을 맡으며 이곳 계단을 천천히 밟아 올라가노라면 저절로 마음이 닦이고 마음이 열린다. 개심사에 다 와가는 것이다.

절 경내로 들어서자마자 보이는 긴 네모꼴의 연못은 사바세계의 온갖 잡념과 주렁주렁 매달린 세속의 인연을 털고 불가의 정토淨土로 들어서기 위한 마지막 관문이다. 연못은 절 앞마당을 가로질러 길게 누워 있다. 절로 들어가려면 연못 한가운데 걸쳐져 있는 외나무다리를 건너 곧장 계단으로 올라가는 것이 제격이다. 산 아래 일주문이 들어서기 전까지 홀로 일주문의 역할을 다 해와서인지 다리는 언제 보아도 의젓하고 대견하다. 봄날, 활짝 핀 왕벚꽃 그늘이 연못에 길게 드리워지고 여름날, 연못 건너에 조촐하게 서 있는 배롱나무의 붉은 꽃잎이 하롱하롱 수면에 떨어질 때쯤 연못은 눈부시게 아름답다.

부처님이 오신 날을 기리기 위해 오색 등불만 밝히는 게 아니다. 백색, 연분홍, 옥색, 진분홍, 적색 왕벚꽃 나뭇가지가 휘어지도록 애기 주먹만 한 다섯 빛깔 꽃송이가 만발했다. 벚꽃나무 아래 머물고 있는 어느 가족의 평화 위로 봄날의 시간이 느리게 흘러가고 있다. 봄날의 풍경이 참으로 따뜻하고 눈물겹지 않은가. 개심사 왕벚꽃은 요란했던 세속의 벚꽃 잔치가 다 끝나고 허허로움이 밀려들 무렵인 4월말에서 5월초 경, 어디 한데도 일부러 식목하지 않아 오래전부터 거기 있었을 법한 숱한 꽃나무마다 처연하게 피어나서 절정을 맞는다. 나는 절정의 순간을 처음 본 순간 턱하니 숨이 멎는 듯했다. "……" 개심사 왕벚꽃에는 누구라도 인생에 한 번쯤 절정의 그 순간 그 곳에 있어 마땅할 높고 아스라한 격조가 있다.

개심사 대웅보전은 다포 양식으로 지은 맞배지붕의 단아한 절집이다. 수덕사 대웅전에서 받는 감동의 격에는 못 미치지만 앞면을 빼고는 화려하게 꾸미지 않아 단조롭고 멋쩍은 인상이 오히려 허물 많은 사바 중생의 업을 덜어놓기에는 더욱 좋다. 절집의 참된 아름다움과 멋은 그 지극한 소박함에 있다. 내 마음을 이끄는 것은 화려하게 채색된 단청과 치솟은 지붕의 엄숙한 높이가 아니다. 화려하게 세워진 절집이나 예배당이라면 어디 내가 반갑고 기뻐할 일이 하나 있겠는가. 절집에 가면 으레 나는 남들은 무심코 지나가는 본당의 옆 뒷 벽면이나 후미진 뒤뜰로 돌아가서야 볼 수 있는 뒷산 자락의 기운을 더듬기 일쑤다. 아니면 산신각 올라가는 산길에 뒹구는 나뭇잎이나 계곡에 부는 바람 소리와 노닌다. 나는 언제나 그게 더 정겹고 애틋하다.

개심사 심검당 문짝이나 안양루 앞 종각 기둥에 쓰인 나무의 휘어지고 굽어진 결은 개심사를 세운 이의 뜻과 목공의 안목이 얼마나 도도하고 고매한 경지였는지 잘 말해준다. 모든 것이 자연에 가까울수록 높고 원숙한 빛을 낸다. 새롭고 앳된 것만이 능사가 아니다. 개심사에서 늙고 퇴락해가는 것들이 어떻게 자연과 맞서 서걱거리지 않으면서 깊고 아득하게 아름다워지는지 깨닫는다. 어쩌면 개심사에서 가장 아름다운 것은 왕벚꽃의 절정이 아닐지도 모르겠다. 이렇듯 고요히 늙고 퇴락해가는 것들이 있어 개심사가 소리 없이 빛나고, 꾸밈없이 아름다우며 비로소 개심사다워질 수 있는 것이다.

내려갈 때는 올라왔던 계단 길보다는 갈림길에서 오른쪽으로 난 소나무 숲길이 나는 더 좋다. 아주 길지도 가파르지도 않게 능선을 빙 돌아 굽이굽이 난 길을 내려가노라면 아까 차에서 내렸던 주차장 자리로 나서게 된다. 아쉽게도 길이 포장된 뒤로 예전 흙길의 운치는 사라졌지만 산 중턱 쯤에서 내려다보는 주변 산세와 전망은 제법 상쾌하여 흐뭇하다. 아마도 능선을 타고 빙 돌아 내려오는 소나무 길을 벗어나자마자 마주치는 푸른 대숲에서는 바람이 여전히 서걱거리고 있을 것이다. 멀리 내다보이는 산 능선의 아득함 또한 아직은 그대로일 것이다.

이쯤 되면 산 아래서 먹을 점심밥이 그리워질 때가 되었다. 아직 식전이라면 생각할 것도 없고, 식후라도 이왕이면 개심사 아래 유이한 식당 '가야산장'이나 '고목나무 가든'에서 요기를 하고 가는 게 좋다. '가야산장'에 얽힌 내 사연은 다른 글에서 이미 밝힌 바 있지만 이곳은 그 동안 돈을 많이 벌어서인지 허름했던 옛 식당 자리에서 길 건너편으로 보이는 다리 너머에 새 집을 지어 번듯하게 옮겨 앉았다. 그런데 뭐든 돈을 들이면 들일수록 옛 맛은 사라지는 법이다. 소박하고 허름한 멋과 맛에 이끌려 찾아다니던 곳이었는데 이제 신식 가든처럼 편리하게 꾸며놓은 식당이 못내 낯설고 서먹해 나는 야속하기만 하다. 물론 집을 새로 짓고 말고는 그곳 주인들 마음이라 내가 별 할 말은 없지만 그래도 야속한 건 야속한 것이다.

그래서 이제는 예전엔 잘 다니지 않았던 '고목나무 가든'으로 들어가게 된다. 이곳 식당들의 음식맛은 별스럽지 않으나 충청도 인심처럼 티 나지 않고 자극적이지 않은 게 미덕이라면 미덕이랄까. 내게는 어릴 적 어머니 손을 잡고 수시로 드나들던 예산군 삽교면 목리 외할머니 댁 큰 외숙모의 질박한 손맛처럼 낯익고 편하다. '고목나무 가든'은 잔치국수와 산채비빔밥이 유명하다. 나는 아직 이 집의 '국수'를 먹어보지 못했지만 내게 국수는 언제나 그립고 사무치는 음식이다.

내가 사랑하는 시인 백석이 "이 조용한 마을과 이 마을의 으젓한 사람들과 살틀하니 친한 것은 무엇인가/ 이 그지없이 枯淡하고 素朴한 것은 무엇인가"라며 아름다운 토속어의 성찬을 국수 가락마냥 긴 호흡으로 차려놓은 시 「국수」를 읽노라면 다시금 깨닫게 된다. 음식이란 게 그저 허기만 때우고 마는 게 아니란 걸. 음식 하나에도 그것을 만들어 먹고 사는 사람들의 숨결과 신체와 정신의 역사가 오롯이 담겨 있다. 어디 음식뿐만이랴. 이 땅에 나고 사는 것들이 다 그러하다. 말투며 생김새며 버릇이며 기호까지 자연의 풍광과 사람의 삶이 어울려 서로를 이루며 닮아가는 것이 당연하다.

개심사의 어느 하나 꾸미지 않아 자연스럽고 고담한 풍경은 충청도 내포 땅의 완만하고 유장한 지세와 어우러져 비로소 아름다움의 극을 이룬다. 개심사는 험준한 산 속에 높이 들어앉은 여느 산사와 다르다. 그렇다고 대처에 가까워 번잡하고 소란스러운 곳도 아니다. 깊지만 낮아 오르기 편하고 낮으나 깊어서 범속하지 않다. 지세가 개심사를 낳은 것인지 개심사가 지세를 끌어안은 것인지 자꾸만 헷갈리지만 이 땅에 개심사가 있다는 것은 얼마나 거룩한 위안이고 축복인가.

누군가는 경북 영주의 부석사를 떠나며 차마 발길을 돌릴 수 없어 돌아서고 돌아서고를 수없이 반복했다지만 그럼 내가 개심사를 떠나며 다시 사무치게 그리운 것은 무엇인가.

그러고 보니

나도 충청도 사람이다.

세한재 단상
국수와 '끌림'

　내가 무언가에 아니, 누군가에 끌린다는 것은 눈으로 볼 수는 없는 것이지만 시공의 결 어디쯤에서 그것이 나에게 흘러오거나 그것으로 나를 흘러가게 하는 어떤 '기울기'가 있기 때문이라 믿는다. 쉽게 말해 내가 무엇을 좋아하거나 끌리게 된다는 것은, 아니 그렇게 되는 것은 내가 그러하고자 해서라기보다 무엇인가가 나를 그렇게 끌고 간다는 것이다.

　나는 그것을 시공의 흐름이자 기울기의 변화라고 이해하지만 내가 사랑하는 시인 백석은 일찍이 그것을 "이때 나는 내 뜻이며 힘으로 나를 이끌어 가는 것이 힘든 일인 것을 생각하고/ 이것들보다 더 크고 높은 것이 있어서 나를 마음대로 굴려가는 것"(「남신의주 유동 박시봉방」)이라고 말하였다.

　내가 백석의 '국수'를 깊이 사랑하고 국수를 밥 먹듯이 해왔듯이 이재무 시인도 그러했나 보다. 내가 이재무 시인을 '재무 형'이라 부르고 친근히 대하고 싶은 마음의 '끌림'은 나의 의지라기보다 그런 시공의 바람벽에 빚어진 기울기의 결과일 것이다. 재무 형이 국수를 사랑해온 삶의 무게와 깊이, 더 나아가 알 수 없는 그 무언가가 내가 형에게로 흘러가게 하는 기울기를 만든 것이다.

물론 이것만으로 이재무 시인과 나 사이에 어떤 기울기가 존재하고 어떤 결이 놓여 있을지 온전히 알 수는 없는 노릇이다. 우리가 그것을 아는 것은 그 흐름을 타고서야 느끼게 되는 오직 그 한 순간뿐일지도 모른다. 그렇기에 나는 오늘 재무 형이 이 아름다운 봄날의 바람과 햇빛의 기운을 모아 차려 낸 '낭창낭창 살가운' '국수' 겸상 위에 내 의젓하고 살뜰한 마음을 모아 '겨울밤 쩡하니 익은 동치미국' 한 사발 얹어놓지 않을 수 없는 일이다.

그리고 백석 시인이 바람벽에 스치우는 글자를 보며 "내 가슴은 너무도 많이 뜨거운 것으로 호젓한 것으로 사랑으로 슬픔으로 가득찬다"(「흰바람벽이 있어」)고 고백하였듯이 알 수 없는 무언가가 이끌어가는 그 '끌림' 속으로 담담하니 걸어가 깊이 들어앉고 싶은 것이다.

'먼 옛적 큰 아버지가' 그러했고, '아배'와 '그 어린 아들'이 그러했고, '프랑시스 잼과 陶淵明과 라이너 마리아 릴케가' 그러했고, 2500여 년 전 샤카이국의 왕자 싯다르타가 그러했듯이 말이다.

재무 형이 보기에 국수는 "펄펄 끓는 물속에서 (……) 일직선의 각진 표정을 풀고/ 척척 늘어져 낭창낭창 살가운 것이/ 신혼 적 아내의 살결 같"(이재무, 「국수」)다. 내가 보기에 "한결 부드럽고 연해진 몸에/ 둥그렇게 몸 포개고 있는/ 결연의 저, 하얀 순결들!"을 노래하는 형의 마음이 더 낭창하고 순결한 것 아닌가 한다. 물론 아니란 것을 잘 안다.

하지만 이만하면 "친정 간 아내" '정규직 노동자'인 형수님의 "화가 어지간히는 풀렸을" 것이다. 면발이 "엉키지 않도록 휘휘 젓"는 정성이며 "멸치국물에 갖은 양념을 하고" "코밑 거뭇해진 아들과 겸상을 하"는 '비정규직 노동자'인 형의 눈물 어린 손맛을 어느 누구인들 외면할 수 있겠는가. 어느 누구라고 끌리지 않겠는가.

세한재 단상
무공해 부부

지난 주 월요일 늦은 저녁 빗길을 달려 수원에서 선생을 하는 후배 부
부를 만나러 갔다. 부부가 모두 초등학교 선생님이다. 내가 이들과 인연
을 맺고 이어온 지가 어느덧 25년이 되어간다. 춥고 배고팠던 학창 시절
에 만나 우여곡절 끝에 사랑을 꽃피운 이 부부의 내력을 속 깊이 들여다
본 입장이고 보니 내게는 이들의 사랑과 결혼 생활이 참으로 애틋하고 눈
물겹지 않을 수가 없다.

누구나 이 부부가 살아가는 방식을 조금이라도 들여다보면 이들이 요
즘 보기 드문 청정 무공해 천연기념물이라는 걸 쉽게 알 수 있을 것이다.
시골 초등학교에 근무하면서 아이들이 가져온 박카스 한 박스도 돌려보
내는 지나친 염결성으로 내게 핀잔을 받은 일만 하더라도 그렇다. 하지만
나는 이 부부의 그런 우직하고 투박하면서도 진중한 성정이 마냥 좋기만
하다. 이들이 나를 선배로 존중하고 대접하고 이리 만나주기까지 하는데
어찌 기쁘고 감사하지 않을 도리가 있겠는가.

하긴 이 부부에게는 내가 단순한 선배 이상일 수도 있겠다. 이들이 20년

전 빛고을 광주의 향교 마당에서 전통 혼례로 백년가약을 맺을 때 내가 열 일을 제치고 내려가 축사를 했더랬다. 그때 주례가 따로 없었던지라 본의 아니게 새파랗게 젊은 내가 주례 비슷한 위치가 되었다는 걸 뒤늦게 알고 서 얼마나 겸연쩍었던지. 그래도 지금은 왠지 내가 적어도 이 부부에게만큼은 선배이자 어엿한 주례 선생님으로 기억되고 싶은 노회한 욕망이 꿈틀거리니 왜 그런지는 나도 모를 일이다.

이 부부가 요즘 지리산 귀농에 관심이 많다. 남원 실상사 근처에 터를 알아보고 귀농을 계획 중이란다. 그래서 섬진강 하동의 악양 땅에 흙집을 짓고 귀농해 사시는 형님 한 분을 얼른 소개해주었다. 당연히도 내가 연모해 마지않는 그 형님의 귀농 생활의 경험이 순수하고 벌써부터 촌스럽기 그지없는 부부에게 든든한 길잡이가 되리라는 믿음에서였다.

다음 날이 마침 땅 계약하는 날이라 해서 내려가는 길에 하동 형님을 뵙고 가도록 미리 연통을 해두었다. 그런데 안타깝게도 당시에 이 천연기념물 부부와 하동 형님의 역사적(?) 상봉은 이뤄지지 못했다. 후배가 아내를 두고 혼자 내려간 데다 계약 시간에 급하게 맞추는 바람에 곧장 실상사로 간 것이다. 하동 형님은 내 면목을 살려주시느라 무슨 교육인가를 받으시는 도중에라도 연락이 오면 나와서 만나시겠다고 했는데 내가 민망하고 죄송했다. 이왕이면 계약 전에 만났으면 좋겠다고 신신당부까지 했는데 형님 말마따나 땅이고 사람이고 다 때가 있고 인연이 있는 법인가 보다.

뒤늦게 찾아간 후배를 맞아서 이것저것 물어주고 살펴주신 형님의 보살핌이 은혜롭다. "홍선생…… 양반이대요……." 형님이 후배를 보내고 내게 남긴 글귀다. 하동 형님 입장에서 보면 지리산 자락에 연을 대고 사는 좋은 이웃이자 후배가 될 이 선생 부부를 미리 점찍어 두려는 요량이었는지도 모르는 일이다.

아무튼 이 부부가 지리산 자락 어딘가에든 터를 잡고 뿌리를 내리게 되면 내가 묵어갈 자리가 넉넉해지니 좋은 일이 아닐 수 없다. 좌우지당간에 하동 형님이 흙으로 지어 앉힌 약수헌 별채 누마루에 과객이 넘칠 때라도 밤이슬 맞지 않고 눈 붙일 자리가 생겼으니 거룩하고 황송한 일이 아닐 수 없게 되었다.

─   후일담

결과적으로 이 무공해부부가 이미 구입한 실상사 근처 땅을 무르고 하동 형님댁 바로 맞은 편 땅을 얻게 되었으니 과연 인연은 인연인가 보다. 악양의 최참판 댁을 아래로 거느리고 멀리 지리산 줄기와 남해로 돌아나가는 섬진강물을 한 눈에 내려다보는 악양 땅에서도 명당 중의 명당을 얻게 되었으니 말이다.

약소하나마 그 과정에 끼친 내 역할도 무시할 수 없으니 머지않아 이 부부가 터를 닦고 들어앉은 뒤에 내가 악양에 들르기라도 한다면 두 발 뻗고 묵어갈 일은 걱정 안 해도 되겠다. 땅도 사람도 만남과 헤어짐에 다 때가 있고 임자도 따로 있는 법이란 걸 다시금 깨닫는다. 인연의 결이 참으로 묘하고 묘하다.

　요즘 보기 드문 천연기념물 무공해 부부가 드디어 섬진강 맑은 물과 지리산 댓바람을 한꺼번에 거느리는 하동 악양 땅 명당 중의 명당 터에 집을 얹고 대들보를 올리게 되었다. 참 많은 우여곡절이 있었다. 모든 게 그렇다. 어떤 일을 하든 내 의도와 다르게 흘러가기 일쑤고 어디선가 예기치 않았던 훼방꾼이 나타나기 마련이다. 이 부부도 그런 과정을 고스란히 겪어야만 했다. 말로 다 옮기기가 어렵다.

　이번 주가 상량식上梁式이라며 후배에게서 연락이 왔다. 이제야 혹독한 마음고생, 몸 고생을 이겨낸 대가가 이 부부에게 주어질 때가 된 것이다. 어찌할까 망설이는 중이다. 내가 젊은 시절 얼떨결에 이 무공해 부부의 주례 아닌 주례를 서는 호사를 누리기는 했지만 내가 없다고 공사가 멈춰지는 일도 아니고, 대들보를 올리지 못할 이유도 하나 없을 테니 말이다. 올 여름에 많이 놀고먹었다. 일해야 한다. 흑.

　돌이켜 곰곰이 생각해보니 내가 이 다정하고 금슬 좋은 무공해 부부의 결혼식 날에 빌었던 주문이 지금까지 먹히고 있는 걸 보면 내가 상량식에 불려 갈 이유가 전혀 없는 건 아니겠다. 후배가 기사 딸린 금마차를 집 앞까지 보내주는 건 아니더라도 애절한 목소리로 나를 다시 호출한다면 못 이기는 척 끌려가야지 뭐 별 수 있겠는가. 일보다도, 돈보다도 사람이 먼저다.

세한재 단상

구월九月

그 길고 무덥고 무거웠던 여름도 다 지나가고 어김없이 내 마음속 연인 같은 가을이 찾아왔다. 바다 사내들의 마음을 붉게 물들이던 적조는 걷히고 바다는 검고 푸른 제 빛깔을 되찾았다. 머지않아 피어오를 순백의 구절초 꽃대마다 뭍 여인들의 수심이 주렁주렁 매달릴 것이다.

남도에서 밤을 새워 올라온 활어에서는 갓 잡힌 듯 생기발랄한 전어들이 꿈틀거리며 쏟아져 내린다. 한낮의 햇살은 아직 따가우나 하늘은 높고 청명하고 숲을 지나온 바람은 더 이상 이글거리지 못하고 서늘한 그늘을 드리우고야 만다.

이토록 가슴 벅찬 가을이 기다리고 있었기에 나는 가쁜 숨을 몰아쉬면서도 늙은 부처처럼 가을 산 어느 고적한 산사를 그리며 그 길고 무덥고 무거웠던 여름의 사막을 건너올 수 있었다.

어느 시인이 그랬던가. "인간은 누구나/ 스스로 지나온 그 여름만큼/ 그만큼 인간은 무거워지는 법이다// 또한 그만큼 가벼워지는 법이다/ 그리하여 그 가벼움만큼 가벼이 가볍게 가을로 떠나는 법이다"(조병화, 「구월九

月)라고 말이다.

지나온 내 여름의 흔적은 어떠했던가. 내 청춘의 나날이 그러했듯이 뜨겁고, 무겁고, 어지러웠다. 출구는 여러 갈래였고 나는 끝내 가지 못한 길을 후회할 것 같은 두려움에 쉽사리 여름을 벗어나지 못했다. 한없이 무거워진 내 몸이 바닥으로 꺼질 때쯤 끝이 보이지 않을 것 같았던 그곳으로 구월九月이 가을을 불러 찾아왔다.

하늘의 뜻이었다. 이제 그 위로 서늘한 바람이 불고, 맑은 햇볕이 내리쪼이고, 들녘에 온갖 꽃들이 시리게 피어나고, 다시 찬바람이 불고, 오색 단풍이 들고, 무서리가 내리고, 꽃들이 지고, 마지막 남은 나뭇잎마저 다 떨어져 순백의 눈으로 뒤덮일 때까지 나는 온전히 이 가을과 하나가 될 준비를 해야겠다.

한없이 가벼워져야 진정 새로운 삶을 살 수 있는 줄 알기에 벌거벗은 몸이 되어서라도 저 바람 부는 가을 들녘에 오롯이 서련다. 누렇게 익어 갈수록 세상의 낮은 곳을 향하여 한없이 몸을 낮추는 벼이삭들을 보아라. 바람 부는 대로 출렁거리며 저문 강물 위를 떠가는 여리고 여린 가을 꽃잎들을 보아라.

나도 이 가을처럼 세상의 낮은 곳으로 천천히 스며들고 싶다. 비우고 비워 한없이 가벼워진 몸으로, 채우고 채워 가없이 깊어진 저물녘의 가을 강물처럼 세상을 고르게 적시며 유장悠長히, 아주 천천히 흘러가고 싶다.

세한재 단상

법열法悅

구월이다. 결코 올 것 같지 않던, 오지 않으리라 믿었던, 오지 말라 빌었던 구월이 가을을 거닐고 기어이 문지방을 넘고 말았다. 지난 주말 마지막 남은 여름의 끝자락에 머물며 우물쭈물하고 있다는 가을의 낌새를 염탐하러 길을 나섰다.

어느 고절한 옛 선비가 살았다는 고택의 앞마당에 그의 넋인 듯 늙은 배롱나무 한 그루가 붉게 타오르고 있었다. 나라가 멸망하자 스스로 애간장을 끊어버리고 곡기마저 마다하며 야금야금 죽음을 파먹어간 그의 넋이 저리도 붉은 백일홍 꽃잎으로 다닥다닥 피어나 만개하고 있었다.

선비의 위패를 모셔놓았다는 사당의 문은 굳게 닫혀 있었으나 사당을 품은 뒷산의 소나무 숲은 울울창창하고 대문 옆을 지키고 선 키 큰 은행나무의 기상은 높고도 의연하였다. 선비의 영정을 봉안한 영당影堂에 걸린 현판 속 '성충대의聖忠大義' 네 글자가 우렁우렁한 빛을 내뿜으며 사위를 내려다보고 있었다.

아쉽게도 선비가 탐독했다는 4천여 권의 서책과 서찰 수천 점은 일반인을 위해 전시해놓은 일부를 빼고는 구경할 수 없었다. 그와 함께 나라의 일을 걱정하고 뜻을 도모했다는 숱한 지음과 제자와 식객들 또한 종적을 알 수 없었다. 마당가에 떨어진 꽃잎처럼 무상하였다.

고택의 뒤란에 선비가 먹어온 온갖 장을 품었음 직한 장독들만이 아무렇지도 않게 세월의 서늘한 그늘 속에서 조촐하니 익어가고 있었다. 한꺼번에 몰려들었던 탐방객들의 와자지껄함도 빠져나가고 고택의 적요한 앞마당 가득 내리쬐는 햇볕이 선비가 입었던 심의深衣인 듯 깊고도 따사롭다.

무엇이 그를 고사리로 연명한 백이숙제도 하지 못한 단음斷飮의 형극으로 이끈 것인가. 무엇이 그를 타국의 외로운 섬에서 쓸쓸하니 절명絶命하게 만든 것인가. 과연 충忠은 무엇이고 의義는 무엇이란 말인가.

> "신이 이곳에 온 이래 한 술의 쌀도 한 모금의 물도 모두 적의 손에서 나온지라 차마 입과 배로써 의義를 더럽힐 수 없어 그대로 물리쳐버리고 단식斷食으로 지금 선왕의 의리에 따르고 있습니다."
>
> ―최익현, 「유소遺疏」 부분

문득 어느 고적한 산사의 가난한 정주간에서 늙은 부처를 만난 듯 법열法悅을 느끼지 않을 수 없었다. 고택의 곳곳에 무리지어 핀 흰색의 밥풀떼기 같은 배롱나무 꽃잎마다 붉은 꽃잎에 일던 가을바람이 옮겨와 일렁이고 있었다.

세한재 단상

세한주歲寒酒

깊은 밤, '세한도歲寒圖' 위에 술과 안주와 잔을 벌여놓고서 홀로 오랜만에 카스 한 잔의 향연을 누리고 있다. 이게 마땅한 일인지는 모르겠으나 추사秋史 김정희 선생의 너그러움에 기대어 짐짓 그러고 있을 뿐이다.

요즘 혼자 술을 마시는 자리가 잦아졌다. 내 외로움도 그만큼 깊어졌나 보다.

추사 선생은 궁벽한 제주도 유형지의 외로움과 괴로움을 차와 글씨와 편지로 달랬다. '낯선 풍토와 맞지 않는 음식, 잦은 질병으로 모진 고생을 하면서'도 선생의 인품이 더욱 그윽해지고 학문과 예술의 경지가 드높아진 까닭이다.

유배를 가던 길에 들린 해남 대흥사에서 원교圓嶠 이광사가 쓴 현판 글씨를 떼어내게 하고 자기 글씨를 걸게 했으나, 9년 유배 생활을 마치고 돌아가는 길에 다시 그곳에 들러 자신의 글씨를 내리고 원교의 글씨를 걸도록 했다는 일화는 그의 학문과 예술, 인품의 경지가 어떻게 안팎으로 깊어졌는가를 잘 설명해주는 대목이어서 더욱 유명하다.

나는 유형의 생활이라 부르기 민망하지만 선생과 비슷하게도 일상의 외로움과 괴로움을 곡차와 독서/글쓰기와 페이스북 같은 SNS로 달랜다. 견주기 또한 송구스러우나 차와 곡차는 같은 차이고 글씨나 글쓰기나 한 가지며 편지나 SNS나 소통의 방식이란 점에선 다를 바가 없다. 선생과 내가 닮은 점이다.

하지만 선생과 나 사이엔 내가 도저히 범접할 수 없는 심연의 차이가 있다. 선생이 제주도에서 9년여 귀양살이를 할 때 수많은 벗과 제자와 지인들의 격려와 성원이 그를 든든히 받쳐주었다. 그의 문지방은 성할 날이 없었다. 먼 바다 건너 궁벽한 유형지까지 찾아와 선생과 함께 생활하며 그의 외로움과 괴로움을 나누고자 했던 이가 얼마였던가. 절친한 벗 초의선사가 그러했고 제자 소치小痴 허련 등이 그와 같이하였다. 제주도 현지에서도 많은 이의 도움이 따랐고 교류가 이뤄지고 제자를 거두고 인연이 이어졌다.

나는 홀로 모든 걸 감당한다. 문지방은 멀쩡하고 벗의 소식은 드물고 객이 머무는 처소는 황량하다. 하여 내 외로움이 더욱 깊지 않을 수 없다. 내가 불경不敬을 무릅쓰고서라도 세한도 위에서 저 혼자만의 향연을 벌이고, 곡차에 이름과 뜻을 붙여 '세한주歲寒酒'라 부르며, 삼동 추위의 매서움을 견뎌내 보고자 했던 까닭이다.

세한도 발문 가운데 들어 있는 글귀이다.

子曰 "歲寒然後知松柏之後凋也" (자왈, 세한연후지송백지후조야)

공자가 말했다.

"날씨가 추워진 뒤에야 소나무와 잣나무(또는 측백나무)가 늦게 시
드는 것을 안다."

—「자한子罕」, 『논어論語』 편

추사 선생은 그의 제자이자 역관인 우선藕船 이상적을 위해 그의 일생
일대의 명작 '세한도'를 그려 선물한다. 귀양살이 내내 그가 세상과 소통
하며 학문과 예술의 경지를 드높일 수 있었던 것은 중국과 제주도를 왕
래하며 선생을 위해 최신의 정보와 서적을 수집하여 제공하는 일에 혼신
을 다한 이상적의 공이 참으로 컸기 때문이다. 어려운 처지에 놓였다 하
면 외면하고 떠나가는 것이 인지상정인데 한결같이 한 자리에서 그 일을
감당해냈으니 선생의 처지에서 이상적의 헌신이 눈물 나게 고맙고 대견
하지 않을 수 없었을 것이다.

다시금 깨닫는다. 누구든 모를 일이다. 어려움을 겪고 힘든 과정을 치
러 봐야 비로소 그의 참 모습을 알 수 있게 되는 법이다.

세한재 단상
죽음

오늘 아침 지난 목요일에 교통사고로 병원 중환자실에 입원했던 사촌 동생이 끝내 운명했다는 소식이 왔습니다. 40대 초반의 한창 나이에 세 아이의 아버지이자 한 여자의 남편이며 한 집안의 가장으로서의 무거운 짐을 내려놓고 먼 길을 떠났습니다. 평생을 순박하고 정직하게 살아온 동생에게 표현은 잘 안 했어도, 세상의 일은 힘겨운 짐이었나 봅니다.

죽음은 우리의 삶이 끝나는 곳에서 만나는 것이 아니라 우리와 늘 함께 동행하고 있다는 생각이 듭니다. 어디서 왔다 어디로 가는지 누구도 모르는 것이지만 평생 독실한 크리스천으로 살아온 동생이 그가 그리던 하나님의 품으로 돌아갔기를 바랍니다. 그것이 아니래도 대자연의 품이자 광활한 우주의 허적虛寂 속으로 돌아가 편히 쉴 터이니 귀한 자식을 앞서 보낸 작은 아버님 어머님과 형제들이야 하늘이 무너지고 간장이 끊어지는 듯 힘들 것이나 그리 아파할 일만도 아닐지 모릅니다.

그리 보면 이렇게 살아 있다는 것은 또 얼마나 황송하고 거룩한 일인지요? 진심으로 감사하며 잘 살아야 할 일입니다.

지난 가을날 교정에서 문득 하늘을 바라보았더랬습니다. 수직으로 길게 층층이 솟아 있는 구름떼의 모양이 이채로웠습니다. 하늘에도 갈비뼈가 있다면 그런 모습이지 않을까 싶었습니다. 어쩌면 하늘나라로 올라가는 계단인지라 먼 길을 떠난 동생도 지금 거기 어디쯤 앉아 세상을 내려다보며 쉬고 있을지도 모르겠습니다.

모두들 겨울 볕이 따뜻한 휴일 하루 편안히 보내시고 겨울의 문턱에서도 늘 평화로우시길……

세한재 단상

장호원長湖院

정초에 경기도 이천 장호원에 있는 처제 집에 들렀다. 군 생활을 하는 동서가 장호원으로 발령이 나서 집들이 겸 찾아간 것이다. 직업상 한 곳에 오래 뿌리내리지 못하고 각지를 떠돌아야 하는 동서네와 같은 군인 가족의 고충을 아는 이는 다 알 것이다. 하지만 그 덕분에 우리 가족은 심심치 않게 전국의 곳곳을 찾아다니는 호사를 누리고 있으니 불공평한 것인지 다행인 것인지 묘한 일이다.

아침에 일어나 다산 선생의 시첩을 들추다 '차장호원次長湖院'이라는 시에 마음이 머물렀다. 다산 정약용 선생의 여정 어딘가가 나의 여정과 겹치는 걸 생각하니 다시 기분이 묘해졌다. 다산 선생이 18년을 머문 강진의 유배지에 아이들을 데리고 찾아갔을 때도 그러했다. 내가 서 있는 지금 이곳이 지난날 누군가가 머물렀거나 거쳐간 곳이란 것을 생각하는 일은 옛사람의 자취를 기억하고 그 이의 정신을 헤아리는 일이 아닐 수 없다.

次長湖院(차장호원)

장호원에 당도하여

梨亭驛路接龍堂	이정이라 역마 길은 용당에 접했는데
行近忠州似故鄕	충주 점점 가까워져 고향과 흡사하네
秋樹烏鴉溪市冷	가을 나무 까마귀들 강변 장터 썰렁하고
夕陽牛馬野橋長	석양빛에 마소 노는 들판 다리 길구나
綿花遠致金山賈	목화는 머언 지방 금산 상인 가져오고
稻穡全輸洌水航	벼 곡식은 모조리 한강 배로 나간다네
來日荷潭謀汎掃	내일은 하담 선영 성묘할 계획인데
忍看原艸帶微霜	서리 맞은 묘역의 풀 어찌 차마 바라볼고

―다산 정약용

선생의 시 안에 가족과 고향을 보듬어 안고 백성의 곤궁한 삶을 헤아리는 곡절한 마음이 가득하다. 선생의 마음은 이후에 벌어질 기구한 삶의 궤적을 예감이라도 한 듯이 가을 나무의 까마귀마냥 쓸쓸한데 이 시를 읽는 내 마음은 우연히 들춰본 선생의 글에 아내와 아이들이 살고 있는 금산 얘기까지 나오는 게 그저 반갑기만 하다. 이 또한 묘한 일이 아닌가.

선생이 쓴 산문 「괴로움은 즐거움의 뿌리다」(증별이우후시첩서贈別李虞侯詩帖序) 한 편을 마저 읽고 책을 덮는다.

세한재 단상
뿌리

.

"괴로움에서 즐거움이 생겨난다. 괴로움은 즐거움의 뿌리다. 즐거움
에서 괴로움이 생겨난다. 즐거움은 괴로움의 씨앗이다. 괴로움과 즐
거움이 서로가 서로를 낳는 것은 음과 양, 동動과 정靜이 서로가 서
로의 근원이 되는 것과 같다.

통달한 사람은 그런 이치를 알아, 괴로움과 즐거움이 서로 의존하고
있음을 살피고, 좋아졌다 나빠졌다 하는 운수를 헤아려 상황에 대응
하는 나의 마음가짐을 항상 보통 사람들의 마음과는 반대가 되게끔
한다. 그런 까닭에 괴로움과 즐거움 이 둘은 그중 하나가 다른 하나
를 견제하여 어느 한쪽이 극성해지는 것을 막는다. 이는 마치 물건
이 흔하면 비싸게 사들이고 물건이 귀하면 싸게 내다 팔아 물가를
항상 고르게 유지하는 경수창[중국 한나라 때 사람으로 상평창 제
도를 고안했다.]의 상평법[일종의 물가 조정법]과 같다. 이것이 괴
로움과 즐거움에 대처하는 방법이다."

—다산 정약용, 「증별이우후시첩서贈別李虞侯詩帖序」 부분

다산 선생이 벗 병마우후 이중협과 이별하는 허전하고 쓸쓸한 마음을 스스로 달래려고 지은 글이다. 인생사가 매양 그렇다. 빛과 그늘이 있고 그마저도 한 곳에 진득하니 있지 못하고 해가 움직이는 것에 따라 뒤바뀌고 달라진다. 괴로움과 즐거움의 감정 또한 그러하다. 전화위복이라고. 괴로웠던 일이 복으로 바뀌기 일쑤다. 좋았던 감정도 자그마한 일에서 쉽게 틀어져 나빠지곤 한다.

밤이 깊고 깜깜하다는 것은 곧 새벽별이 뜨고, 먼동이 떠오를 때가 머지않았다는 것을 말해준다. 괴로움이 깊다는 것은 조만간 즐겁고 좋은 일이 찾아올 것이라는 희망을 주는 일이다. 뿌리는 뿌리로 이어져 있다. 씨를 뿌리면 머지않아 싹이 트고 뿌리를 내리기 마련이다. 뿌리에서 주렁주렁 매달리는 것들도 생길 것이다. 그때를 기다리지 못하고 안달하고 복달하는 것은 아무런 도움이 안 된다. 곧 먼동이 터올 것이다.

하여 오늘 하루도 망태기 메고 낫 들고 흔연히 사립문을 밀고 나선다.

세한재 단상

해후邂逅

어제 내가 그토록 연모해 마지않던 이재무 시인 형님을 만났다. 꿈속 같
았다. 언젠가 서울 신촌 로터리 대폿집에서 마지막으로 만나 술잔을 기울
이고 신촌인가 마폰가 신수동 어딘가 형님 댁에 몸을 뉘였던 기억이 가물
가물한데 헤아려보니 무려 15년 만에 이뤄진 만남이었다.

그것도 나를 늘 나무 그늘처럼 보듬어주시는 대전의 권덕하, 육근상
시인 형님, 늘 시로만 감동을 받아왔던 이정록 시인, 이번에 『딸국질』이란
첫 소설집을 출간한 기쁨을 나눠주신 전이영 작가님, 나와 부천이란 지역
과 동양고전이란 공통분모를 나눠가져 반가웠던 안명순 선생님, 시서화
의 3박자를 고루 갖춘 재능남 김희철 형님, 나와 밤늦도록 생활의 밀어密
語(?)를 주고받던 Gabin Bok님 등 형과 내가 이러저러하게 인연으로 얽
힌 소중한 분들과 함께 자리를 했으니 반가움과 기쁨이 두 배 이상이 되
지 않을 수 없었다.

모두가 마음 안쪽에 슬픔이며 아픔이며를 고이 모셔와서는 모두에게
또는 누군가에게 보여주기도 하고, 저도 모르게 드러내기도 하고, 누군가

가 억지로 끄집어내기도 하면서 그렇게 오랜 시간을 웃고 울고 화내고 풀고 미안해하고 허탈해하고 기뻐하고 즐거워하고 슬퍼하고 또 다시 아파하기도 하면서 먹고 마시고 이야기하고 노래하고 춤추고 하다가 결국에는 모두가 앞서거니 뒤서거니 제 갈 길로, 제 사는 집으로 뿔뿔이 흩어져 돌아갔다. 이후 저마다 모셔왔던 슬픔이며 아픔이며가 어찌 됐는지는 저마다가 알 뿐이리라.

마치 우리네 삶의 축소판 같았다. 형의 열 번째 시집『슬픔에게 무릎을 꿇다』에 나오는 시구처럼 모두가 '슬픔을 슬픔으로 문질러 닦는' 다소 시끄러우면서도 아름답고도 슬프고도 거룩한 시간이었다. 여러 사연이 만나서 부비고 나누다 보니 소란스러운 일도 생겼다. 자연스러운 일이다. 사랑을 별로 못 해본 처지지만 나도 이 정도는 알 것 같다. 사랑을 할 때면 자연스레 소리가 커지고 온갖 마음의 속이 다 드러나게 되는 법이다. 소리 없이 사랑하는 일이 어디 자연스러운 것이겠는가. 슬픔을 문지르다 보니, 깊이 사랑하다 보니 소리가 요란해질 수도 있는 것이라고 나는 받아들이기로 했다.

재무 형을 서울 가는 기차에 태워 보내고 쓸쓸히 돌아오는 길에 화장실에서 물 한 바가지 버리고 나와서 맑은 물 한 모금 채우러 정수기 앞에 섰더랬다. 물 한 모금 털어넣는데 바로 눈앞에 걸려 있는 액자 속의 글귀 하나가 벼락처럼 뒷목을 치고 마음에 들어와 앉는 거지 뭣인가. 얼른 사진으로 찍어놓았다가 아침나절에 일어나 다시 꺼내어 읽어본다. 우리는 어제 '슬픔을 슬픔으로 문질러대'기 위하여 만났더랬는데 정작 어떻게 문지르고 부벼대야 하는지 몰랐던 것은 아닌가. 사랑을 갈구했으나 정작 어떻게 사랑해야 하는지는 잘 몰랐던 것이 아닌가.

아, '훌륭하다'는 것은, '슬픔에게 무릎 꿇는다'는 것은, 참으로 '사랑한다'는 것은 재무 형이나 나나 너나 우리 모두에게 왜 이다지 멀고도 험난한 길이란 말인가.

"자기를 찍는 도끼에 향기를 뿜다.

성난 말에 성난 말로 대꾸하지 말라. 말다툼은 언제나 두 번째 성난 말에서 비롯된다. 훌륭한 사람이란 향나무처럼 자기를 찍는 도끼에게 향을 내뿜는 사람이다."

—군승법사

세한재 단상
동학사東鶴寺 가는 길

세밑 서설이 온 세상을 고요히 품은 일요일 아침, 예정에 없던 계룡산 동학사 나들이를 하였다. 전날 서울에서 오랜 인연의 선배가 내려와 밤새 술을 마시고 눈 덮인 겨울 산을 보고 싶다 하여 함께 산에 오르게 된 것이다. 계룡산 아래 둥지를 틀고 사는 여후배를 불러내어 아침 해장 공양의 짐을 지우고 심심한 두 남정네의 말동무며 길벗으로 삼았다. 선배란 게 다 알고 보면 그런 놈인 것이다. 하지만 여후배도 이런 격의 없는 선배로 하여 예정에 없던 겨울 산행의 황홀한 추억을 만들게 되었으니 일방적으로 손해만은 아닌 게 되었다.

겨울 산의 청량한 공기가 폐부를 타고 온몸에 퍼지는 그 느낌을 뭐라 표현할 수 있을까? 순백의 서설에 덮인 겨울 산의 웅혼함을 뭐라 칭송할 수 있을까? 산사의 처마 끝에 매달린 엄청난 크기의 고드름은 날카롭고 위태로워 보였으나 겨울 산의 품에 들어앉은 산사의 자리는 고요하니 평화로웠다. 빛바랜 단청에 스민 시간의 흔적들이 애잔한데 흰 눈을 머리에 쓰고 서 있는 잣나무의 기상은 차갑고, 푸른 하늘이 배경이 되어 더욱 높고 아득해 보인다.

해장으로 먹은 학봉마을 동태탕의 간조롬한 맛이 갈증으로 다가올 무렵 겨울 산의 깊은 곳에서 흘러나온 약수 한 바가지를 황송한 마음으로 받아 마셨다. "쩌엉~!" 어디 깊은 골짜기에선지 내 마음 깊은 어디선지 죽은 나뭇가지가 내려앉는 소리가 울리고 겨울 산이 햇살을 받으며 천천히 뒤척거린다.

내려오는 길에 어묵 꼬치를 하나씩 나눠먹고 가래떡이랑 번데기를 사들고 주차장 가에 있는 카페에 들어갔다. 다 옛날이 그리워 해보는 짓들이다. 그런데 카페 이름이 '백경'이다. 어린 시절 읽었던 흰고래 이야기 '모비딕'일 수도 있고 흰 눈이 쌓인 풍경을 말하는 것일 수도 있겠다는 생각이 들었다. 그리고 거짓말처럼 사위를 하얗게 덮으며 눈이 내리기 시작했다. 우리네 삶도 그러하겠지만 방금까지도 파랗던 하늘은 간 데 없고 하늘 가득 눈이 펑펑 쏟아진다. 카페에 앉아 하염없이 내리는 눈을 바라보는 우리 심정이 어떠했겠는가.

서울로 올라간 선배가 메시지를 남겼다. 선배는 올라가자마자 또 술이다. 맨날 술이다. 농담 삼아 일주일을 마시고 이틀을 쉰다고 말한다. 선배는 미학을 전공하고 꽤 알려진 미술관에서 오래도록 큐레이터 일을 해왔다. 아무래도 미에 대한 천착의 과정에 남다른 내력이 있고 나도 아직 못할 내공도 적잖이 쌓였을 것이다. 그런 선배의 마음이 움직였던가 보다.

"그런데 짧은 인상은…… 오늘 같은 날이 다시 오기는 쉽지 않으리라는 생각……."

세한재 단상
눈길

오늘 밤처럼 눈이라도 펑펑 내릴라치면 작년 겨울 이맘때 눈길에서 겪었던 순간을 떠올리지 않을 수 없는 일이다. 정말 아찔하고도 황당한 순간이었다. 삶과 죽음의 언저리에서 십만 년을 감수했다. 어진별과 달이가 아직 금산군의 오지 군북면 상곡리 황토마을에 머물던 때, 세종시에 나와서 주말을 보낸 아이들을 밤늦게 차에 태우고 금산으로 들어가는데 점점이 눈발이 날리기 시작하더니 금세 함박눈으로 변하여 미친 듯이 퍼붓는 것이 아닌가.

예전 같으면 이런 날 상곡리로 넘어가는 가파른 고갯길을 차로 오르는 건 언감생심 꿈도 못 꾸었을 텐데 그날은 그래도 믿는 구석이 있어서 그냥 차를 몰았다. 이른바 '스프레이 스노우 체인'이란 물건 때문이다. 우연히 대형마트 진열대에 올라 있는 것을 보고 혹시나 해서 두 통을 구입했는데 눈길에서는 정말 요긴한 물건이 아닐 수 없다. 이따금 나눠 쓰니까 하나로도 겨울을 나고 남았다. 아예 겨울 한철 스노우 타이어로 바꿔 달면 한갓지고 개운하겠지만 빠듯한 생활에는 이것만으로도 황송한 일이다.

눈길엔 불과 몇십 미터도 못 가서 썰매 타듯 쭈욱 미끄러지며 애를 태우게 하던 차가 이거 하나 뿌리고 나니까 그 험한 고갯길을 거뜬히 넘어갔다. 덕분에 늦은 밤에 펑펑 눈이 내리고 눈이 하얗게 쌓여 달빛에 반짝거려도 고갯길을 넘어 아이들에게 달려갈 수 있었다. 이날도 스프레이 스노우 체인만 믿고 차를 몰았다. 그런데 차가 출발한 뒤에 눈이 내리기도 했고 귀찮은 마음에 고갯길이 본격적으로 시작되는 초입에다 차를 세우고 스프레이를 뿌리면 된다 생각해서 그냥 차를 몬 게 탈이었다.

본격적인 고갯길로 들어서기 전에 야트막한 언덕길이 나오는데 이쯤은 그냥 올라갈 수 있다고 생각하고 차의 탄력을 붙여서 언덕마루로 올라선 순간 언덕길 아래로 3~4대 차들이 엉금엉금 딱정벌레처럼 기어가는 것이 보였다. 눈앞에 내려다보이는 도로는 하얗게 얼어붙어 있었다. 그대로 탄력을 받아서 넘어가면 분명히 미끄러지면서 앞의 차들을 들이받을 것만 같았다. 아주 짧은 순간 머뭇거리다가 나도 모르게 브레이크를 아주 소심하게, 정말 약간만 밟았다.

순간 차가 놀이동산의 디스코 팡팡처럼 360도 돌기 시작했다. 영화 「마션」에 나오는 한 장면 같았다. 우주선의 옆자리랑 뒷자리에 타고 있던 어진별과 달이의 비명이 음속을 뚫고 귓가를 스쳐갔다. 도로 옆의 가로수가 달의 분화구처럼 눈앞에서 커졌다가 작아졌다를 반복했다. 그 상황에서도 나는 핸들을 꽉 부여잡은 채 하나, 둘, 셋…… 몇 바퀴째 돌고 있는지 세면서 도로 밖의 낭떠러지가 얼마나 가팔랐던가를 기억해내려 애썼다.

희한한 건 죽음의 공포보다도 그 짧은 순간 비탈길에서 출렁거리며 빙빙 돌고 있는 차가 아내의 젖가슴처럼 편안하게 느껴졌다는 것이다. 물론 그 이후에 어딘가에 부딪치고 깨지고 피를 흘리면서도 그런 느낌이 들었을지는 모르겠다. 그런 느낌을 확인하기도 전에 차가 거짓말처럼 기적적으로 제자리에 멈춰 섰기 때문이다. 얼떨떨했다. 처음 브레이크를 밟았던 곳으로부터 겨우 1~2m 내려온 곳에 직진 방향 그대로 차가 멀쩡하니 멈춰 서 있었다. 무거운 정적이 흘렀다.

당시엔 그것이 꿈이었는지 생시였는지 분간이 잘 안 되었지만 어진별과 달이가 함께 겪은 일이었으니 실제로 일어났던 일이란 건 분명한 사실로 보인다. 차에서 내려다보니 아직도 저 밑으로 차들이 엉금엉금 기어 내려가는 게 보였다. 눈발은 하염없이 날리는데 눈앞에 아내의 얼굴이 떠올랐다. 이건 기적이다. 아내가 분명 우리를 지켜준 것이야. 그리고 가슴 밑바닥에서 올라오는 느꺼운 무언가를 애써 진정시키며 떨리는 목소리로 별이랑 달이에게 말했다.

"애들아. 이건 기적이다. 엄마가 우리를 지켜 준 거야. 너희도 봤지.
차가 몇 바퀴를 돌고도 그냥 제자리에 섰어!"

당연히 아이들도 감격에 차서 함께 외쳐줄 줄 알았다. 하지만 내 조그맣고 지극히 소박한 바람은 눈길에 얼음덩이처럼 내동댕이쳐져서 그대로 산산조각이 났다. 달이는 아무런 말이 없었고 별이가 그러는 거다.

"아빠, 무슨 엄마가 지켜준 거예요. 차 혼자 돌다가 그냥 선 거죠……."
"……"

아이들이 그 상황을 겪고도 무심한 것인지 담대한 것인지 무엇인지 알 수 없었지만 내 마음이 서운치 않았다면 거짓말일 것이다.

그날 밤 뒤늦게 '스프레이 스노우 체인'을 뿌리고 고갯길을 살금살금 넘어서 허적허적 집으로 돌아온 나는 냉장고를 뒤져 전에 사둔 막걸리 몇 병인가를 꺼내서는 홀로 김치 쪼가리에다 우걱우걱 마셔댔다. 무슨 연유로 그렇게 됐는지는 여직도 알 수 없는 노릇이다. 짐작컨대 내가 한번 밟고 끝까지 떼지 않았던 브레이크가 차의 회전축이 되어 제자리에서 빙빙 돈 게 아닌가 싶을 뿐이다. 아니 정말로 아내가 차를 떠받치고 있었을지도 모르는 일이다.

아마도 별이와 달이는 엄마를 내려놓지 못하고 그런 일에까지 끌어들이는 아빠의 집착이 안쓰럽고 야속했을 것이다. 아이들 마음은 헤아려졌지만 무언가 서럽고 슬픈 마음은 쉽게 달래지지 않았다. 그날 밤 눈은 내려 푹푹 쌓이고 어진별과 달이가 세상 모르고 잠든 시간에 아내가 없는 상곡리의 겨울밤은 참으로 춥고 쓸쓸하고 더디게 흘러갔다. 속절없이 눈 내리는 오늘밤처럼 말이다.

세한재 단상
생일상

새벽 5시. 바깥 세상은 여태껏 깜깜하다. 멀리서 산짐승 우는 소리만 간간히 들리고 여명이나마 어슴푸레 밝아오려면 좀 더 기다려야 한다. 무엇을 믿고 이러는지 나는 이 꼭두새벽까지 깨어 홀로 책상 위에 조촐하니 술상 겸 생일상을 벌여놓고 내가 세상에 처음 나온 날을 자축하고 있다. 술잔을 채워줄 벗도, 따스한 말 한 마디 건네줄 여인네도, 육자배기 가락으로 흥을 돋워줄 주모도 곁에 없건만 하나 외롭지도 무섭지도 서글프지도 않다. 이상하다.

지난 밤 늦게 내가 형님이라 부르며 마음으로 따르는 분의 상가에 문상을 다녀왔다. 오래도록 모시고 산 장모님이 갑작스레 세상을 떠나 형님은 황망하고 애달파 보였다. 나 혼자서 속절없이 이래저래 떠들다가 돌아왔다. 갑작스레 다가온 이별의 막막함 앞에서 누군가가 흐느낄 때 어디선가는 또 새로운 생명이 세상으로 나오고 기쁨의 환호성이 터지는 법이다. 불공평한 듯 보여도 하나 어긋남이 없다. 세상만사가 다 그렇다.

조촐한 술상차림의 주인공은 우리 집 귀염둥이 막내딸 어진달 민서다.

지난 주말에 고모와 오빠랑 전주 한옥마을에 놀러가서는 엽전 뽑기로 전주 모주母酒 한 병을 타왔단다. 모주의 맛이 어머니의 품인 듯 달달하고 습습하고 그윽하여 편안하였다. 과연 이름다웠다. 많고 많은 경품 중에 술병이 뽑힌 것은 아무래도 아빠가 내심 좋아라 하는 선물로 생일상을 차리고 싶은 달이의 마음이 간절해서였으리라. 달이의 마음도 술맛도 다 거룩하고 황송하지 않을 수 없는 날이다.

세한재 단상
내가 사는 이유

어제 늦은 밤 오랜 벗과 생일 축하주를 걸치고 밤 12시도 넘어서 비척거리며 집에 들어왔는데 우리 집 귀염둥이 막내딸 어진달 민서가 공부방에서 무언가를 하고 있었다. 내가 들어오는 인기척에 달이가 놀란 듯 벌떡 일어나서 문 쪽으로 나오는 게 아닌가. 그 시간에 공부를 하고 있을 리는 만무하고, 무언가 당황한 듯 보이는 모습이기에 무심코 "민서야 뭐하니? 지금까지 컴퓨터 하고 있던 거 아냐!"라고 소리를 높였다. 순간 달이의 얼굴이 굳어지며 눈가에 눈물이 그렁그렁한 게 아닌가?

며칠 전 달이를 차에 태우고 가면서 이런저런 얘기를 나누다가 무심코 "민서야, 너는 엄마가 보고 싶지 않니?"라고 물었을 때 아무 대답도 않고 얼굴을 돌려서 창밖을 바라보던 달이의 눈가에 그렁그렁하던 그 눈물이었다. 나는 영문도 모르고 다시 물었다. "왜 울어? 무슨 일 있어?" "아빠가 오해하잖아……." 달이의 손에 무언가가 들려져 있었다. 편지 봉투인 듯싶었다. 무안해진 내가 욕실로 씻으러 간 사이에 달이가 편지를 책상 위에 올려놓고 방을 나갔다.

욕실에서 나오니 달이가 자리에 누워 그런다. "아빠 꼭 나 잠들면 읽어 봐요, 알았죠?" 책상 위에 얌전히 놓인 편지를 펼쳐들고 읽노라니 나도 모르게 눈물이 왈칵 쏟아져 나왔다. 어제 낮에 달이가 자기 용돈으로 케이크를 사다가 오빠 어진별 민규랑 생일 축하를 해준다고 야단법석을 떨었는데 정작 초가 달랑 네 개뿐이라 황당했던 일이 떠올랐다. 잠시나마 아빠를 그리 젊게 봐준 딸의 안목을 기쁘게 여겨야 할지 아빠의 나이도 자꾸 까먹는 딸의 무심함을 타박해야 하는지 난감했더랬다.

어린 마음에 그게 마음에 걸렸나 보다. 그냥 잠자리에 들어가기에는 아빠의 머쓱했던 표정이 자꾸만 눈에 밟혔던가 보다. "괜찮아. 초가 네 개면 어떻고 열 개면 어때? 고맙다 민서야……." 그 자리에서 흔쾌하니 이렇게 말해주고 달이의 마음을 따뜻이 안아주지 못한 내 마음의 옹졸함을 탓하지 않을 수 없게 되었다. 기쁨인지 설움인지 자꾸만 눈물이 났다. 아빠의 민망했던 마음을 헤아리며 또박또박 써내려간 딸의 편지가 생일 축하주를 마시고 쓸쓸하니 돌아온 내 어깨를 아내의 손길인 듯 둥글게 어루만지고 있었다.

To. 사랑하는 아빠

아빠! 아빠 딸 민서에요.

일단 조금 지났지만 생신 축하드려요! 생일 하루나 지난 뒤에야 편지
드려서 죄송해요. 그리고 낮에 초 4개 사온 거 죄송해요. 생각해보니
까. 아빠가 많이 섭섭했을 것 같아요. 내년 생일 땐 그냥 선물 현금으
로 드릴게요. 표현은 잘 못하지만 항상 아빠한테 미안하고 고마워요.
13년 동안 저의 아빠 역을 해주셔서 감사하고, 18년(맞나?) 동안 오빠
의 아빠 역을 해주셔서 감사해요. 물론 앞으로도 계속 저와 오빠의 사
랑하고 존경스러운 아빠이실 거예요. 저와 오빠의 아빠라서 감사해요!
편지가 너무 짧나요? 그럼 이만 줄이도록 하겠습니다. 마지막으로 아
빠 사랑해요! 아, 이거 빠졌네요. 아빠, 생신 축하드려요!

from. 아빠의 사랑하는 딸, 민서

세한재 단상
어린 왕자에게

어린 왕자야, 안녕? 나는 연양초등학교 5학년에 다니는 김민서야. 얼마 전에 너를 알게 되었어. 아빠가 일하시는 배움터 '청출어람'에서 네가 나오는 책인 『어린 왕자』를 읽게 되었거든.

그런데 궁금한 게 있어. 비행사 아저씨가 너에게 양을 그려주었잖아. 하지만 입마개가 없는 양이었는데, 비행사 아저씨의 예감처럼 정말로 양이 꽃을 먹어버렸니? 만약에 양이 꽃을 먹어버렸다면 너는 굉장히 슬플 거야. 하지만 비행사 아저씨와 여우도 네가 슬퍼하는 것을 알면 더 슬퍼했을 것 같아. 왜냐하면 비행사 아저씨와 여우, 그리고 넌 서로 길들여졌잖아. 친구가 슬퍼하는 걸 보면 덩달아 슬퍼해주고 위로해주는 게 진짜 친구일 테니까.

그리고 마지막 부분에서 넌 대체 사막에서 어디로 사라진 거니? 사막이니까 모래바람 때문에 모래 안에 파묻혔을 수도 있고, 영혼이 원래 너의 별로 돌아갔으니 몸까지도 별로 돌아갔을 수 있고, 수많은 추측들이 있지만 난 너의 몸도 네 고향인 별로 돌아갔을 거라고 생각해! 몸이 돌아가야지 다음에 또 다른 수많은 별들을 지나서 다시 지구에 도착했을 때 너를 기다리고 있는 우리들과 비행사 아저씨, 여우를 만날 수 있잖아!

난 네가 별로 돌아간 후 비행사 아저씨가 많이 변했을 거라고 생각해. 순수한 너와 함께 지내며 어릴 적의 순수한 모습을 되찾았을 것 같아. 자신이 맡은 일에는 책임을 져야 한다는 것도 다시 한 번 깨닫고, 세상에는 여러 다양한 사람들이 있다는 것도 알게 되고, 보아 뱀에게 잡아먹힌 코끼리 그림을 그리던 자신의 어린 시절도 되돌아보게 됐을 것 같아. 어쩌면 아저씨는 지금까지 그 순수함을 잠시 잃고 그저 매일마다 같은 패턴으로 로봇처럼 살아왔을지도 몰라. 그런 면에서 볼 때 아저씨는 너에게 굉장히 고마워하고 있을 것 같아.

어린 왕자야, 너는 별에 돌아가서도 아직 여우를 생각하고 있니? 여우가 너에게 '길들여진다.'라는 말을 가르쳐주었잖아.

> "황금빛 머리카락을 가진 네가 나를 길들인다면 정말 근사할 거야! 그렇게 되면 황금빛이 물결치는 밀밭을 볼 때마다 네 생각이 날 테니까…… 그렇게 되면 나는 밀밭 사이로 부는 바람 소리도 사랑하게 될 테니까……."

이 말처럼 서로를 길들이면 너에게 여우는 세상에서 하나밖에 없는 여우가 되는 거고 너도 여우에게 세상에서 하나밖에 없는 어린 왕자가 되는 거야. 물론 사람은 언젠가는 무조건 헤어져야 하기 때문에 길들여진다는 것은 눈물을 흘리게 될 일이 생긴다는 의미가 될 수도 있겠지. 비록 눈물을 흘리게 된다는 것이 두렵긴 해도 길들여지는 것은 꽤 보람차고 즐거운 일일 것 같아. 누구나 언젠가 자신이 혼자가 될 때 옆에 함께 있어줄 누군가가 필요하거든.

이런 것을 너에게 가르쳐준 여우는 굉장히 똑똑한 것 같아. 똑똑하긴 하지만 한편으로는 많이 외로웠을 것 같아. 너를 만나기 전까지 한 번도 길들여진 적이 없었잖아. 그러면 한 번도 친구를 사귀어본 적이 없다는 거니까, 여우는 아마 사막 한 가운데에서 너를 만나 길들여질 때 사막에서 오아시스를 찾은 기분보다 백배는 더 좋았을 것 같아. 세상에 외로움보다 무서운 것은 없을 테니까 말이야.

처음이 있으면 반드시 끝도 있듯이 너도 비행사 아저씨, 그리고 여우와 결국은 헤어지게 되지 않니? 그 부분에서 나는 정말 슬펐어. 한 걸음만 더 내딛으면 별에 다다를 거리에서 넌 정말 많이 두려웠을 거야. 이 한 걸음만 내딛으면 다시는 비행사 아저씨와 여우를 보지 못할까 봐 망설였을 거야. 결국 너는 어디론가 사라졌지만, 나는 네가 너의 별로 돌아갔을 거라고 믿고 있고 언젠가는 우리가 모두 다시 만날 거라고 생각해.

어린 왕자야. 그 때까지 너의 별에서도 언제나 건강하고 행복하게 살기를 빌게. 나도 그렇게 지낼게. 그럼 안녕.

2015. 4. 26 (일)

지구별 대한민국 세종시에서

민서가

세한재 단상

탐매探梅

　지난해 이맘때 겨울의 끄트머리에서 간신히 빠져나와 기진맥진했던 나는 하릴없이 남도 여행을 떠나게 되었다. 와불님이 천 년토록 누워만 계시는 운주사를 들러서 육백 년이 넘도록 꽃망울을 피워내는, 선암사의 그 고졸하니 아름답다는 매화님을 뵈오러 갔다.

　하늘은 흐리고 바람은 아직 차고 무거웠다. 동안거가 끝난 지도 오래련만 선방에서 나왔을 스님들은 어딘가 매화나무 꽃그늘에 들었는지 보이지 않았다. 마침내 육백여 살을 잡수신 매화님을 뵈었다. 눈물겨웠다. 하늘을 향해 수없이 뻗어 올린 늙고 파리한 가지 위에 숱하게 피어나는 꽃망울들이 처연하니 아름다웠다.

　경내를 천천히 둘러보다가 요의를 느껴 해우소를 찾았다. 경계 없기로 유명한 선암사 그 '뒷간'이다. 허리춤까지 오는 칸막이가 이쪽과 저쪽을 나누는 전부다. 쪼그려 앉으면 눈높이의 창살 너머로 뒷마당이 한눈에 들어온다. 이러니 앞뒤 옆으로 들어선 이가 모두 동무가 되고 시방十方 세계에 격의가 없어지지 않을 도리가 없다. 과연 절집의 뒷간다웠다.

소변을 보고 나오는데 문득 바닥에 떨어진 매화 꽃잎 한 장이 눈에 들어왔다. 핏빛이었다. 공교롭게도 내가 지린 오줌 위에 떨어져 있었다. 그리고 그 한 장의 꽃잎 위에 많은 것이 겹쳐지고 포개져 떠올랐다. 무언가를 갈구하며 뜨겁게 달아오르던 몸짓, 허공을 떠돌며 애타던 마음, 이제야 비로소 머물 곳을 찾아 내려앉은 안도감…….

그때 그런 심정이 이 시를 쓰게 만들었고 다시 시를 불러내어 고쳐 쓰게 만들었다. 지금은 다 속절없는 일이 되었지만 그때는 정말 그랬다.

열꽃

선암사

어둑하니 서늘한 뒷간
당신이 지린 눈물 위로
불콰한 매화 꽃잎
한 장
내려와 슬며시 눕는다

흐메, 펄펄 끓어 내리는 열꽃이여

—졸시

세한재 단상

춘수春瘦

미친 봄날이다

꽃 꽃 꽃 꽃 꽃

개나리 아낙네의 허리를 그러안다가 그만

눈알이 황달처럼 샛노오래지고

자목련 과수댁의 옷섶을 풀어헤치다 그만

가슴이 신열처럼 붉어져버리고

백목련 처자의 속살을 더듬거리다가 그만

낯빛이 주검마냥 새하이야지고

온몸이 파리하게 말라버리고야 만다

쿵 쿵 쿵 쿵 쿵

미친 봄날이다

—졸시

춘수春瘦는 '봄마름병'이라고 하고 '꽃몸살'이라고도 한다. 제각기 일리가 있는 말이겠지만 다 봄이 되어서야 생기고 꽃이 피고 지기에 나타나는 병을 이른다. 약이 없다. 봄이 지나가고 꽃이 물러나야 낫는다고 한다. 무상하고 애틋한 병이 아닐 수 없다.

김훈은 "봄은 숨어 있던 운명의 모습들을 가차 없이 드러내 보이고, 거기에 마음이 부대끼는 사람들은 봄빛 속에서 몸이 파리하게 마른다. 봄에 몸이 마르는 슬픔이 춘수春瘦다."(김훈, 「꽃 피는 해안선」, 『자전거 여행』, 문학동네)라고 했다. 자신도 속절없이 그 병에 깊이 몸을 담가본 내력이 느껴진다.

손철주는 또 어느 글에선가 "봄이 오면 꽃이 앓는다. 이것이 꽃 몸살이다. 몸살 끝에 꽃이 핀다. 봄이 오면 노인도 앓는다. 이것이 춘수春瘦다. 춘수는 약이 없다. 겉은 파리하고 속은 시름겨운데, 꽃 보면 눈물짓고 입 열면 탄식이다."(손철주, 「봄이 오면 서러운 노인」, 『옛 그림 보면 옛 생각 난다』, 현암사)라고 했다. 그 또한 영락없다.

이른 봄날 우리 동네 신성동에 있는 '주막 어린이 공원'에 가면 산수유, 자목련을, 옆 동네 자운대로 들어가는 어귀의 목련나무 길에 가면 개나리와 백목련을 원 없이 뵈올 수 있다. 이 길은 자운대 뒷산인 금병산 아래까지 2.5km에 걸쳐 목련나무가 개나리와 어울려 늘어서서 장관을 이룬다. 미친 길이다.

세한재 단상

충청도 절집, 서산 부석사浮石寺

1.

지난주 월요일 어진별과 달이를 데리고 충남 태안에 있는 선산에 내려가다가 충남 서산시 부석면 취평리에 있는 부석사浮石寺를 찾아갔다. 부석사는 서산에 사는 내 오랜 벗들의 소개로 일찍이 인연을 맺고서는 틈 날 때마다 찾아가곤 하던 절이다. 유월의 한낮은 뜨거웠으나 절집으로 가는 길녘은 아름드리 고목이 드리운 그늘로 해서 시원하고 편안했다. 일주문을 지나서 고갯길을 오르면 부석사의 실질적인 관문인 듯 높이 솟은 운거루雲居樓의 밑기둥이 일행을 맞이한다. 구름도 머물며 쉬어간다는 곳인데 배경으로 펼쳐진 하늘이 구름 한 점 없이 푸르다.

부석사의 창건 연대와 연혁은 정확히 알 수 없으나 1995년에 극락전을 해체 보수하며 나온 상량기에 따라 신라말 677년(문무왕 17년)에 의상대사가 세운 절이라고도 하고, 고려말의 충신 유금헌이 나라 잃은 슬픔을 달래러 내려와 별당을 짓고 살았는데 승려 적감이 이를 개축하여 절이 된 것이라고도 한다. 여기저기 뒤져봐도 나로서는 정확한 사실 관계를 알기 어려웠다. 최근에 이 절에서 고려시대에 봉안된 보물급 금동여래좌상이 어떤 연유엔가 일본 대마도의 관음사에 건너가 있다가 우리나라 도굴단이 이를 국내로 들여와 반환 문제를 둘러싸고 논란이 된 일이 있었다. 그로 인해 본의 아니게 세간의 관심을 잠시 끌기도 했지만 여전히 서산 부석사는 많은 이들에게 그 진가가 가리어진 낯선 절집이다.

흥미롭게도 서산의 부석사는 경북 영주에 있는 부석사와 이름만이 아니라 창건 설화까지 쌍둥이처럼 닮아 있다. 쌍계사하면 그저 지리산 하동의 쌍계사인 줄 아는 이에게 충남 논산에도 그 못지않은 천년 고찰 쌍계사가 있다 하면 뭔 우스운 소린가 싶을 것이다. 하긴 하동의 쌍계사나 논산의 쌍계사는 우연히 이름이 같을 뿐 어떤 특별한 사연이 얽힌 게 아니니 그럴 만하겠다. 하지만 세상에 널리 알려진 영주 부석사와 이름만이 아니라 창건 설화와 내력까지 판박이인 천년 고찰 부석사가 서산에도 있다하면 이건 그냥 예사롭지만은 않은 일이다. 그런데 많은 이들이 이 신기하고도 곡절한 사연을 잘 모른다. 안타까운 일이다.

부석사 두 절집에 똑같이 얽힌 창건 설화는 천 년 전 신라의 의상대사와 선묘 낭자 사이의 애절한 사랑 이야기이다. 의상대사가 중국 당나라에 유학을 떠났다가 도중에 만난 선묘 낭자가 그에게 구애를 하나 학업을 마친 의상이 이를 받지 않고 고국으로 돌아가게 된다. 선묘는 이에 상심했으나 단념하기는커녕 오히려 바다에 몸을 던져 용이 되어서는 의상이 돌아가는 뱃길을 수호하고, 의상이 부석사를 지을 때는 큰 돌을 공중에 띄워서 이를 반대하는 현지의 무리를 물리치면서까지 의상을 위해 헌신을 하게 된다. '큰 돌을 공중에 띄웠다.' 절 이름을 부석사浮石寺라 한 것도 그런 이유에서일 것이다. 여러모로 믿기 어려운 얘기나 이를 청춘남녀의 일방적인 짝사랑 이야기로만 보기에는 선묘의 헌신성에 대한 대접이 뭔지 허술해 보인다. 아무래도 선묘 낭자는 불법을 찾아가는 구도자의 상징이며 의상과의 로맨스는 그 과정의 염결성을 강조하기 위해 만들어진 종교적 픽션으로 보는 게 마땅할 것이다. 물론 모든 게 받아들이는 자 마음이다.

아무튼 영주와 서산 부석사의 창건과 관련하여 전해지는 이 이야기는 선묘 낭자로 해서 곡절하기도 하지만 다른 것들까지 모든 게 판박이 같아서 신기하기만 하다. 절 이름뿐만이 아니라 선묘각을 세워서 선묘 낭자를 기리는 것도 그렇고 부석의 증거물이기도 한 부석이 양쪽에 모두 실제로 존재하는 것도 그러하다. 서산 부석사에 관련된 부석은 절집에서 내려다보이는 서해 바다 한복판에 잠긴 검은 바윗돌(검은여)이었는데 조수간만의 차이에 상관없이 멀리서도 보이는 게 바다에 떠 있는 것 같다 해서 부석浮石이라 했다 한다. 지금은 바다를 간척하는 바람에 뭍 위로 드러나 바윗돌 무더기가 되어 있다. 부석사가 있는 산 이름이 '섬이 날아간다'는 도비산島飛山이라 하니 아마도 여기 있는 검은여가 그곳에서 날아오거나 그리로 갔기에 붙인 이름인 듯하다.

2.

차 안에서 꾸벅꾸벅 졸기만 하던 아이들이 밖에 나오니 활기를 되찾는가 보다. 팔짝거리며 앞장을 선다. 운거루를 오른쪽으로 돌아 절집을 향해 오르다 보면 왼쪽에 전통 다원으로 쓰는 건물이 나온다. 내 벗들과 이곳을 찾을 때면 운거루 다원에 들어가 대추차 한 잔에 마음을 풀어놓고 쉬다 가곤 했다. 숲이 드리운 짙은 녹음 아래 서 있는 다원의 석조 기둥들이 이채롭다. 내가 과문한 탓인지 제대로 된 절집 기둥에 석조를 쓴 걸 본 적이 없다. 오래된 절의 내력이나 아름드리 고목들과는 다르게 근래에 이르러 새롭게 짓고 꾸민 흔적들이다. 못내 아쉽긴 하지만 어떠한들 불만이 없을 수 있겠나. 저것들도 모두 세월의 무게를 견디다 보면 언젠가는 저 오래된 나무의 나이테처럼 깊고 그윽해져 있을 것이다.

절로 오르는 입구에 사자문獅子門이 서 있다. 사자상이 서 있는 것 또한 이채롭다. 사자는 불국 정토를 지키는 수호신의 의미 정도가 있을 것이다. 삿된 마음을 내려놓으라는 무언의 압력 아니겠는가. 주련 한쪽에 쓰인 글귀가 마음에 들어온다. "이 문 안에 들어오면 (세속의 분별된) 앎으로 이해하려 들지 마라(입차문내막재지해入此門內莫存知解)." 나는 어떤가. 알량한 세속의 앎을 털어내지 못하고 살아온 세월이 어느덧 반백 년이다. 사자상의 옆을 지나가는데 목덜미가 쭈뼛하다. 문 또한 높지 않으니 절로 머리를 수그리고 문을 들어서게 된다. 누구인지 모를 절집 주인의 높은 뜻이리라.

사자문 안쪽에는 절 마당으로 완만히 굽어져 올라가는 돌층계가 있다. 바닥엔 둥글둥글하거나 모나거나 넓적한 돌들이 굴곡을 따라가며 얼기설기 깔려 있다. 경사진 언덕에는 우람한 고목들이 띄엄띄엄 뿌리를 내리고 있다. 모든 게 자연스럽다. 누군가의 바람처럼 이 길의 끝이 영주 부석사 무량수전 앞의 안양루처럼 누각의 마루 아래를 통과해 절 마당으로 들어서는 구조였다면 더 근사하고 장엄할 수도 있었겠지만 충청도 절집에 그런 구조는 애당초 어울리지 않는다. 충청도 절집의 참된 미덕은 보물급 불상이나 건축물에 있는 게 아니라 인공적인 구획이나 정연한 질서를 벗어난 자연스러운 조경에 있다.

길은 안양루를 슬그머니 오른쪽으로 비껴서 수줍은 듯 절 마당으로 이어진다. 마당으로 들어서는 입구는 반듯한 돌계단 길인데 꽃나무가 양쪽에 빼곡하고 벌들까지 붕붕거려서 다소 비좁은 듯도 했다. 하지만 사자문에서 절마당까지 이어지는 전체적인 동선과 조경은 엄숙하지 않고 요란하지 않아서 편안하고 질박하게 다가온다. 극락전을 왼쪽으로 돌아서 마애불과 산신각에 오르는 돌층계 길도 그렇고 도처가 그러하다. 여담이지만 덕산의 수덕사 오르는 오솔길도 그랬고 운산에 있는 개심사 입구의 돌층계 길도 최근에 새로 뜯어 고친다며 망가뜨리기 전에는 다 그러했다. 이렇듯 완만하고 느슨한 산세를 닮은 기울기로 산사를 찾는 이들을 편안히 끌어안는 동선과 조경의 자연스러움이야말로 충청도 절집이 지닌 백미가 아닐 수 없다.

아닌 게 아니라 절 마당에 들어서는 이들을 정면으로 맞이하는 건 웅장한 대웅전도 거룩한 극락전도 아니고 잇닿아 붙여놓아 영락없이 길게 드러누운 소의 몸통을 닮은 심검당尋劍堂과 요사채(목룡장牧龍莊) 건물이다. 절의 중심이 부처를 모신 법당에 있지 않고 여염의 문간방과 다르지 않은 곳이라니 뜻밖일 수 있겠다. 하지만 소의 머리 부분에 극락전을 앉히고 소의 젖가슴 부분에는 약수를 내어 우유 약수를 만든 걸 알고 나면 심검당과 요사채가 진리이자 부처의 상징인 소의 몸통이 되는 것에 절로 고개가 끄덕여진다. 이렇듯 엄숙함과 권위를 내려놓고 꾸밈없이 소박하게 들어앉으면서도 절묘해지는 절집의 배치야말로 근자에 새로이 지어진 금종각이나 산뜻하게 꾸민 템플스테이 선원보다 부석사를 백 배나 빛나게 하는 것인 줄 아는 이는 알겠고 모르는 이는 영 모르는 일일 것이다.

심검당 건물에는 20세기 초 이 절에 머물며 부석사를 선풍도량으로 거듭나게 한 만공선사(滿空, 1871~1946: 조선과 일제 강점기의 승려이자 독립운동가)의 현판이 걸려 있다. 낙관에 칠십옹七十翁이라 했으니 칠십 먹은 노인네의 겸손한 글씨다. 하지만 가만히 들여다보면 산전수전을 다 겪은 선승의 필력이 도저한 경지를 이루고 있어 말할 수 없는 힘을 느끼게 된다. 나란히 붙은 요사채엔 만공의 스승인 경허선사(鏡虛, 1846~1912: 한국 근현대 불교에 뚜렷한 족적을 남긴 선승)의 현판 글씨도 걸려 있다. 목룡장牧龍莊이라 하니 '용을 키우는 집'이란 뜻인데 용이 되어 의상대사를 따라온 선묘 낭자를 기리는 뜻일지도 모르겠다는 생각이 들었다.

심검당과 요사채 건물에는 길게 이어진 툇마루가 놓여 있다. 경허선사나 만공선사나 옛날 어느 땐가 바로 이 자리 툇마루에 나와 앉아 가끔은 꾸벅꾸벅 졸기도 하면서 문득 이렇게 눈앞에 펼쳐진 서해 바다를 말없이 바라보았을지 모른다.

"노을 물든 텅 빈 절/ 무릎 안고 졸다/ 소슬한 가을바람 놀라 깨어 보니/ 서리 맞은 단풍잎만 뜰에 차누나."(경허선사)

지금은 천수만 간척사업으로 바다는 호수로 변했고 너른 간척지가 펼쳐져 있다. 옛날엔 바로 산 밑까지 바닷물이 들어와 출렁거렸을 것이다.

생각해보니 심검당과 요사채 건물이 누워 있는 소라면 눈앞에 펼쳐진 서해는 소가 드러누운 마당인 셈이다. 서해 바다를 마당으로 끌어안고 드러누운 소가 부석사인 것이다. 담대하고 장쾌하지 않은가. 절집 하나를 앉혀도 자연과 서걱거리지 않으면서 자연과 어우러져 깊어지고 아득해지는 지혜를 아는 우리 선인들의 안목이 놀랍기만 하다.

요사채 오른쪽 언덕에는 템플스테이 선원이 있다. 요사채 오르는 계단 옆에 이름 모를 들꽃들이 무리지어 화사하니 피어 있다. 편안하고 고요하다. 사채와 템플스테이 선원 사이에 작은 연못이 있고 연못 안에 수련이 무리지어 자라고 있다. 잎이 젊고 싱싱해 보인다. 무리지어 피는 것들이 어떻게 서로를 기대며 더불어 빛날 수 있는지 잘 보여준다. 이곳에도 머지않아 연꽃잎들이 아름답게 피어날 것이다. 그때를 위해 아직은 몸을 낮추고 때를 기다리는 것이리라. 이채롭게도 물 위에 떠 있는 관음상은 왠지 바다의 용이 된 선묘 낭자의 느낌이 든다. 어쩌면 그럴지도 모르겠다. 선묘 낭자는 관음보살의 현신이 아니었을까.

극락전을 왼쪽으로 돌아가면 만공스님이 들어가 수도를 했다는 만공토굴로 올라가는 계단길이 나온다. 입구 한쪽에 쇠뿔 모양의 비석이 서 있다. 소의 머리 뿔에 해당하는 자리에 맞추어 뿔 모양의 돌을 앉힌 것이다. 모르는 이는 모른 채로 지나가겠지만 아는 이에겐 흥미로운 일이다. 아는 만큼 보이는 법이다. 돌계단 길 한쪽에 스님 모습의 석상이 옹기종기 모여 있는데 스님의 온화한 표정이 만공스님인 듯 따뜻하고 다정해 보인다. 절을 닮은 것인지 자연을 닮은 것인지 석상을 새긴 석공의 마음이 그러한 것인지 석상 하나까지도 소박하고 편안하다. 과연 충청도 절집답다.

떠나야 할 시간이 얼마 남지 않아서 만공 토굴과 산신각까지는 못 오르고 중턱에 있는 마애불을 찾아갔다. 오래된 것은 아니고 근자에 형성한 것으로 보인다. 운산에 있는 '백제의 미소' 마애삼존불을 기대하고 본다면 허망하다. 부석사의 마애불님은 웃지 않고 근엄한 표정이다. 웃는 것도 부처님 마음이다. 하긴 사람도 가지각색이니 부처님도 가지각색인 게 더 자연스러운 건지도 모른다.

내려오다 보니 새로 지은 종각 건물이 눈에 들어온다. 금종각이라는 이름답게 너무 화려하다. 범종도 그렇고 법고를 받치고 있는 호랑이 비슷한 동물의 생김새도 그렇다. 이제까지 보았던 소박하고 자연스러웠던 부석사의 인상과는 딴판이다. 어리둥절하다. 아무래도 부석사의 참된 아름다움이 어디에서 오는 건지 채 헤아리지 못하고 새롭고 화려할수록 더 많은 호응이 있을 거라 생각한 결과일 것이다. 하지만 이런 화려함이 충청도 절집의 멋으로 인정된 예를 아직 보지 못했다. 부디 돌계단 길 하나에서도 소박하고도 자연스러운 멋을 추구했던 선인의 뜻을 망각하지 않았으면 좋겠다. 종각 주련에 '일체중생성정각一切衆生成正覺'이라 쓴 글귀가 마음에 들어와 앉는다. 모든 중생이 바르게 깨닫게 되기를 간절히 빌고 또 빌 뿐이다. 하여 부석사의 소박하고도 자연스러운 아름다움이 오래도록 보존되고 이어지기를 말이다.

3.

안양루 옆에 둘이씩 앉아서 전망을 내다볼 수 있는 흔들의자가 놓여 있

었다. 어진별이와 달이가 나란히 앉았다 떨어져 앉았다 하면서 연신 깔깔
거리며 장난을 친다. 저런 장난이라도 절집에서 치니 따뜻하게 보이고 거
룩하게 다가온다. 아마도 부처님의 자비로운 마음 때문이 아니겠는가. 멀
리 서해 바다 쪽으로 어두운 기운이 내려오는 걸보니 해가 저물려나 보
다. 서둘러 떠나야겠다.

부석사를 떠나 태안으로 가는 길에 자연스레 생각에 잠겼다. 유홍준 교
수는 영주의 태백산 부석사를 일러 '사무치는 마음으로 가고 또 가는 절
집'이라 하였지만 내게는 서산의 부석사가 그러하다. 영주 부석사와 같이
아득하게 높은 격을 지닌 절은 아니지만 서산의 도비산 부석사는 충청도
의 여느 절집들이 대개 그러하듯이 여염집처럼 편안하고 느슨하게 자연
의 품 안에 들어앉아 있어 드러나지 않고 요란하지 않게 사무침을 자아낸
다. 아니 사무치기보다는 그냥 애틋하다고나 할까. 애틋하고 또 애틋하여
나는 다시 이 절집을 찾곤 한다.

아마도 머지않아 또 하릴없이 부석사를 찾아오고야 말 것이다.

세한재 단상
감나무 집 욕쟁이 할머니

지난 밤 백만 년 만에 내린 단비로 하여 내 일터의 길 건너편 혀가 짧아 슬픈 욕쟁이 할머니 집 늙은 감나무의 잎사귀가 사뭇 푸르러지고, 키도 한 뼘은 자란 듯 그늘이 더욱 깊어졌다. 올 가을에도 어김없이 욕쟁이 할머니의 마음씨 좋은 큰아들은 일 년치 품샀인 양 잘 여문 단감이며 무르익은 홍시를 바구니에 수북이 담아서 할머니의 온갖 푸념이며 불평이며 한탄이며 욕지거리를 묵묵히 품어낸 내 노고를 치하하듯 슬며시 내놓을 것이다.

어느 가을날이었던가. 무슨 말인지 당최 알 수 없었던 욕쟁이 할머니의 욕지거리가 또렷이 귀에 들어오면서 사실은 그 말의 대부분이 욕이 아니라 혀가 짧은 할머니의 푸념이고 한탄일 뿐이었다는 걸 깨닫고는 가슴이 감쪽같이 무너져 내린 일이 있었다. 언젠가는 한 몇 달인가 할머니가 보이질 않아서 무슨 일인가 싶었는데 출근길 골목에 낭랑하게 울려 퍼지는 할머니의 욕지거리를 듣고는 무언가 알 수 없는 안도감에 마음이 나른해졌던 적도 있었다.

저 푸른 잎사귀의 감나무도 격정의 여름과 결실의 가을을 지나 눈 내리는 겨울이 오면 모든 잎을 떨구고 긴 겨울잠에 들어갈 것이다. 더러는 다가오는 봄에 다시 새싹이 돋고 뜨거운 여름날 무성한 잎을 피워내고 또 다시 가을이 돌아오면 다투어 풍성한 열매를 매달겠지만 더 이상 그럴 수 없는 날도 반드시 올 것이다. 욕쟁이 할머니의 정겨운 욕지거리를 더 이상 들을 수 없는 날도 그렇게 올 것이다. 살아 있는 모든 것은 그렇게 누군가의 그리움으로 스며들어가며 세상을 떠난다.

세한재 단상
하늘과 땅

언제나 그렇다. 하늘이 몸을 낮추고 수그려서 땅을 보듬을 때 만물이 화육하고 번성하는 법이다.

지난여름은 얼마나 무덥고 잔인했던가. 풀도 나무도 짐승도 사람도 모두 죽을 지경이었다. 시나브로 시들어가고 타들어가고 여위어가고 스러져갔다.

땅이 뜨거워질 대로 뜨거워지고 하늘이 무거워질 대로 무거워지더니 급기야 하늘이 쏟아져 내렸다. 남남처럼 등을 돌리고 있던 하늘과 땅이 그렇게 통했다.

간밤에 큰 비가 내리고 다시 평화가 찾아왔다.

가을이다.

제 3부

양행 · 천균에 이르는 길

살아남은 자의 의무

80년 전 오늘

물론 나는 알고 있다.

오직 운이 좋았던 덕택에

나는 그 많은 친구들보다

오래 살아남았다.

—B. 브레히트, 「살아남은 자의 슬픔」

오늘 12월 19일은 18대 대통령 선거일이자 매헌 윤봉길 의사 서거 80주년이 되는 날이기도 하다. 엊그제서야 페이스북에 올라온 얼친의 글을 보며 알게 되었다. 부끄러운 일이다.

1932년 4월 29일 식민지 조선의 한 청년이 중국 상하이 홍커우 공원에서 벌어진 제국주의 일본의 전승기념일 현장에 폭탄을 투척하였다. 청년의 의거로 상하이 파견군 총사령관 시라카와 요시노리를 비롯한 일본군의 수뇌부 침략 전쟁 범죄자 다수가 죽거나 다쳤다. 국민당 총통 장제스는 "중국의 100만 대군도 하지 못한 일을 조선의 한 청년이 했다."며 감탄하였다.

"자유의 세상은 우리가 찾는다. 나의 자유, 민중의 자유…… 개인의
자유는 민중의 자유에서 나아진다."(윤봉길)

그리고 그는 그해 12월 19일 오전 7시 24분 일본 이시카와 현 가자나와
시 육군공병장 작업장에서 작은 십자가에 묶이고 무릎을 꿇려 두 눈과 이
마를 헝겊으로 가리운 채 처형당한다. 이마 한가운데를 관통한 적의 흉탄
이 25살 젊은 나이, 불꽃같은 그의 인생의 숨통을 끊는다.

오직 나라와 민족을 구하기 위해 제 일신과 가족의 안위를 돌보는 일
을 마다했던 한 식민지 조선 청년의 서릿발 같았던 결기에 마음이 오래
머물지 않을 수 없다. 그에게도 사랑하는 아내와 강보에 싸인 두 아이가
있었다. 그가 자신을 버렸기에 우리가 살았고, 그가 제 가족과의 인연을
피울음으로 끊었기에 그의 가족은 험난한 시절을 견뎌내야 했겠지만 우
리나라와 민족은 영혼을 지켜낼 수 있었다. 그들에게 미안하고 고마웠다.

그가 세상에 남겨진 어린 두 아들에게 보낸 유서는 슬픔을 억누르고 담
담하게 쓰였으나 그 결연함으로 하여 더욱 처연하다.

"강보에 싸인 두 병정에게
—두 아들 모순과 담에게

너희도 만일 피가 있고 뼈가 있다면 반드시 조선을 위하여 용감한

투사가 되어라. 태극의 깃발을 높이 드날리고 나의 빈 무덤 앞에 찾아와 한 잔 술을 부어놓으라. 그리고 너희들은 아비 없음을 슬퍼하지 말아라. 사랑하는 어머니가 있으니 어머니의 교양으로 성공하기를. 동서양 역사상 보건대 동양으로 문학가 맹가가 있고 서양으로 불란서 혁명가 나폴레옹이 있고 미국에 발명가 에디슨이 있다. 바라건대 너의 어머니는 그의 어머니가 되고 너희들은 그 사람이 되어라." (윤봉길)

2012년 대선일인 오늘 내 마음은 80년 전 어느 날 그가 피 끓는 애국청년 이전에, 한 명의 연약한 인간으로서, 아내와 두 아이를 둔 한 가족의 가장으로서 느꼈을 실존적 고뇌와 번민의 시간, 그럼에도 불구하고 감당해야 했던 외롭고 쓸쓸했을 결단의 시간에 오래도록 머문다. 나라를 그렇게 강탈당하지 않았다면 그에게도 평범한 삶이 주어졌을 것이다. 누구보다 자랑스러운 두 아이의 아버지이자 어엿한 가장으로 행복하게 살고 있었을지 모른다. 그 또한 죽음이 두렵지 않았겠는가. 그 또한 초롱초롱 빛났을 아이들의 눈망울이 눈에 밟히지 않았겠는가.

"고향에 계신 부모 형제 동포여! 더 살고 싶은 것이 인정입니다. 그러나 죽음을 택해야 할 오직 한 번의 가장 좋은 기회를 포착했습니다. 나만 나 혼자만 잘 먹고 잘 살다 죽을 수도 있었습니다. 하지만 나는 나와 내가족의 미래보다 조국을 선택했습니다. 백 년을 살기보다 조국의 영광을 지키는 기회를 택했습니다. 안녕히, 안녕히들 계

십시오." (윤봉길)

윤봉길, 그의 죽음은 한 개인의 죽음을 넘어 제국주의 침략에 맞섰던 수많은 이들의 분투와 희생으로 확장되어 내게 다가온다. 그에게 바치는 경건한 조사는 조국의 해방을 위해 평화적으로, 때로는 총과 칼을 들고 일제에 맞서 싸우다 이름도 없이 스러져간 수많은 이들에게 바치는 눈물어린 헌사와 다를 수 없다. 그들이 잃어버린 삶이 다시 나를 부끄럽게 한다.

그의 거사와 죽음에 대한 여러 상반된 평가가 있는 것도 사실이다. 박헌영은 "윤봉길의 의거는 결코 살인이 아니며 (……) 통쾌한 기분"이라면서도 "군중의 조직적이고 대중적인 투쟁에 장해가 되며 (……) 결과적으로 적에게 유리한 무기가 되고 만다."고 보았다. 이승만은 "이런 행동은 어리석은 짓이며, 일본의 선전내용만 강화시켜줄 뿐 한국의 독립을 가져다주지 못할 것이다."라고까지 비판하였다.

하지만 이런 평가가 있다 하여 그가 일신을 버리고 대의를 선택한 희생의 가치가 훼손되는 것은 결코 아니다. 그리고 오히려 분명한 것은 한 알의 밀알이 그대로 밥이 되는 것은 아니지만 한 알의 밀알이라도 뿌려야만 거둘 곡식이 나오고 먹을 밥도 그곳에서 나온다는 사실이다. 그 또한 이것을 분명히 직시하고 있었다.

"나도 알고 있다. 일본 장교 몇 명을 죽인다고 독립이 될 수 없다는 것을 (하지만) 나는 한국인의 독립 의지를 전 세계에 알리기 위해 목숨을 바친다."

일본이 패망하고도 세상은 바뀌지 않았다. 친일파는 버젓이 거리를 활보하였고 천황에게 충성의 혈서를 쓴 일제의 주구들은 또다시 그들만의 왕국을 만들어 선량한 인민을 농락하고 민주주의의 숭고한 가치를 파괴하였다. 아직도 그들이 쌓은 기득권의 성채는 견고하고 권세와 영화를 향한 탐욕은 집요하다.

> 그러나 지난밤 꿈속에서
> 이 친구들이 나에 대하여
> 이야기하는 소리가 들려왔다.
> '강한 자는 살아남는다.'
> 그러자 나는 자신이 미워졌다.
>
> ─B. 브레히트, 「살아남은 자의 슬픔」

나도 알고 있다. 사태가 이럴진대 대통령 하나 뽑는다고 저 난공불락의 성채가 한 방에 허물어지고 우리가 꿈꾸는 세상이 단박에 오는 것이 아니라는 것을. 하지만 우리가 얼마나 간절히 새로운 세상을 꿈꾸고 있는지 온 세상에 알리기 위해 총과 칼 대신 투표용지라도 들어 우리의 꿈과 의지를 오롯이 아로새기기 위해 투표를 하러 간다.

나도 잘 알고 있다. 목숨을 내걸고 나라와 민족을 되찾기 위해 대의를 좇았던 그들에게 우리가 보답할 수 있는 일이 무엇인가를. 똑똑히 알고 있다. 그들이 했던 것처럼 사랑하는 가족을 버릴 수 없고 빛나는 청춘을 끝낼 용기도 없을 때 살아남은 우리가 무엇을 할 수 있고 무엇을 해야 하는지를. 이것마저 할 수 없다면 우리가 무엇을 또 할 수 있겠는가. 우리의 아이들에게 무엇을 물려줄 수 있단 말인가.

살아남은 자여. 투표용지 위에 피어나는 변혁의 꽃망울을 보아라. 세상을 핏빛으로 물들이는 살아남은 자의 눈물을 보아라. 찬연히 되살아나는 민주주의의 회복을 보아라. 사그라지지 않는 변혁의 열망, 민중의 힘을 보아라.

살아남은 자의 의무, 죽은 이들에 대한 예의와 새로이 자라나는 우리 아이들의 미래를 위해 오늘 곱게 단장을 하고 투표를 하러 간다.

전쟁, 치킨 게임과 매화

연일 전쟁의 가능성과 위험을 알리는 소식이 쏟아지고 있다. 봄을 알리며 올라오는 남도의 꽃소식조차 밀어낼 기세다. 매화는 벙글어지는데 세상의 봄은 아직도 멀었나 보다. 이런 현실이 못내 답답하고 슬프다.

이른바 치킨 게임의 형국이다. 북한은 3대 세습을 안착하고 경제난으로 인한 인민의 불만과 군부의 동요를 잠재우기 위해 벼랑 끝 전술을 고수하고 있다. 핵을 개발하고 전쟁 불사를 외침으로써 지배 체제의 위기를 단속하겠다는 것인데 남한과 미국의 매파가 파국을 전제로 하여 공포심을 조장하고 자신들의 백기 투항을 강박하는 상황에서 그들에게는 불가피한 선택이라고 강변할 것이다. 하지만 이것은 남한과 미국의 입장에서는 고스란히 그들에게 되돌려줄 말이 되고 있다. 체제를 결속하면서 자신들의 위력을 보여주다가 반전을 통해 실리를 얻어내겠다는 의도일 수도 있겠지만 이것이 뜻대로 될지는 아무도 장담할 수 없다.

미국의 오바마 정부는 세계 경제의 위기 속에서 연임에 성공했지만 산적한 내부 개혁의 과제를 붙들고 있는 한 미국 내 매파와 군산복합체의 이해를 거스르고 전향적인 대북 정책을 추진하기에는 역부족인 상황으로 보인다. 팍스 아메리카나 미국의 위상이 갈수록 추락하고 있는 상황에서 UN을 통해 북한을 완전 봉쇄하고 겁박하는 일은 미국의 자존심이 걸린 문제이기도 하지만 새로운 강자 중국과 신냉전 질서의 대치 선을 획정하는 일이기도 하다. 물론 미국의 대외 정책이 항상 성공적인 것이 아니었기에 파국을 전제로 하여 진행되는 이러한 강경 드라이브가 미국이 원하는 방향으로 진행될 것이라고는 아무도 장담할 수 없는 일이 되고 있다.

남한은 이명박 정부 이후 남북관계가 급격히 악화되면서 북한의 핵 개발을 둘러싼 동북아 정세에서 주도권을 완전히 상실하고 미국의 입장에 공조하는 것 이외에는 아무 것도 할 수 없는 처지가 되어버렸다. 안타깝게도 이명박 정부의 대북 정책을 고스란히 계승한 박근혜 정부 또한 달라진 것은 하나도 없다. 남북문제는 북미관계가 중심이 아니라 남북관계를 중심으로 풀어가는 게 마땅하건만 그럴 의지도 능력도 없는 정부에게 기대할 것은 많지 않아 보인다.

지난 대선에서 남북관계의 정상화를 외면하고 박근혜 정부를 선택한 남한의 국민들이 현재의 군사적 초긴장과 전쟁 위기까지 감내할 용의가 있었는지는 모르겠다. '설마 전쟁이야 나겠어?' 하는 심정으로 선택한 것이라면 정말 순진한 생각이 아닐 수 없다. 문제는 전쟁도 불사하겠다는 강경파들이 주도하는 '형세'다. 맨 땅에서야 바위를 굴리는 것이 힘든 일이겠지만 비탈길의 형세에선 갓난아기가 밀어도 바위가 굴러갈 수 있다. 전쟁 불사를 외치는 형세에선 그것의 속내가 엄포용인지를 떠나서 전쟁의 발화는 우리가 원하든 원하지 않든 아주 사소한 것으로부터 촉발될 수 있다는 것이다.

전쟁 자체가 아니라도 전쟁의 공포심은 우리의 삶을 피폐하게 만든다. 북한도 미국도 남한도 지배세력은 언제고 전쟁의 공포심을 통하여 지배 체제를 공고히 하고 수탈의 메커니즘을 은폐하기 마련이다. 전쟁의 공포가 상존하는 곳에서 정상적인 삶을 향유할 수 없는 일이다. 소통은 왜곡되거나 단절되고 자유는 억압되고 민주주의는 후퇴할 것이다. 생명을 겁박하는 공포와 싸우면서 하루하루를 버텨내는 일이 일과인 삶을 당신은 진정으로 원하는가.

공포심을 조장하여 심약한 상대의 기를 꺾고 백기 투항을 받겠다는 치킨 게임은 늘 양쪽 모두 핸들을 꺾지 않는 파국을 전제로 하기에 모든 문제를 푸는 하책일 수밖에 없다. 50년대 미국의 치기어린 동네 양아치들이나 하던 게임일 뿐이다. 과거 냉전하에 파국으로 치닫던 미소의 군비경쟁은 그 무모함이 어떤 것인지를 잘 보여준다. 이러한 해묵은 유물이 아직도 외교정책의 주요 수단으로 쓰이는 걸 보면 정말 신냉전 질서가 도래한 건지도 모르겠다. 인간의 이성이 얼마나 무력한 것인지 회의하게 된다. 이게 다 히틀러를 선택한 독일 국민의 과오처럼 운전대를 잡은 운전자를 잘못 고른 업이다. 치킨 게임이야 운전자들끼리의 생사가 걸린 문제이니 나머지는 관전자로서 느긋하게 팔짱끼고 결과를 즐길 수도 있겠지만 지금 우리는 그 차에 함께 타고 있는 절체절명의 처지라는 것을 잊지 말아야 한다. 전쟁은 결코 게임이 아니다.

박홍규가 쓴 『몽테뉴의 숲에서 거닐다』를 읽다 보니 몽테뉴의 『에세』에 나오는 이런 구절에 마음이 오래 머문다.

"보통의 평온한 시대에는 사람들은 평범한 사건에 대해서 마음의 준비를 한다. 그러나 우리가 빠져 있는 이러한 혼란 상태에서 모든 [프랑스인=한국인]은 개개인으로서도, 전체로서도 매 시간마다 자신의 운명이 완전하게 곤두박질쳐도 이상하지 않은 상황에 언제나 서 있다. 그런 만큼 우리는 더욱 강력하고 힘차게 마음의 준비를 하지 않으면 안 된다. 우리가 유약하지도, 무기력하지도, 무위하지도 않는 시대에 살 수 있도록 한 운명에 감사해야 하지 않을까? 다른 방법으로는 전혀 유명해질 수 없는 자라도 그 불행으로 인해 세상에 이름을 남기게 되리라."

지독한 반어법이다. 36년간이나 지속된 위그노 전쟁을 견뎌내는 몽테뉴의 정신승리법이 눈물겹다. 한반도에 국지전이든 전면전이든 전쟁이 일어난다면 이런 식으로 감당할 성질도 아니겠지만 이런 '정신승리법'을 써야 하는 파국만큼은 피하고 싶다.

가양동 남간정사에 부적 같은 꽃덩어리, 매화가 벙글어지거들랑 사랑하는 벗들이나 가족과 꽃구경 가고 싶단 말이다.

물의 깊이

나라가 온통 교육부의 고위 관리 나향욱의 발언으로 벌집 쑤셔놓은 듯하다. "민중은 개, 돼지로 보고 먹고살게만 해주면 된다."느니 "1%와 99%의 신분제를 공고화해야 한다."느니 하는 온갖 망언을 해댔다고 한다. 본인은 과로와 음주 탓이라고 발뺌하고 있지만 이게 어디 그런 문제인가. 이나라 권력 집단의 격格과 속살이 만천하에 드러난 사건이 아닐 수 없다.

순자(荀子, BC. 298? ~ BC. 238?)는 일찍이 백성을 물, 권력자를 배에 비유해서 물은 배를 띄우기도 하지만 성이 나면 배를 엎어버릴 수도 있다고 했다. 권력자의 처신이 어떠해야 하고 백성의 잠재된 힘이 얼마나 무서운 것인지 깨우치는 뜻을 담고 있다. 깊이를 알 수 없는 물의 빛깔마냥, 권력자의 목을 치는 칼날처럼 서슬이 퍼런 말이다.

君者舟也, 庶人者水也   임금은 배고 백성은 물이다
水則載舟, 水則覆舟   물은 배를 띄울 수도 있고 엎어버릴 수도 있다
—「왕제王制」, 『순자荀子』 편

흥미롭게도 장자(莊子 BC. 369? ~ BC. 289?)는 물의 또 다른 속성에 주목한다. 물이라고 해서 언제나 배를 띄울 수 있거나 엎을 수 있는 것이 아니라는 것이다. 물이 깊지 않다면 티끌이야 띄우겠지만 물잔 하나 띄울 수 없는 일이라며 정색을 한다. 물이 깊지 않고서야 배를 뒤집는 일은 언감생심이란 말이다. 물이 쌓이고 깊어져야 비로소 물의 힘이 생기는 법이다.

且夫水之積也不厚, 則其負大舟也無力
覆杯水於坳堂, 則芥爲之舟
置杯焉則膠, 水淺而舟大也
무릇 물이 쌓여 깊지 않다면, 큰 배를 띄울 힘이 없는 것이다.
잔의 물을 마루의 패인 곳에 부어 놓으면 티끌 정도는 배가 될 것이다
잔을 놓아두면 땅에 닿아 버릴 것이니 물은 얕은데 배는 크기 때문이다

─「소요유逍遙遊」, 『장자莊子』편

이치가 그러하다면 백성이 개, 돼지로 조롱을 받는다고 해서 언제나 성을 내고 조롱한 자를 응징하는 것은 아닐 것이다. 역사를 봐도 백성이 언제나 권력자의 비리를 바로잡고 처단해왔던 것은 아니다. 백성이라고 해서 다 같은 백성이 아니다. 깨어 있지 않고 권력자의 개, 돼지가 되기를 마다하지 않는 백성이라면 개, 돼지의 조롱이 아니라 개, 돼지 이하의 비루한 삶에 놓인다 해도 성은커녕 꿈쩍도 못 하리라.
과연 지금은 어느 때일지, 물의 깊이는 얼마나 쌓인 것인지…….

안도현, 김수영, 브레히트
시詩를 쓰기 힘든 시대?

안도현 시인이 절필絶筆을 선언했단다. 박근혜 대통령 아래서는 더 이상 시를 쓸 수 없다는 게 요지인 듯하다. 그 또한 내가 참으로 친애하던 시인이었다. "불의가 횡행하는 참담한 시절에는 쓰지 않는 것도 참여의 한 행위"라고 말했단다. 심정은 이해하나 마음속에서 흔쾌히 받아들여지지 않는다. 솔직히 다들 왜 그러는지 모르겠다. 저번에는 한창 나이의 유시민이 정계 은퇴를 선언하고 친애하는 글쟁이 고종석이 절필을 선언하여 나를 당혹스럽게 만들더니 말이다. 유시민은 지금 어디에서 무얼 하는지 모르겠지만 (그가 정치 은퇴를 선언하며 써낸 책『어떻게 살 것인가』는 서점에서 잘 팔리고 있다는 풍문만 들었다.) 고종석은 공언한 바대로 지금도 트위터 어딘가에서 활발한 글쓰기를 하고 있을 듯싶다.

이들의 선택이 자유로운 의사 표현의 일환이고 어떻게 굴러먹든 내 인생 내가 산다고 항변하는 차원이라면 그것까지 시비하고 싶은 생각은 눈곱만큼도 없다. 정치를 미치도록 하기 싫어서 때려치우고 글쓰기가 죽기보다도 싫어서 그만 둔다는데 누가 뭐라 할 말이 있겠는가. 그게 지극히

사적으로 은밀하고 자유로운 영혼이 넘나드는 영역의 문제이기만 하다면 말이다. 그랬다면 사실 내가 그들에게 무슨 일이 일어났는지조차 모르기도 하겠거니와 결코 내가 왈가왈부할 성질이 아니라는 것이 분명하지 않는가.

그러나 안도현이라는 메이저 시인이자 민주당 무슨 감투까지 썼던 '공인'이 '박근혜 정부에서는 시를 안 쓴다.' 이건 얘기가 달라진다. 공적 책임이 따라오기 마련이다. 하지만 그걸 감수하고 썼다면 이 또한 더 이상 누가 뭐라 할 얘기가 아니다. 책임을 지겠다는데 책임질 일이 생기면 그렇게 하면 그뿐이다. 그것은 일차적으로 그를 지지하는 독자의 몫이다. 이것 또한 내가 왈가왈부하며 끼어들고 싶은 생각이 조금도 없다. 나머지 문제야 정치적 공방을 하든 말든 그건 그에 따른 이해 당사자들이 할 노릇이다.

정작 내가 염려하는 건 조금 다른 차원에 있다. 내가 보기에 이런 조건부 절필 선언을 하는 것은 누구의 '머리'에서 나온 발상이고 기획인지 모르지만 참 우스운 일이다. 첫째로, 시를 안 쓰는 일을 단식 투쟁하듯이 생각하면 곤란하다. 단식은 목숨을 걸고 하는 일이겠지만 시를 안 쓴다고 목숨이 어찌 되겠는가. 스스로야 목숨과 같은 시일지 모르겠으나 일반인들이 보기에 그렇다는 말이다. 이런 행동은 뭔가 맘에 안 든다고 밥 안 먹겠다고 떼쓰는 아이처럼 유치한 일일 뿐이다. 더군다나 산문이나 신문 칼럼은 쓰겠단다. 트위터도 하겠단다. 이건 밥은 안 먹지만 라면은 먹으면서 단식투쟁하겠다는 말이다. 단식 투쟁도 아니다. 시는 온몸으로 쓰는 것이지 온몸으로 거부하는 것이 아니다.

또한 역설적으로는 '시 안 써도 먹고 살 만하구나.' '배가 부르니까 시를 그만두겠다는 생각을 다 하는구나'란 의심마저 들기도 한다. 하루 벌어 하루 먹고 살아야 하는 이가 어떻게 일을 그만 두겠다고 '선언'할 수 있겠는가. 그게 밥줄이고 생명줄인데 말이다. 스스로 밝히듯이 30년 넘게 10권의 시집을 내며 수십 수백 만 고정 독자를 거느린 메이저 시인이라야 꿈꿀 수 있는 일이다. 어떻게든 쓰지 않으면 자신의 존재 자체를 알릴 수 없는 마이너의 수많은 시인 지망생, 글쟁이의 삶을 꿈꾸는 이들을 생각하면 더욱 그렇다. 굶어 죽든 자진하든 오죽하면 그리했겠는가라는 이해는 그런 이들의 경우에나 해당하는 말이다.

나는 안도현 시인이 정말 시를 쓰는 것이 힘들고 치욕스럽고 절망적이었다면 '절필 선언'을 하기보다는 그냥 시를 안 쓰면 되는 일이라고 본다. 안 쓴다기보다 그냥 쉬는 것이다. 그러다가 다시 쓸 깜냥이 생기거나 상황이 바뀌면 그때 또 쓰면 되는 것이 아닌가. 절필이 아니면 또 어떤가. 오히려 그러한 고민스런 상황 자체가 중요한 시작의 동기가 되는 것 아닌가. 꼬집거나 비틀거나 흔드는 풍자류의 시도 좋고, 격렬한 저항시도 좋고, 새로운 정신을 담아내는 전위적 실험시도 좋고, 진정성을 담아 뽑아내는 거라면 그 어떤 시라도 말이다. 아무리 힘들어도 찬밥이라도 꾸역꾸역 넘겨야 사는 것처럼 아무리 힘들어도 시인이 시를 쓰지 않고 글쟁이가 절필을 '선언'하는 습성과 이를 용인하는 풍토는 지양되어야 한다.

일찍이 온몸으로 시를 쓰며 시대의 모순을 뚫고 나가고자 했던 김수영은 「김일성 만세」란 충격적인 시를 통해 꽉 틀어막혔던 시대의 벽에 파열구를 내지 않았던가. 그는 가장 큰 침묵이 가장 큰 시라는 깨달음을 얻었지만 그것이 절필을 뜻하는 것이 아니었던 것은 너무도 당연한 일이었다.

"가장 진지한 시는 가장 큰 침묵으로 승화되는 시"(「시작노트」)라고 말했지만 그 침묵이란 행동으로 이행되기 전의 '숭고한 긴장' 같은 것일 뿐이었다. 오히려 그는 「시여, 침을 뱉어라」라는 시론에서 '자유란 본질적으로 고독하다'는 것을 통찰하였으면서도 그 장엄하고 고독한 창조의 자유를 한시도 외면하지 않고 끝까지 온 몸으로 밀어붙였다. 그리고 나서야 비로소긴 침묵이자 영원히 자유로운 잠에 빠져들 수 있었다. 비운의 사고로 죽기직전까지 그는 결코 시 쓰는 일을 포기하거나 내려놓지 않았다.

> "시작詩作은 '머리'로 하는 것이 아니고 '심장'으로 하는 것도 아니고 '몸'
> 으로 하는 것이다. '온몸'으로 밀고 나가는 것이다. 정확하게 말하자면,
> 온몸으로 동시에 밀고 나가는 것이다."
>
> —김수영, 「시여 침을 뱉어라」 부분

그는 끝내 온몸을 사르고 산화하는 별처럼 돌아오지 못할 곳으로 떠났다. 아니, 그리하여 영원히 우리 곁에 머물러 있게 되었다. 그는 죽어서도우리에게 무언가 말하고 건네고 있는지 모른다. 그의 침묵은 언어를 부정하고 내려놓는 죽음의 선택이 아니다. 그의 침묵은 부활의 언어이고 영원한 생성의 기호이다. "바람보다 늦게 누워도/ 바람보다 먼저 일어나고/ 바람보다 늦게 울어도/ 바람보다 먼저 웃"(김수영 마지막 시, 「풀」)듯이 그가 쓴시와 글이 오롯이 우리 곁에 남아 있기 때문이다.

나는 안도현 시인에게, 우리 시대의 모순을 앓고 있는 이 땅의 모든 시인에게 묻고 싶다. 우리는 지금 온 몸으로 동시에 끝까지 밀고 나가고 있

는가. 시인의 염려처럼 우리에겐 지금 진정한 '고통이 모자란 것 아닌가'
라고. 시인이 "시의 지식까지도 잊어버리고 (······) 시까지도 내던지는 절
망을 하라고"(「체취의 신뢰감」) 한 것이 절필을 권유한 것으로 이해되어서는
곤란하다. "시만 남겨놓은 절망"을 염려한 것이며 "고통이 모자란" 시인들
에 대한 일갈이었을 뿐이다. 극한으로까지 밀고가지 않는다면 제대로 된
시는 쓸 수 없지 않는가. 시인의 삶과 정신에 비추어보더라도 죽어야 사
는 것처럼 시를 부정함으로써 진정한 시를 갈구한 시인의 도저한 열망을
절필을 정당화하는 근거로 읽을 수는 없는 일이다. 붓은 꺾어질 수는 있
어도 스스로 내려놓을 수는 없는 일이다.

　일찍이 히틀러라는 희대의 광인이 유럽의 모든 지성을 마비시키고 폭
군으로 군림하던 시대에 시를 쓸 수밖에 없었던 또 한 명의 시인이 있었
다. 그 또한 이런 상황에서 한가하게 서정시 따위는 쓸 수 없다고 생각했
나 보다. 그러나 그 또한 모든 걸 홀홀 털고 절필을 선택하기보다는 끊임
없이 새롭게 변화하며 살아남는 길을 가고자 애썼다. 그가 쓴 1,000여 편
의 시와 서사극 이론인 '낯설게 하기'와 그에 따라 만들어진 수많은 희곡
작품들은 그렇게 해서 우리 곁으로 올 수 있었다.

　시인이자 극작가, 비평가이자 혁명가였고 우리가 오래도록 기억해야
할 그의 이름은 베르톨트 브레히트(1898~1956)이다.

서정시를 쓰기 힘든 시대

나도 안다. 행복한 사람만이
사랑받고 있음을. 그의 음성은
듣기 좋고, 그의 얼굴은 잘생겼다.
마당의 나무가 구부러진 것은
토양이 나쁘기 때문이다. 그러나
지나가는 사람들은 항상
나무가 못생겼다 욕할 뿐이다.
내 눈에는 바다의 산뜻한 보트와
즐거운 돛단배들은 보이지 않는다.
내게는 무엇보다도
어부들의 찢어진 그물이 보일 뿐이다.
40대의 땅 없는 농부의 처가
허리를 구부리고 가는 것만 이야기하는가?
처녀들의 젖가슴은
예나 지금이나 따스한데.
시를 쓰면서 운을 맞추는 것은
내겐 사치스런 일이다.
꽃피는 사과나무에 대한 감동과
엉터리 화가*의 연설에 대한 경악이
나의 가슴속에서 다투고 있다.
그러나 바로 두 번째 것이
나로 하여금 시를 쓰게 한다.

(1939)

* 아돌프 히틀러를 상징하는 말이다.

쇠귀 신영복
(1941~2016)

또 하나의 큰 별이 떨어졌다. 아니, 내 청춘의 배움도 깨달음도, 알게 모르게 천근만근 쌓여온 빚을 갚아야 할 당자도 더불어 사라졌다. 쇠귀 신영복 선생님이 향년 75세의 나이로 세상을 떠나셨다.

선생의 책 『나의 동양고전독법-강의』를 펼쳐보았다. 동양철학에 무지하고 어둑했던 나를 이곳으로 이끈 책이다. 선생의 말씀과 글이 오래도록 내 공부의 길라잡이가 되어왔다. '주역' 편에 인용한 시 구절이 눈에 들어온다. 서산대사가 묘향산 원적암에 있을 때 자신의 영정에 쓴 시라고 한다.

八十年前渠是我　　80년 전에는 저것이 나더니
八十年後我是渠　　80년 후에는 내가 저것이로구나

주역 64괘의 가장 마지막 궤는 '화수미제火水未濟'궤이다. 유서 같은 건

미리 써놓지 않는다고 했지만 책에서 선생은 자신의 죽음을 내다보고 있는 듯 이 궤를 이렇게 설명하고 있다.

"최후의 괘가 완성 괘가 아니라 미완성 괘로 되어 있다는 사실은 대단히 깊은 뜻을 담고 있다고 생각합니다. '모든 변화와 모든 운동의 완성이란 무엇인가?'를 생각하게 합니다. 그리고 자연과 역사와 삶의 궁극적 완성이란 무엇이며 그러한 완성태가 과연 존재하는가를 생각하게 합니다. 태백산 줄기를 흘러내린 물이 남한강과 북한강으로 나뉘어 흐르다가 다시 만나 굽이굽이 흐르는 한강은 무엇을 완성하기 위하여 서해로 흘러드는지, 남산 위의 저 소나무는 무엇을 완성하려고 바람서리 견디며 서 있는지 다시 한 번 생각하게 합니다. 그리고 실패로 끝나는 미완성과 실패가 없는 완성 중에서 어느 것이 더 보편적 상황인가를 생각하게 됩니다. 실패가 있는 미완성은 반성이며, 새로운 출발이며, 가능성이며, 꿈이라고 할 수 있습니다. 미완성이 보편적 상황이라면 완성이나 달성이란 개념은 관념적으로 구성된 것에 지나지 않습니다. 완성이나 목표가 관념적인 것이라면 남는 것은 결국 과정이며 과정의 연속일 뿐입니다."

빈 몸/미완성으로 왔다가 빈 몸/미완성으로 돌아가는 것이 결국 우리네 삶이고 자연의 이치다. 선생의 삶이야말로 남산 위에서 바람서리를 견디며 서 있는 소나무가 아닐 수 없다. 이제 말없이 서해로 흘러드니 산천초목이 울부짖고 오랜 인연의 그림자들이 출렁거리겠지만 다 속절없는 일이다. 선생의 넋이 어디 가겠는가. 광활한 우주 어딘가에서 밝은 빛으로 우리 곁에 머물리라.

내 아내가 그러했다. 나의 부모와 형제가 그러했고 나의 스승이 그러했듯이 누군들 별 수 있겠는가. 아마도 선생이라면 마지막 떠나는 길에 75년 평생을 돌아보며 짐짓 서산대사인 양 이렇게 말씀하셨으리라.

七伍年前我是渠	75년 전에는 내가 저것이더니
七伍年後渠是我	75년 후에는 저것이 나로구나

부처님오신날

와선臥禪

부처님오신날, 내 마음의 부처를 찾아서 시 한 편을 내려 읽는다. 김수영 시인의 시 「와선臥禪」(1968)이다. 안팎과 생사를 허무는 시인의 발칙한 사유가 선방에서 내리치는 죽비처럼 내 마음을 고요히 흔든다. 그는 자신의 죽음을 예감했던 것인가. 자신이 죽는 바로 그 해에 이런 시 구절을 남긴다. "완전무결한 망각", 그건 죽음의 다른 이름 아닌가. 어딘가 창문이 열렸나 보다. 서늘한 바람 한 줄기가 흘러와 목덜미를 따스하게 훑고 지나간다.

시인은 "선에 대해서는 전혀 문외한"이라면서도 "선禪 중에서 제일 어려운" "이 누워서 하는 선이 얼마나 어려운 것인가를 나는 내 딴으로 해석하면서 혼자 좋아하고 있"단다. 나도 그렇다. 그리고 "내 딴으로 생각한 와선이란, 부처를 천지팔방을 돌아다니면서 구하는 것이 아니라 자기의 골방에 누워서 천장에서 떨어지는 부처나 자기의 몸에서 우러나오는 부처를 기다리는 가장 태만한 버르장머리 없는 선의 태도"란다. 과연 그렇다.

내가 보기에 "골방에 누워서 맞이하는" 부처나 "천지팔방을 돌아다니면서 구하는" 부처나 다를 바가 없다. 이 글이 시인가 산문인가 하는 의아함이 별반 중요한 게 아니듯이 부처가 어디에만 있고 어디에는 없다면 그건 부처가 아닐 것이기 때문이다. 부지깽이, 똥지게 작대기에도 도道가 깃들여 있듯이 내가 머문 그 곳이 곧 부처의 자리다. 부처가 머물지 못할 곳이 없다면 부처를 만나지 못할 데도, 일도 없는 것이다.

돌아다니는 일의 고집을 경계警戒하기에 시인은 「와선臥禪」을 읊어 안팎과 생사의 경계境界를 허물고 부처를 어둑한 골방으로까지 모시고자 했을 것이다. 김수영 시인의 어둑하고 가물한 시 「와선」에 깃든 부처의 모습이 환하고 밝다. '망각'으로 하여 고요하고 평온하다. 남과 더불어 살면서도 "남의 귀에 어떻게 들릴까 하고 골백번씩 운산運算을 해보지 않아도 되는" 경지, 예수님도 공자님도, 릴케도 헨델도, 피카소도 베토벤도, 고흐도 보들레르도, 당신의 눈동자 속에 깃든 내 마음의 부처도, 시인 당자도 모두 이와 같으리라.

절창絶唱

육근상, 『절창』(솔, 2013)

1.

내 몸의 길손들이

한참 주절대다 잠잠해진 겨울날

구석구석 피어오르던

부적 같은 꽃 덩어리

　　　　　　　　　　　—육근상, 「열꽃」 부분

　내가 형님으로 모시는 대전의 육근상 시인이 신년 벽두에 묵언의 오랜 산고를 겪은 첫 시집 『절창』을 펴냈다. 시인이 노래한 절창의 온갖 구성진 가락 가운데서도 내 마음이 오래도록 머무는 구절이 있어 시인의 허락도 없이 이를 매화에 바치는 지극한 상찬의 뜻으로 돌려 읽는다.

　"부적 같은 꽃 덩어리". 지금껏 매화를 일러 이리 표현한 구절을 본 적이 없지만 이보다 더 적절한 표현이 또 있을까 싶다. 엄혹한 겨울의 끝에

서 가지에 쌓인 눈 더미를 뚫고 피어오르는 매화의 꽃망울을 보는 일은
부적처럼 신비하고도 경이로운 일이 아닐 수 없다.

2.

육근상 시인 형님의 첫 시집 『절창』의 노래가 내 손을 떠난 지 근 이레
만에 다시 내게 돌아왔다. 돌아와도 그저 돌아온 것이 아니고 많은 이들
의 사랑을 받으며 금의환향하였다. 사연인즉 얼마 전에 얼친이신 변경
선님에게 이 시집을 선물하였는데 님이 '절창'의 유장한 가락 속에서 「풍
금」이란 서럽도록 아름다운 시 한 편을 길어내시어 내게 돌려준 것이다.

> 엄니는 늘 잇몸 아프셨네
> 등잔불에 벌겋게 달군 못을
> 입 속에 넣어 썩은 이빨 달구셨네
> 이놈의 이빨 다 부숴버려야지
> 찔레꽃 지는 밤
> 아버지는 울분으로 타오르고
> 내가 잘 치던 풍금의 검고 흰 이빨들이
> 우수수 쏟아져 내렸네
> 이제 그 잇몸 아프지 않아도 되겠네
> 달군 못에 혓바닥 데지 않아도 되겠네
> 씹는 둥 마는 둥 대충 삼키는 엇박의 음정들이

쓸쓸함마저 거두어간 빈방에서

홀로 오물거리고 있네

—「풍금」전문

시「풍금」은 내 마음이 미처 이르지 못하였지만, 시인이 겪었을 누추하고 참담했던 유년의 통절한 기억이다. 시는 지독하게 감각적인 시어들로 깊이 육화되어 어디 한 군데 손볼 데 없이 정갈한 아픔과 서러움과 그리움으로 빛나고 있다.

무엇보다도 이 시를 지배하는 특별한 감각은 통각痛覺이다. 치통의 도저함을 겪어본 이라면 굳이 긴 설명이 필요 없을 것이다. "이놈의 이빨 다 부숴버려야지" 엄니가 생으로 내뱉는 이 말은 그 고통이 얼마나 끔찍했을지 느끼기에 충분하다. 화자인 나에게 "벌겋게 달군 못"으로 썩은 이빨을 달구던 엄니의 기억은 불덩이처럼 뜨겁고 아프고 서럽지 않을 수 없다. "풍금 소리"나 어머니가 없는 "빈 방" "찔레꽃 지는 장면" "풍금의 검고 흰 이빨" 등의 시청각적 요소는 그러한 통각의 선연함을 극대화하기 위해 딸려 있는 장치일 따름이다. 어머니가 겪은 치통의 지독함은 내가 어머니의 부재로 겪을 상실의 고통이 어떠할지 예고하고 있기에 다시 한 번 끔찍하다.

내가 어린 시절에 잘 치던 '풍금'은 그 시절을 버텨내던 화자의 존재감이자 어머니에 대한 서러운 기억이며 아픈 그리움이다. 그 기억과 그리움이 어머니의 오랜 근심이던 썩어버린 '검고 흰 이빨'이 '풍금의 건반'으로 이어지는 절묘한 연상을 통해 아찔하도록 선연하게 형상화되어 있다. 찔레꽃이 지던 밤 "쏟아져 내리던" 풍금의 이빨들과 타오르던 아버지의 "울분"과 "쓸쓸함마저 거두어간 빈방"은 하릴없이 어머니를 잃은 상실과 충격의 덧없는 은유인 것이다.

생전에 "달궈진 못"으로 치통을 다스려야 했던 어머니는 이제 죽음으로써 더 이상 "아프지 않아도 되고" "혓바닥 데지 않아도 되겠"지만, 그리하여 지독한 아픔으로부터 자유로워지겠지만 (아픔의 역설), 그것이 나의 아픔까지 치유할 수는 없는 일이다. 어머니의 치통은 화자의 내면적 상실의 아픔으로 유전遺傳처럼 이어진다 (아픔의 유전). 어머니를 잃은 내가 연주하는 풍금의 음정은 "씹는 둥 마는 둥" 엇박자로 불안하고 (어머니는 화자의 풍금 소리에 남아 여전히) "홀로 오물거린다."

끔찍한 아픔의 '역설과 유전'이 빚어내는 깊은 슬픔이 이토록 서럽고도 아름다운 '절창'의 가락을 뽑아내게 만든 것이다.

나의 자랑스러운 얼친이신 변경선 님은 이 시에 자신의 곡진한 사연까지 덧붙여 얼숲의 담벼락에 걸어놓으셨다. 이제 님의 얼친 분들까지 모두 이 서럽고도 아름다운 시 「풍금」을 함께 읽게 되는 호사를 누리게 되었으니 우리 얼친님이나 나나 근상이 형님이나 모두가 기쁜 일이 아닐 수 없게 되었다.

시집에게 무릎을 꿇다

이재무, 『슬픔에게 무릎을 꿇다』(실천문학, 2014)

내가 참 좋아하고 연모해 마지않는 이재무 시인 형님이 보내주신 시집을 받았다. 벌써 형의 열 번째 시집이다. 무릎을 꿇고 시집을 받아 편다. 이미 시집을 사서 여기저기 선물도 하고 시의 곡절한 내력을 이곳저곳 더듬어본 바이기도 하지만 일요일 아침에 일어나 천천히 형이 써온 시들의 면면을 읽어가노라니 울컥 뜨거운 것이 솟아오른다.

"슬픔을 슬픔으로/ 문질러 닦"으면서 "생활의 아버지"인 슬픔 앞에 "무릎을 꿇고/ 두 손 모아 고개 조아려/ 지혜를 경청"(「슬픔에게 무릎을 꿇다」)하는 형의 모습을 떠올린다.

어쩌자고 형은 자꾸 나를 울먹이게 하는가. 비정규직 시간강사로 비척거리며 살아온 내력이 그렇고, 육십을 바라보는 나이에 아직도 처연하니 뜨거운 청춘의 피가 그렇고, 세상의 작고 여리고 가여운 것들에 대한 가없는 애정 등이 또 그러하다. 또한 이것이 내가 시인으로서뿐만 아니라 살아 있는 한 실존적, 역사적 인간으로서 형을 깊이 연모하고 존경하며 무릎을 꿇고 시집을 받지 않을 수 없게 되는 까닭이기도 하다.

그런데 형이 보내준 시집에 써준 글을 보자 하니 이거 뭘까? 김석영 형? 형이 나에게 형이라 하니 묘하다. 이 '은밀한 존중감'은 내가 이 햇살 좋은 가을날 일요일 아침에 일어나 울컥하니 청승맞은 기분에 사로잡히지 않을 수 없게 된 또 다른 까닭이다. 아무래도 나는 여인네들의 살가운 연정보다는 형님, 남친, 남동생들의 거칠지만 투박하면서도 웅숭깊은 사랑이나 받고 살 팔자인가 보다. 아니다, 무릎을 꿇고 다시 헤아려본다. 여인네의 살가운 연정을 마다할 아무런 까닭이 없다. 詩봄

물에 뜬 달

황구하, 『물에 뜬 달』(시와에세이, 2011)

지난해 세밑 유난히 외롭고 춥고 스산했던 성탄제 전야에 대전천 근처 '청운집'이라는 해묵은 선술집에 불려 나갔다가 귀한 선물을 하나 받았다. 청운집 아지매를 어머니로 부르는 윤임수 시인 친구가 주선한 자리였다. 연탄난로에서 물주전자는 고요히 끓고 있는데 예수님도 거룩하고 고마우시지. 싹싹하고 아름다운 갑장의 여자 시인 친구다. 황구하.

황 시인은 경북 상주에 터를 잡고 사는데 고향이 충남 금산이라 대전은 안방처럼 드나드는 모양이다. 진즉에 페북 친구고 태평동 소국밥집에서 윤 시인 친구가 바꿔준 전화기 너머로 인사를 나눈 바 없는 건 아니었지만 이 날이 실질적인 첫 대면이었다. 그것도 고요하고 거룩한 성탄 전야인데 어찌 내가 감격스럽지 않고 배길 재주가 있었겠는가.

세상일은 공평한지라 성탄절 새벽에 나는 개인적으로 참 슬프고도 어처구니없는 일을 겪게도 되지만, 그래도 성탄 전야에 하늘이 내린 귀한 친구 선물을 받은 일로 하여 적지 않은 위안이 되었다. 다행이었다.

정초에 황 시인 친구가 또다시 새해 선물을 보내왔다. 자신이 쓴 시집

『물에 뜬 달』(2011)과 경북 상주의 여자 시인들로 이뤄진 〈느티나무시〉 동인지 『안부를 묻다』(2014년 11집)이다.

책날개에 적힌 황구하 시인의 약력을 보았다.

'황구하'

충남 금산에서 태어났다. 영남대학교 대학원 철학과(동양철학 전공) 박사 과정을 수료하고 2004년 『자유문학』으로 작품 활동을 시작했다.

내가 지금 아이들과 머물고 있는 곳이 금산이고 나도 늦깎이로 대학원에서 동양철학을 공부하고 있으니 우리의 인연도 이만저만한 게 아니었다. 물론 황 시인 친구는 모든 게 나와 급이 달라도 한참 다르겠지만 말이다. 나는 금산이 지나가는 뜨내기지만 시인은 오롯이 자신이 태어나고 자란 고향이다. 공부도 나는 여태 초학을 벗어나지 못하고 있지만 시인은 오래도록 심학心學을 공부하며 나름의 경지를 일구고 있을 터이고, 글을 쓴다고 해야 그야말로 모든 게 습작의 언저리인 나이지만 시인은 시집을 펼쳐보건대 깊은 내공이 첩첩이 산처럼 쌓여 있었다.

보라. 펼쳐 든 시집의 첫 작품부터 내 마음을 사로잡아버렸다. 벚꽃 지는 걸 '하늘 길로 올라가는 여의주 문 물고기의 시리디시린 비늘이 쏟아지는' 걸로 보는 시인의 마음은 도대체 어떠한 경지란 말인가.

벚꽃 진다

저 검은 몸속 어디

하늘로 가는 길 은밀히 뚫어 놓았나
여의주 문 물고기 한 마리
지금 막 헤엄쳐 나간 게 분명하다
시리디시린 하얀 비늘들
저리 환히 쏟아지는 걸 보면

일일이 다 열거할 수가 없다. 시집 전체가 금산의 절집 보석사의 이름처럼 보석의 '둥근 힘'으로 고르고 아름답게 빛나고 있다.

표제작 「물에 뜬 달」은 내가 보기에 동양철학에 나오는 월인천강月印千江과 이일분수理一分殊의 철학적 원리와 깊은 관련이 있어 보여 특별히 흥미로웠다. 시인이 동양철학을 공부하며 붙잡았던 화두의 한 자락이 아닐까 짐작이 갔다. 꼼꼼히 읽어보면 이런 게 이 시뿐만이 아닐 것이다. 시에 철학의 고갱이를 집어넣는 일은 보통을 훌쩍 넘어서는 내공이 아니면 좋은 결과를 기대하기 어렵다. 생경한 관념시나 선시禪詩류로 빠지기 십상인 탓이다. 하지만 황시인은 현대시의 벼리와 격조를 잃지 않으면서도 아득하니 높은 성취를 이뤄냈다. 다음 시집이 몹시도 기다려지는 까닭이다.

물에 뜬 달

강이나 바다나 호수나
물에 뜬 달은
마음을 끌고 간다
봄, 여름, 가을, 겨울

어두운 하늘을

한 꺼풀 한 꺼풀 벗겨내며

물의 경전으로 필사하는 동안

누구도 읽어내지 못한

속내를 환히 드러내고

하늘과 물결 사이

빗자루 자국 선명한 몸으로

흐느적흐느적 헤엄쳐 간다

그곳이 어디든

마지막 어둠까지 다 내려놓고

또 다른 몸에 스미어

한 몸을 이루는

허공의 달

환한 그림자를 끌고 간다

강이나 바다나 호수나

물에 뜬 달은

캄캄한 세상을 끌고 간다

하여 깊은 감동을 애써 억누르고 덤덤하니 지극히 소소한 말투로 이제 버젓한 친구 사이가 된 황구하 시인에게 문자를 보냈다.

"구하야, 어제 보내준 시집 잘 받았어. 시가 너무너무 좋더라. 내 스타

일이다. 철학적이기도 하구. 페북에다 올려도 되지?"

황 시인의 답이다. 과연 "물에 뜬 달"의 주인장답다.

"그려. 그케나 오래 걸렸나. 야가 물에 떠서 해찰하다 갔구마."

내가 진짜 '물에 뜬 달'을 선물 받았나 보다.

견고한 폭력에 맞서는 희망의 씨앗

김규성, 『막춤』(다층, 2015)

지난 토요일 가을볕 좋은 날에 김규성 시인 형님이 새로이 낸 두 번째 시집 『막춤』을 축하하기 위한 자리가 교외에서 조촐하니 벌어졌다. 시인을 아끼고 연모하는 몇몇 이들이 모여 시를 읽고 곡주를 마시고 눅눅해진 가슴을 가을 햇볕에 말리며 뜻을 나눴다. 순하디순한 가을볕만큼이나 실속 있고 재미지고 마음 따스해지는 시간이었다.

'막춤'은 시인이 오래도록 살아오며 "세상에 드나드는 문고리"(「도마동 길」) 같은 도마동 길 순대집 앞 허풍선이가 바람 부는 대로 몸을 흔드는 모습을 비유한 것이다. "제 한 몸 일으켜 세우는 줏대라고는 바람"뿐인 허풍선이는 시인 자신의 모습이자 "비정과 야만이 물컹이는"(「쎈놈」) 세상사를 살아내는 우리네 자화상일 터이다. 허풍선이가 그러하듯이 우리도 '막춤'이라도 추지 않고서는 어찌할 수 없는 세월을 오래도록 견디며 안간힘을 다하고 있다.

허풍선이를 춤추게 하는 '바람'은 우리네 삶에 불어오는 간난신고艱難辛苦의 시련이자 시인이 간절히 바라고 그리는 꿈이기도 하다. 시인에게는 "온전한 사람 구실"(「천한 밤」)을 하면서 "서글서글한 눈매에 예의가 몸에 배인"(「육교서점」) 책방 주인을 닮고 싶었거나 "당나귀 뒷발질 같은 세월 물어가는/ 호환을 맞겠다"거나 "가을산에서/ 처음으로 노래하는 제사장이 되"고 싶은 꿈이 있다(「덕유회인」). 그는 "등짝에 얼음요를 깔고서도/ 뜨거운 꿈을 꾼다."(「고등어」)

그러나 현실은 결코 녹록치 않다.

육교서점은 "생업에 정직한 인부가/ 간판을 떼어내고 콘크리트 바닥을 깨"어버린다(「육교서점」).

들불을 놓아 "봉지를 태우고 물병을 태우고/ 온 밤을 안았던 노숙의 자리를 태울 줄 알았"으나(「노숙자」), "밤일이 제 할 일인 도둑은/ 시린 발 묻을 곳이 없다/ 천한 밤이다"(「천한 밤」).

"쎈놈보다 더/ 완고하고 견고한 폭력, 세월"(「쎈놈」). "부실한 턱수염/ 뾰족하게 솟은 상투는/ 자본 없어 가끔은 알몸으로/ 사대문 밖 내동댕이쳐지는/ 신자유주의 국내산 노동이다"(「양파 한 자루」).

"빈주머니 속 주먹만 불끈 쥐며 걷는 길에/ 서리 맞은 배추밭의 풍경이/ 차갑게 느껴지는 것은/ 무작정이라는 건조주의보가 내린 겨울에/ 나 또한 아무런 대책이 없는 것이었다"(「무작정」).

그렇다고 시인이 어찌 두 손 놓고 맥없이 주저앉아 있겠는가. 시인은 지금 '구석'에 내몰려 있다고 쓰러지지 말라고 절망하지 말라고 여래의 마음으로 타이르고 보듬고 달랜다. '구석은 사철 푸르다'고.

산에서 자리를 옮긴 소나무가

도심의 구석이 되었다

(……)

쓸 만한 것들을 다 써버리고 난 다음의 다음

기댈 곳이 없다고 생각될 때

뜨거운 눈물 흘리는 자의 자리는 구석이다

구석은 농사꾼의 헛간 같은 곳

목수 연장통 같은 곳

그곳에서 추스르고 다잡는 곳

툭툭 털고 일어서려는 자리

그 마음이 한 구석이다

그리하여 저 소나무

팔자가 드세어 선 자리가 아니다

절절이 필요한 이에게

쓸 만한 구석이 되었고

구석은 사철 푸르다

―「소나무 구석」 부분

시인은 "버려지듯 잃어가는 일상의 순간이/ 넝쿨에 걸려 하얗게 바래 가더라도" "편지에/ '명자꽃 붉다'라는/ 이곳의 주소를 적어주"려 한다.(「넝쿨 속 편지」) "작고 느린 것/ 한달음에 내닫지 못하는 것을 서글퍼하지 말자/ 쪼이고 잘려지는 절개지/ 누구에게 해코지 한 번 한 적 없는 벼랑 끝 운명을/ 슬퍼하지 말자"(「낙석」)고 다독이고 어루만진다. 제 아무리 앞이 깜깜하다 할지라도 "등대처럼 전구를 바깥에 내단 이유는/ 언제 올지 모르는 희망이라는 것"(「고등어」)이 있기 때문이다. 시인은 "살아 무슨 영화 있겠냐만/ 무서리 맞기까지 살아야 하지 않겠느냐/ 아무도 붙잡지 않는/ 허공에라도 우리 생을 연대하자"(「호박손 악수」)라며 둥그런 호박손을 내민다.

"온몸이 무너지지 않기 위해선 최후의 일각에/ 입에 털어야 넣어야 하는// 뜨거운 밥 대신/ 소금"(「크레인 85호」) 같은 것이 필요한 법이다. 시인에게 그런 '소금'이 있다면 그건 "누이 매형에겐 부조 대신/ 아픈 제수에게는 쾌차하라고// 옛수, 냉이 한 봉지"(「냉이부조」) 던지는 마음이거나 "고이 싸들고 와/ 딸 애들과 히히덕/ 홍시 두 개 잘 떠"(「감 두 개」) 먹는 그런 소박한 것이다. 일흔 가까이에도 일복이 넘쳐 눈에 안 보이는 게 없어서 열일곱 소녀 미장원 손님의 머리를 말면서도 "얘, 봉선화 물 깊게 잘 들었지?"(「누이의 안경」)라고 다정하니 물어보는 '누이의 안경' 같은 마음이다. "할머니이"(「할머니의 이름」)라고 길게 부르며 어머니를 따라 뛰는 손자의 아득한 마음 같은 것이다.

시인에게는 "희미한 별자리이거나/ 흔하디흔한 돌부리 같은 것/ 마침내는 곱게 부서져 스스로 평지가 되는 자정自淨이 놀랍고 무서운 것이다"(「낙석」). 뒷산에서 시나브로 여물어가는 대추알이나 앞 논에서 누렇게 고개 떨구며 익어가는 벼이삭처럼, "바닥을 기며/ 높은 담 넘는 세상을 살면서/ 꽃 피우고 벌을 부르되/ 근본은 땅에 두고" 살아가는 '늙은 호박'처럼 "땡볕에 지글거리고/ 후두둑 장대비 맞으며 (……) 단단하고/ 야무진 무게로" 살아가는 것이 아름답고 소중하다. 벽지공 부부의 삶처럼 "어수굿하나/ 엄숙하고 겸손하여"(「결작」) "늙어서 제 곳간 채우기보다/ 붉게 속 익혀서/ 은근한 사랑 깊은 단맛"(「늙은 호박」) 주며 살아가는 일만큼 지극한 것이 없다.

이쯤 되면 당연히도 '막춤'이라고 허투루 볼 일이 아니란 걸 알 것이다. '혼신의 힘'을 다 하는 '신명'의 경지에 이르지 않고서는 아무나 출 수 없는 춤이다. '천한 밤' '막다른 길'에서 시들어가는 것을 북돋우고 죽은 것을 살려내고자 하는 간절한 비원이 담긴 춤이다. 아무런 가락도 없어 보이지만 "바람이라도 맹렬하게 품다 보면/ 얼핏 설핏 장단"이 들어선다. 바람이 거셀수록 "쓰러질 듯 무너질 듯" "머리 흔들고 팔다리 꼬"며 "빡시게 춤을 춘다" 시인은 하늘에 기우제를 올리는 제사장이 된 심정으로 살풀이 춤, 액땜이 춤, 신들린 춤, 한판 막춤으로라도 이 세상을 어찌해보고 싶다. 모두가 함께 버티고 있는 "견고한 폭력, 세월"에 '희망의 씨앗' 하나 던지고 싶은 것이다.

언어의 어둑한 주술성 때문인가. 정말 시를 읽다 보니 나도 몰래 바람난 허풍선이마냥 어깨가 들썩거리고 팔다리가 움찔거린다. "따뜻하고 순한 저 진리/ 목도리 모자 벗고/ 절 한 번 못 드리랴"(「참샘」)라는 화끈한 마음이 일어난다. 하긴 "육지를 걸었던 기억과 세상에서의 유영이/ 멀리 지평에서 만나니/ 비리고 여린 것들 태워/ 하늘에 연기 한 줄 올"(「덕유회인」)리고 "막다른 길이 새로운 길이 되는" 그것이 어찌 시인 혼자만의 절절한 꿈이고 노래겠는가.

(……)

무겁고 딱딱한, 날서고 뾰족한 것

무거울수록 끌어안고 찌를수록 감싸는

모순矛盾이라는 무기로

일장 한판 벌이는 모습

아무것도 쥔 것 없이 허공에 대고

흐드러지게 흔들다 힘들어 내쉬는 숨조차

휘이휘이 노래가 되는

오호라, 혼신을 다해 막 춰대다

솟구쳐 오르는 저 힘,

막다른 길이 새로운 길이 되는

—「막춤」부분

새벽 골목에 대고 던지는 어무이의 발끈한 한 마디가 꽃을 피워내는 씨
앗처럼 막춤이 펼쳐가는 한바탕의 제의祭儀를 더욱 곡진하게 만들고 있다.

"하늘 무서운 줄 알아야지"(「들깨 아침」)

꽃의 경전經典을 읽다

이종암, 『몸꽃』(애지, 2010), 류지남, 『밥꽃』(작은숲, 2016)

1.

우연이었지만―아니 세상은 온통 '우연의 필연'으로 가득하다―5월의 처연한 봄날에 라일락 꽃나무 그늘 아래서 '꽃의 경전經典'을 읽었다.

벗 이종암 시인의 시집 『몸꽃』과 류지남 시인 형님이 근자에 낸 시집 『밥꽃』을 한꺼번에 읽는 행운이 내게 찾아왔다. 공교롭게도 두 시인은 모두 학교에서 아이들을 가르치는 선생님이다. 두 시집 모두 아이들을 가르치는 한 편 아이들과 세상으로부터 배우고 깨달았을 세상의 말씀이 봄꽃처럼 환하니 피어 있어 '꽃의 경전'처럼 향기롭고 은혜로웠다.

꽃으로 치자면 『몸꽃』이 "오동나무에 피는 오동꽃"의 보랏빛으로 "땅의 / 퉁소소리로 출렁"(이종암, 「오동經」)대고 있다면, 『밥꽃』은 시인 형님이 스스로 '싸리꽃'이라 이름 붙인 조밥꽃이나 이팝꽃이나 쌀꽃처럼 희고 둥글고 서럽게(류지남, 「밥꽃」) 바닥에 바짝 엎드려 있다. 이 두 가지 꽃말고도 시집의 갈피마다 행간을 논두렁 밭두렁 삼아 피어난 꽃이 한둘이 아니다. "삶의 어느 곳에서든 꽃은 핀다.”(이종암,「감은사지」)

그러다가도 언젠가 계룡산 동학사 나무 그늘에 여럿이 모여 밤을 지새웠으나 서먹서먹 데면데면 스쳐 지나갔던 게 인연의 전부였다는 두 시인은 마치 오랜 인연의 벗처럼, 형과 아우처럼, 스승과 제자처럼 서로를 마주보고 대화를 나누기라도 하듯이 경전의 말씀을 주거니 받거니 읊조린다. “허공을 사이에 두고/ 세상에 없는 말/ 주고받는”(이종암, 「검은 목어새」)다.

그들은 아무래도 아이들을 가르치는 스승이기 이전에 길을 찾아 나선 구도자求道者들인 듯하다. 아니 아이들을 가르치는 그 속에 길이 있다고 믿는다는 점에서 이미 한길을 걸어가고 있는 도반道伴인지도 모른다. 거의 그렇다.

> 길은 철커덕철커덕 바퀴살 속으로
> 들어와 측, 측, 죽는다
> 이렇게 자꾸 베어 먹어도 길은
> 끝없이 펼쳐진다
> (……)
> 또 바다로 하늘로 길은 끝 없다
> 그래서 길이다
> 길은 늘 목마르다
> 당신은 언제나 길 건너에 서 있다
>
> ─이종암,「길은 목마르다」부분

길은 과연 무엇인가 생각하다가

수만 그루의 밤이 지나가며 생긴

내 몸에 난 길 망연히 바라보네

(⋯⋯)

벗이여, 그대 애써 걸어가려는 길이

종내는 마을로 되돌아와야 하는 것임을

자네가 하마 모를 리야 없겠지만,

쌀밥 같은 눈 소복이 내리는 날

싸리비 자국 곱게 난 집 지나게 되거들랑

곡차 한잔 하시러 꼭 들르시게나

　　　　—류지남, 「길에게, 길을 묻다—산 쪽 오솔길로 떠나간 벗에게」 부분

왜 모르겠는가. 길을 떠난 시인이, 벗이, 다시 돌아와야 한다는 것을 떠났던 그곳이 길의 시작이자 끝이란 것을 말이다. 하여 시인들은 그동안 돌아보지 않았던 또 다른 길을 찾아 나선다.

번득이며 강을 거슬러 오르는 그렇게

한사코 길 가는 은어 떼의 몸짓들

떠났다가 다시 돌아와 또 다른 나를

부려놓고 온전히 바닥으로 가는

본래, 그 무서운 길

　　　　　　　　—이종암, 「本來」 부분

그 길은 돌아오는 길이자 문門이고 돌아가는 문이기에 길이다. 어둑하기에 환하고 환하면서도 어둑한 길이다. "본래, 그 무서운 길" 위에서 이 시인은 입을 벌리고 어둑하게 누워 있는 그 먹먹한 아궁이 속을 '젖은 눈빛'으로 들여다본다. '젖은 눈빛'으로 '젖은 눈빛' 속을 들여다본다. 당연히도 하나는 나이고 다른 하나는 너이다. 너이지만 나이고 나이지만 너이다. '나'라는 "생의 욕망을 내려놓"아야 비로소 닿을 수 있는 그곳에 문門이 하나 있어서 물끄러미 바라보는 나를 바라보고 있다.

> 자기 몸 허물어
> 먼 길 가는 영혼을 위해
> 아궁이를 놓아둔다
> 젖은 눈빛, 그걸 들여다보는 것은
> 생生의 욕망을 내려놓는 일
> 꺼져가는 몸의 아궁이
> 끝내 돌아가야 할 문이다
> 문門 하나 나를 보고 있다
>
> ─이종암, 「門」부분

시인 형님은 문을 찾아 새로이 떠난 그 길 위에서 그토록 찾던 그 문이 사실은 내 몸에, 내가 선 그 자리에 온전히 들어 있다는 것을, 사실은 내 '안'에, 아니 어둑한 내 '뒤'에 놓여 있다는 것을 환하게 깨닫는다. '뒤돌아보았을 때' 비로소 보지 못했던 것을 보게 된다는 것을, 문의 입구가 어디에 나 있는가를 그는 벌써 알아버렸다. 그래서 시인은 벗에게 그리 담담하게 말할 수 있었던 것이다. "벗이여, 그대 애써 걸어가려는 길이/ 종내는 마을로 되돌아와야 하는 것임을."(류지남, 「길에게, 길을 묻다」)

> 물속에 가만히 웅크리고 들어앉은
>
> 나를,
>
> 물끄러미 바라보다 생각하노니
>
> 똥을 눈다거나 싼다는 말보다
>
> 뒤를 본다는 말은,
>
> 얼마나 철학적이고 고상한가
>
> (……)
>
> 나도,
>
> 환한 나의 뒤를 보고 싶다
>
> ─류지남, 「뒤를 본다는 말」 부분

송구한 표현이지만 이 시의 분위기에 맞춰 말하자면 '뭘 좀 아는' 시인 형님이시다. 철학이 뭔지 알아챘다. 철학이란 언제나 그렇듯이 근본을 따져 묻고 뒤돌아보는 일이다. 그렇다고 '뒤를 본다'는 말을 추어올린 게 '똥'이나 '싼다'는 말을 폄하하려는 뜻일 리는 없다. 그만큼 간절하게 '뒤를 돌아보고 싶다'는 말이다. 시인은 혹여 그 마음이 "집채만 한 욕심덩어리"(류지남, 「마음의 무게」)로 바뀔까 염려한다. 그래서 그 말의 천근같이 엄숙한 무게를 덜어내고자 짐짓 웃음을 머금고 눙치고 있는 것이다.

내게 경전을 읽는 일은 언제나 그렇듯이 엄숙하고 경건하고도 발랄한 일이 아닐 수 없다. 해학의 '발랄함'으로 포장된 경건함'이기에 경전의 거룩한 말씀이 더 낮은 곳으로 내려앉고 더 깊이 스며들게 된다. 어떤 때는 경건하고 어떤 때는 발랄할 수 있어야 한다. 그래야 세상의 어둑한 문이 비로소 열린다는 것을 시인은 환하게 알고 있는 것이다. 말씀이 늘 경건하기만 하거나 늘 발랄하기만 하면 그건 반쪽의 말씀에 지나지 않는다. 때와 결에 따라 물 흐르듯 여울져야 한다. 아니 그런 것도 있고 저런 것도 있다. 거의 그렇다.

이 시인이 화답한다. 뒤돌아보는 것은 이전과는 다르게, 새롭게 보는 것이기도 하다. 하여 시인은 모든 걸 새롭게 보고자 작정했나 보다. 시인이 새롭게 뒤돌아본 그곳에 앞서 시인 형님이 슬며시 한쪽으로 밀어놓은 '똥'이 있다. 시인의 눈에는 세상의 온갖 꽃들이 다 똥으로 보인다. 깜찍한 발상이다. "저 고운 똥무더기들"(이종암, 「봄똥」), 꽃이 곧 똥이고 똥이 곧 꽃이다.

> 봄볕에 눈이 찔려 세상이 새롭게만 보여
> (……)
> 봄산으로 막 올라오는
> 각양각색 연초록 아우성의 봄똥들
> 여기저기서 와글와글, 누가
> 생生의 집착을 내려놓으라 했는가
> 봄똥이 저리 생생, 잘도 끓고 있는데
>
> ─이종암, 「봄똥」 부분

역설의 지혜다. "쥐고 있던 것들 놓아버리고 나니/ 이렇듯 저절로 붉어버리"(류지남, 「단풍」)고, 꽃이 지고 난 자리에 새로운 꽃이 피어나듯이 "생의 집착을 내려놓"는 그 곳에 놀랍게도 비로소 생의 긍정, '봄똥(꽃)'이 찬연히 피어난다. 시인은 짐짓 반어적으로 "누가/ 생生의 집착을 내려놓으라 했는가"라고 묻고 있지만 생의 집착을 내려놓은 곳에서 봄꽃이 피어난다. 누가 피어라 마라 해서 피는 꽃들이 아닌 것이다. 나 또한 그렇다. 거의 그렇다.

진즉부터 똥이 마려워서 간절히 '뒤를 보고 싶어 했던' 시인 형님의 눈길이 머문 곳은 또 어디인가. 그곳은 놀랍게도 "아무리 애를 써봐도/ 혼자서는/ 끝내 닿을 수 없는 곳" "늘 어둑어둑해지기 쉬워서/ 오 촉 등燈 하나쯤/ 걸어두어야 할// 내 몸의 가장 깊고 어두운 곳"(류지남, 「등」), 가슴의 반대쪽 이름인 '등'이다.

등은 등燈이기도 하다. 몸의 가장 어둑한 곳에 있으나 등燈을 달아 환해질 수 있기에 그렇다. 그리 보면 정확히 말해 등은 '어둑한 밝음'이다. 밝음을 끌어안고 있는 어둠이라고 할까. 그렇다면 시인이 "등 하나쯤/ 걸어두어야" 한다고 말할 때 그 등은 어디에 걸어야 할까. 내가 보기에 아무래도 등은 가슴에 걸어야 할 것 같다. 가슴을 받쳐주는 것이 등이요 등을 안고 있는 것이 가슴이다. 가슴이 없다면 등도 있을 수 없는 까닭이다. 이 시인의 생각도 그런가 보다.

> 그러면 길을 알려줘 뒤돌아봐 지금껏 너를 따라온 길 있는가 하나도
> 없지 그대가 밟아온 길은 그대로 네 가슴속에 다 들어가 있어 가야
> 할 길도 네 가슴속에 있지
> —이종암, 「길—석장승과의 대화 1」부분

뒤돌아보면 다 있다. 가슴도 등도 나도 너도. "슬픔이 쉬이 깃들지만/마주 대면 아랫목처럼 따뜻해지는 곳"(류지남, 「등」)이 등이고 가슴이다. 가슴의 등을 밝혀서 세상의 어둑한 곳을 밝히는 그곳에 문이 있다. 그것이 "이제 밥이 아무렇지도 않게 돼버린 세상"을 돌려놓고 "밥이 홀대받는 세상이 괜시리 서럽고 밥과 쌀에게 미안해지는 마음"(류지남, 「밥꽃」)을 풀고 세상을 잘 살아내는 길이라고 시인 형님이나 이 시인이나 나나 다 함께 믿고 있으리라. 문제는 어떻게 가슴의 등을 밝힐 것인가이다.

등/등燈을 밝히기 위해서 시인 형님은 더욱 세상의 '낮은 곳'으로 내려와야 한다고 말한다. 더 잘 밝히려면 더 높이 올라가는 게 마땅할 것 같은데 시인 형님은 더 낮게 내려가 어둠 속에서 어둠을 응시해야 어둠이 비로소 보이기 시작한다고 말한다. 이것은 이 시인이 말한 '젖은 눈빛'으로 '젖은 눈빛'을 바라보는 일과 통한다(이종암, 「門」). 겉만 비추는 불빛이 아닌 것이다. 어둠을 걷어내기 위해 어둠 속으로 더욱 깊이 들어가는 것, 그것이 등燈을 거는 일이고 방법이다. 나는 그것이 세상을 굽어보고 보듬어 안는 '사랑과 자비'의 이름과 다르지 않다고 생각한다. 거의 그렇다.

밝음 속에선
어둠의 속이 잘 안 보인다
높이 앉으면 진짜 높은 것을 볼 수 없다
(……)
한 뼘 낮은 곳으로 내려서야
비로소 저어기 환한 것들이

여릿여릿 내게로 걸어오나니

—류지남, 「가을은 돌아보는 달」 부분

시집 『밥꽃』은 이렇듯 등이자 가슴이고 가슴이자 등燈인 '사랑과 자비'의 변주로 빼곡하다. 사랑과 자비의 꽃들이 만화방창하여 넘실댄다. 그 꽃은 "우유통을/ 제 어미젖인 줄로 알고/ 자꾸만 헤딩을 해"대는 새끼 젖소를 "그렁그렁한 눈으로 바라보고"(류지남, 「역설」) 있는 어미 소의 마음이고, "아기얼굴처럼 맑은 가을아침 햇살이/ 가만가만 쓰다듬어 주고 있는"(류지남, 「유모차가 있는 풍경」) 풍경이며, "이제부턴 아이들의 상처 난 날갯죽지/ 함부로 후려 꺾지 않으리라"고 다짐하는 스승의 마음이다.

인간세를 사랑하는 예수의 마음이고 사바세계를 굽어보는 여래의 마음이다. "조선의 헐벗은 사람들 속으로/ 온전히 들어가서 그는 끝내 죽고/ 깜깜한 바다/ 하늘 높이 뜬 달이 되"(이종암, 「해월」)어버린 해월의 마음이다. 너와 나, 우리 모두가 "소리 없는 웃음으로 그려내는/ 저 둥근 그림"(이종암, 「둥근그림」)이다. 밥 한 끼 챙기고 나눠먹자며 나 아닌 너, 아니 나이자 너인 그에게 환하고 따스한 목소리로 다가가는 엄마, 아내, 아버지, 친구의 둥글고 순결한 마음이다. 그래서 '밥꽃'이다.

(……)

'밥 먹자'

엄마가 부르는 말

(……)

아내의 꽃 같은 말

'밥 드시우'

(……)

큰 딸에게 보내는 카톡 문자

'밥 잘 챙겨 먹거라 이'

주말 저녁 해거름에 걸려오는

전화기 너머 강물 같은 목소리

'저녁에 소주 한 잔 어뗘?'

— 류지남, 「밥꽃 필 무렵」 부분

2.

이종암 시인의 오랜 꿈은 "천둥과 地籟가 아니라 사람 사는 이 세상을 울리는 커다란 통소 소리 한 자락 남"기는 일이다(이종암, 「빛으로 건너온 내 몸의 詩!」 『현대시학』 2010년 10월호). 사람이 내는 통소 소리(인뢰人籟)도, 땅의 통소 소리(지뢰地籟)도 아닌 천상의 소리(천뢰天籟)를 노래하는 것이다. 아니, 엄밀히 말해서 사람의 소리, 땅의 소리를 노래함으로써 천상의 소리에 가닿는 것이다. 천상의 소리는 천상에서 울리는 것이 아니다. 사람 사는 세상을 다 버리고 천상의 소리를 얻은들 무슨 소용이 있겠는가.

그는 지상의 가장 낮은 곳에서 부르기에 오히려 가장 높고 아득하고 신령스러울 수밖에 없는 천상의 소리, "병든 세상 씻는/ 내 노래"(이종암, 「상서장」), "세상의 맺힌 마음들 찾아가 손잡고 술술 풀어내는 내 노래"(이종암, 「노래-석장승과의 대화 2」), "사그라들지 않고 끝내 피어나/ 어둔 세상 속으로 훨훨 번져"(이종암, 「신광」)가는 그런 노래를 간절하게 부르고 싶다. "오동꽃 말씀들/ 끝내 바닥으로 내려가 땅의/ 퉁소 소리로 출렁"대듯이 그는 "하늘의 북소리 받아 저 화염의/ 세상 속으로 밀어 넣"(이종암, 「하늘북」)으며 "소리로 세상을 건너가려 한다."(이종암, 「신태하」)

이것이 어찌 비단 이 시인만의 꿈이겠는가. 그것은 단연코 류지남 시인 형님을 비롯해 이 시대를 살아가는 모든 시인, 소리꾼들의 비원悲願이 아닐 수 없다.

그런데 그것이 어떻게 가능한가. 어떻게 지상의 몸꽃이 사람살이의 밥꽃과 만나고 밥꽃이 몸꽃을 만나서 '하늘 사닥다리'를 타고 천상의 소리로 화化하는가. 그 비밀은 앞에서 이미 다 밝혔다. 문 너머에 길이 있다. 문이 열리는 순간 길이 보인다. 어떻게 문이 열리는가. 다시 말하지만 문/길은 이미 우리 안에, 우리 등 뒤에 놓여 있다. 다만 그건 내 안에 있다고 혼자서 감당하거나 끝낼 수 있는 일이 아니다. 그 꽃은 "아무리 애를 써봐도/ 혼자서는/ 끝내 닿을 수 없는 곳"(류지남, 「등」)에서 천연히 피어난다.

> 금당터 앞
> 잎도 피우지 않고 서 있는 한 그루
> 감나무, 내게 말을 건넨다
> 싹을 내밀고 곧 피워 열매 맺을 테니
> 가서 네가 불러야 할 노래 불러라
> 너는 혼자가 아닌 것이니
>
> —이종암, 「숭복사지」 부분

이 모든 게 내 안에 들어온 너를 밀쳐내지 않고 서로를 딛고 서며 함께 일어나야 비로소 가능한 일이다. "상처투성이"라도 "내 몸에 네가 아직 남아 있다"(이종암, 「木蓮을 빌리다」)는 것을 깨달아야 하고 새 한 마리 날며 내는 "가릉가릉 그 소리/ 아직 몸에 남아 있어 나는 아프다"고 고백할 수 있어야 한다. 내 안에 이미 들어와 있는 너, 내 안에 언제나 아궁이처럼 어둑한 입을 벌리고 남아 있는 너, 그 입이 길로 나아가는 문이다. 그 문이 열려야 그때 비로소 "서로 밀어내지 않고, 제 혼자서만" 갈 수 없는 하늘길이 열린다.

> 서로 밀어내지 않고, 제 혼자서만
> 하늘길 가지 않는 나무 두 그루
> 독같이 거목巨木으로 일어나
> 탑이 되었다
>
> 지척에 있는 땅 밑 어둠속 발 뿌리들
> 서로 스며들며 허락하며 껴안고서
> 거센 태풍도 거뜬히 이겨냈을 터
> 허공 높이 층층계로 몸 펼쳐
>
> 하늘로 가는 사닥다리가 있다
>
> ―이종암, 「하늘 사닥다리」 부분

하여 이 시인은 모든 깨달음과 염원을 끌어모아 지난여름 보경사 산문 앞을 지키다 이제는 온전히 땅바닥에 넘어지신 육백 살 회화나무 한 분처럼 '큰절'을 올린다. 오체투지, 온 몸을 던져서 "스스로 경전"이 되어버린 나무처럼 하늘길을 열고자 한다.

일평생, 제 몫을 다하고 허공에서 바닥까지 큰절 한 번 올리고 누운
저 몸, 마지막 몸뚱이로 쓴 경전經典

나도 지금 절 올리고 있다

—이종암, 「절」 부분

이 시인이 "오어사 뒷마당 배배 뒤틀린 굵은 배롱나무/ 뇌성마비 1급 지체장애자/ 영호 형님 작은 아들 차근우 같다"(이종암, 「몸꽃」)고 노래한 것에는 다 연유가 있다. 일찍이 이 시인은 '홍매 한 그루'에게 꾸지람을 듣고, 먼 산의 '연두'에게 회초리를 맞고서는 크게 깨달은 바가 있다. 너도 "제대로 핀 니 몸꽃 하나 가져라" "홍매도 부처 연두도 부처"니 너도 부처 아니냐고…….

홍매 한 그루, 나를 꾸짖는다
암아, 암아, 세상 살면서
제대로 핀 니 몸꽃 하나 가져라

산문을 나오며 바라본 먼 산

잿빛 겨울을 지우며 올라오는

연두가 또 회초리를 든다

　　　　　　　　—이종암, 「홍매도 부처 연두도 부처」 부분

홍매 부처, 연두 부처의 가르침이 매섭다. 과연 온갖 것들이 모두 저마다 부처고, 사람들마다 "우주를 떠받치"는 "한 송이 꽃송이"가 아닐 수 없다.

저 작은 꽃송이들

저마다 우주를 떠받치고 있는 걸 본다

그렇지, 지구알 위에 사는 사람들

사람이 우주의 한 송이 꽃이다

　　　　　　　　—이종암, 「삼인당」 부분

누구에게 기도를 하고 누구를 향해 염불을 욀 것이 아니다. 스스로 부처가 되라. 스스로 몸꽃으로 피어나라. 배롱나무 한 그루가 차근우가 되고 차근우가 몸꽃이 되어 불꽃처럼 타오른다. 세상이 온통 만화방창하는 화엄華嚴의 꽃밭이다. 거의 그렇다.

말도 몸도 자꾸 안으로 말려들어

겨우 한마디씩 내던지는 말과 몸짓으로

차가운 세상 길 뚫고 나가
뜨거운 꽃송이 활활 피워 올리는 나무

푸른 대나무가
온몸의 힘 끌어 모아 겨우 만든 마디
촘촘한 마디의 힘으로 태풍을 견디듯

자꾸만 뒤틀리고 꺾이는 몸
서지도 걷지도 못하는 형극의 몸으로
수도 없이 들어올린 역기로 다져진
팔뚝 근육, 차근우

시꺼먼 가슴 뜯어 길을 만들었다
부족한 몸뚱어리 빚고 또 빚어
제 집 한 채로 거뜬히 세운
세상 가장 뜨겁게 타오르는 몸꽃

—이종암, 「몸꽃」 부분

　　나아가 스스로 몸꽃이 된다는 것은 '세상 자체'를 하나의 커다란 몸꽃으로 바라보는 일이기도 하다. 그렇게 보면 우리는 모두 하나의 몸꽃인 동시에 세상이란 큰 꽃나무의 꽃잎들이다. 그리하여 꽃잎처럼 피고 진다. 시인은 "상처투성이" "사람의 몸"으로 "본래 그리"한 "자연自然"(이종암, 「木蓮을 빌리다」)을 아프게 지켜본다. 모든 게 봄날처럼, 초록처럼, 꽃상여처럼 떠나가는 것을 담담하니 바라본다. 세상만사가 '목련의 강물'처럼 "찰방찰방"거리며 흘러가는 것이다(이종암, 「목련 강물」). 매화, 산수유, 꽃들이 피고 지듯이 "내 일생의/ 웃음도 눈물도" "行行,/ 다 저기에 있다"(이종암, 「봄날, 하동」)는 걸 깨닫는다. 영원한 것이 어디에 있는가. 오직 영원한 것이 없다는 그 말만 영원할 뿐이다.

이토록 절묘한 경지를 시인이 세상을 굽어보고 보듬어 안는 자비심과 사랑의 마음을 지니고 '젖은 눈빛'으로 노래했다면 그 소리는 과연 지상의 소리겠는가, 천상의 소리겠는가. 천상의 소리가 되어버린 지상의 소리겠는가.

내가, 아니 시인 형님이 보기에 천상의 소리는 이런 것이다. 들판에 피어있는 꽃들을 보라. 어떤 꽃들은 예쁘고 마음에 들고 어떤 꽃들은 밉고 마음에 들지도 않겠지만 내가 싫다고 하여 그 꽃들을 죄다 뽑아버리기라도 할 수 있겠는가. 뽑는다고 그것이 온전히 다 뽑혀질 것인가. 우리는 다만 내가 좋아하고 아끼는 꽃을 더욱더 사랑할 수 있을 뿐이다. 어쩌면 "적당한 거래"(류지남, 「적당한 거래」) 같은 것인지도 모른다. 거의 그렇다.

날 가물어 조루로 물 나르기에 지친 날
고무호스 한 타래 사다 물길을 댔더니
손가락 마디만한 것들 주렁주렁 달렸다
우리는 서로를 위해 애를 쓰고 있었다

다만 호박에겐 단단한 꿈이 있는 걸 안다

애호박을 내주는 사이 호시탐탐 틈을 노려

내가 잠깐 한눈을 팔거나 해찰 부리는 사이

호박은 저의 노오란 꿈을 향해 나아가리라

하지만 뭐, 애호박만 한 것으로도 나는 넉넉하기에

호박의 은폐 작전에 짐짓 까맣게 속는다 한들

나로서도 밑질 게 없는 적당한 거래였으리라

—류지남, 「적당한 거래」 부분

　　호박의 '노오란 꿈'을 그것대로 받아주고 '적당한 거래'로 만족하는 시인의 품은 얼마나 크고 넉넉한가. "우리는 서로를 위해 애를 쓰고 있었다" 할지라도 그것에 집착하지 않는다. 어찌 그곳에 시인의 품을 닮은 호박꽃이 환하게 피지 않겠는가. 이 또한 등불처럼 환하게 타오르는 몸꽃이 아닐 수 없다. 그렇다고 세상일이 다 뜻대로 돌아가고 이뤄지는 게 아니다. 다만 거의 그렇다.

　　시인 형님도 하마 이를 모를 리가 없다. 헛헛하게 내뱉는 농사꾼들의 말씀에 세상 돌아가는 이치가 담겨져 있고 우주 운행의 비밀이 버젓이 담겨져 있다. '운칠기삼'이다. 농사가 어떻게 되든 말든 상관할 바는 아닌 건 아니지만 다만 "우리는 서로를 위해 애를" 쓸 뿐이다. 그리고 "헛헛한 가슴 덩그마니 남겨놓고,/ 온통 풍년이 들어서 시커면 어둠 속으로 뚜벅뚜벅 걸어 들어"갈 노릇이다.

농사가 잘 되믄 뭐허간디, 그리고 이동네 저동네 다 잘 되믄 안 되는
기 농사여 워디, 먼 딴 동네에 태풍이라도 와서 확 쓸어버리거나, 아
니믄 작년 그러끼처럼 폭설이라도 덮쳐서 하우스덜이 절딴나야 그
때 재미 좀보지, 여기저기 풍년들믄 다 말짱 허당이라니께 (…) 너
두 나두 다 풍년들믄 다 개털되고 마는겨 이젠 농사도 고스톱 판마
냥 운칠기삼이라니께

　　　　　　　　　　　　　　　　　　　—류지남, 「운칠기삼 농사」 부분

　농민들의 아픔과 고생이 어찌할 수 없는 일이라고 '운칠기삼'론으로 물
을 타는 것으로 오해하면 곤란하다. 번연히 우리가 서로를 위해 애를 쓴
다는 전제가 있기 때문이다. 그러고도 안 될 때 누구는 자신을 탓하거나
나라를 탓하고 또 누군가는 하늘을 원망하겠지만 누구는 할 말을 하고 할
일을 하면서도 그 모두를 품어서 넉넉하고 거룩해지기 때문에 하는 말이
다. 그곳에도 천연히 몸꽃이자 밥꽃이 둥글게 피어난다.
　다시 묻건대 어떻게 사람살이의 소리, 지상의 통소 소리가 천상의 소리
로 화化하는가. 깨닫는 것이다. 깨닫고 받아들이는 것이다. 깨닫고 받아들
이고 품어내는 것이다. 이를테면 "밥에도 뿌리가/ 있다"는 것을 깨닫고는
엄마와 아내, 아내와 자식들 사이에서 일어나는 온갖 불화의 씨앗들을 '있
는 그대로 긍정'함으로써 넘어가버리는 것 같은 것이다.

　　　원래 남편은 아내를 마음의 밥으로 삼고

　　　어미는 자식에 밥의 뿌리를 두는 법이란다

밥의 뿌리에 관한 오랜 내력을 생각하자매

엄마로 하여 오랫동안 짓누르던 바위 덩어리가

조금은 가벼워질 것 같은 생각이 뿌리를 내렸다

—류지남, 「밥에도 뿌리가」 부분

그리고 세상의 "작고 못나고 여린 것들의 힘"을 살리는 일이다. 이를테면 자음은 자음대로 모음은 모음대로 존재하는 이유와 이치를 깨달아서 그 사이에 놓였던 경계를 허물어버리는 것이다. 시인이 자음의 힘을 말한다고 하여 모음의 가치를 폄하하는 게 아닌 건 너무도 분명하지 않은가. 다만 어둑한 곳에서 "가만히 소리 없이 웅크리고 있던,/ (……) 여기저기 상처난 소리들"인 자음을 보듬는 게 절실하다고 느꼈던 것이다.

시인 형님은 짐짓 시비是非를 조화시켜서 자음과 모음, 저마다의 소릿값을 찾아주고 소리의 경계를 허물어 천상으로 난 소리의 길을 트기 위해서 그랬을 뿐이다. 성인의 마음이고 여래의 마음이 아닐 수 없다. 거의 그렇다.

ㄲ,ㅊ/ ㅂ,ㄹ/ ㄱ,ㅁ / ㅎ,ㄴ

이런 소리들이 서로를 밀고 끌어가는 동안

꽃이 피고, 바람이 불고, 강물이 흘렀구나

(……)

자음의 아름다운 힘에 대해 말해주리라

혼자서는 제 소리 내지 못하고 주눅 든,

조금 모자란 듯한 것들이 모여 살아가며

서로를 부추키는 세상의 아름다움에 대하여,

작고 못나고 여린 것들의 힘에 대하여

—류지남, 「자음의 힘」 부분

　결국 모든 경계가 허물어진 그곳에 천연히 '밥꽃'도 피고 '몸꽃'도 피어
나고 '그것'(류지남, 「그것」)도 쏟아져 내린다. "세상 안으로 쏟아져 들어온
다."(「호모 크리넥스」) 그것은 똥이다. 똥이고 밥이다. 똥꽃이고 밥꽃이다. 밥
꽃이고 몸꽃이다. 거의 그렇다.

　그것은

　아흔한 살 엄마 방

　장판지 틈새에

　납작 엎드려 있었다

　어느 때는

　소 발톱처럼 딱딱한

　손톱 사이에도 끼었다가

　당신 방 벽화의

　산수유 꽃 안료가 되었다

　어느 날 문득

갓난아기로 돌아간

우리 엄마

그것과 도로 가까워졌다

오랜 경계가 사라졌다

—류지남, 「그것」 전문

　서럽고도 눈물겹고 아름답다. 치매를 앓으며 갓난아기로 돌아간 아흔 한 살 어머니는 이제 '그것'과 도로 가까워졌다. 우리는 모두 똥을 싸면서 왔다가 도로 똥을 싸면서 돌아가는 인생들이다. 이곳에서도 "경계가 사라졌다". 가장 낮은 곳에서 가장 아득하니 높고 거룩하게 피어나는 꽃의 이름은 똥꽃이다. 똥은 가장 낮은 곳에 '엎드려 있고' 가장 낮은 곳으로 쏟아져 '내리지만' 그 뜻은 가장 높은 곳을 향하고 있다. 거동 못하는 부모의 똥을 거둬본 이들만이 알 수 있는 거룩한 뜻이다.

　'그것'의 또 다른 이름은 사랑이고 자비다. 인간세를 사랑하는 예수의 마음이고 사바세계를 굽어보는 여래의 마음이다. "조선의 헐벗은 사람들 속으로"(이종암, 「해월」) 속절없이 들어간 해월의 마음이다. "새끼들 주렁주렁 옆구리에 매단 채/ 뱀 대가리마냥 고개를 번쩍 들고// 논으로 밭으로 산으로 부엌으로/ 산처럼 파도처럼 강물처럼 나아가던// 세상에 아무 것도 두려울 것도 없는 쉰다섯 살 엄마의 팔뚝 같은// 저 빳빳한 마음"(류지남, 「거미의 자세」)이다. 그런 마음들이 모여 몸꽃으로 밥꽃으로 똥꽃으로 피어나는 세상이다.

소가 꼬리를 하늘로 한껏 치켜든다
이제 곧 한판 싸겠다는 신호다

서서히 뒤쪽 조리개가 부풀어 오르더니
쟁깃날에 뒤집힌 검은 논흙 같은 것이
푸지게 세상 안으로 쏟아져 들어온다

—류지남,「호모 크리넥스」부분

소가 왜 시원하게 한 판 똥을 싸 내리기 전에 꼬리를 "하늘로 한껏 치켜"들 겠는가. 똥이 지닌 이토록 가상하고 거룩한 뜻을 세상에 알리는 신호 아닌가.

정작 이렇게 낮은 곳에서 높은 곳을 향하는 모습의 결정판은 따로 있 다. 시인 형님이 묻는다. "왜 거미들은 허구헌날 거꾸로 매달려/ 오체투지 하고 있는 건지"(류지남,「거미의 자세」) 그 대답이 여기에 있다.

"평생 호미질에 허리가 호미가 되어버린/ 남용이 할머니의 밭일 하"(류 지남,「거미의 자세」)시는 모습을 보아라. 동네에서 으뜸가는 밭농사를 일궈내 기 위하여 "이마에 밭고랑 깊게 패인 저 거미 할미"의 한없이 위대하신 자 세를 보아라. "엉덩이는 늘 하늘 쪽으로 치켜든 채/ 땅을 하늘로 섬긴 저 거미" 할미의 체위가 무얼 말하겠는가. 이종암 시인이 노래한 보경사 산문 앞 육백 살 회화나무의 오체투지가 떠오른다. "일평생, 제 몫을 다하고 허 공에서 바닥까지 큰절 한 번 올리고 누운 저 몸, 마지막 몸뚱이로 쓴 경전經 典"(이종암,「절」)의 거룩한 위용이다. 몸꽃이다. 환하게 타오르는 등꽃이다.

거미 할미와 육백 살 회화나무 옹의 오체투지, 이것이 퉁소 소리(지뢰地

籟)를 넘어서 천상의 소리(천뢰天籟)에 이르는 문이자 길이란 것을 아는 사람은 알 것이고 모르는 이는 모를 것이다. 거의 그렇다.

천상의 소리에 이르는 길을 아는 이에게, 그 깨달음과 간절한 비원悲願을 시로 노래하는 이종암 시인과 류지남 시인 형님에게 세상은 "소꿉친구 뒷집 귀숙이/ 꽃상여 타고 멀리 가"(이종암, 「봄날도 가고」)는 날처럼 슬플지라도 기쁘고, "극한의 벼랑" "허공에서" 피는 '사랑'(이종암, 「동피랑과 나타샤」)처럼 쓸쓸하나 따스하고, "부끄러운 나를 확 찍어버린 채/ 밥그릇에 갇혀 끄윽 울던 날"(류지남, 「철밥통」)처럼 아프나 아름답고, "주춧돌 몇 개 겨우 남아/ 황량"(이종암, 「숭복사지」)한 폐사지처럼 덧없으나 영원한 쉼터일 것이다. 몸꽃으로 밥꽃으로 똥꽃으로 피어나는, 어둑한 그늘에서 등꽃으로 환하게 피어나는, "이눔아, 저눔아,/ 황홀한 욕들이 툭툭 피어나는"(류지남, 「봄날은 간다」), 봄날은 가도 만화방창하는 봄날의 꽃밭이 아닐 수 없을 것이다.

시집 두 권을 "제 똥이 어디로 가는지도 모르는 사이에 한 판 시원하게 읽어"(류지남, 「뒷간의 명상」) 내렸다. 시인 형님이 바라는 것과 같은 그런 시들이 빼곡한 시집 두 권을 한꺼번에 읽고 나니 복에 겨워 그런지 황홀하다 못해 어지럽기까지 하다. 더할 나위 없이 향그럽고 은혜로운 '꽃의 경전經典'을 그리 내리 읽었으니 그러할만도 하겠다. 과분하고 황송하다.

이토록 좋은 계절 봄날의 오후에, 나도 "주말 저녁 해거름에 걸려오는/ 전화기 너머 강물 같은 목소리"로 이 시인과 시인 형님을 불러보고 싶어진다. "저녁에 소주 한잔 어뗘(유)?"(류지남, 「밥꽃 필 무렵」), "젖은 언어로" "하나, 둘, 셋, 넷" "첨벙첨벙 네게로 가는 징검돌/ 자꾸만 놓"(이종암, 「징검돌」)고 싶어진다.

천균天鈞

엊그제 주말 저녁에 수업을 마치자마자 전북 완주군 화순면 운산리 옥련암玉蓮庵에서 벌어지고 있는 국립중앙박물관 도록圖錄 천도재薦度齋이자 다비식茶毘式에 참석하러 부리나케 차를 달렸다. 다른 일정이 없는 게 아니었지만 내가 친애하는 형님들이 잔뜩 모여 있는 자리인 데다가 나를 귀애해주는 임우기 형님의 애타는 일인지라 마음을 돌릴 수가 없었다. 진즉에 찾아 나서지 못하고 뒤늦게 찾아가는 마음의 송구함이 발길을 재촉했다.

한 시간 남짓 차를 달렸을까. 논산 나들목으로 나와서 큰 고개를 하나 넘자 산거미가 뉘엿뉘엿 내려올 무렵 옥녀봉 중턱에 들어선 옥련암이 눈에 들어왔다. 산이 조촐하여 높고 깊지는 않았으나 산골이라서 그런지 차창 밖의 공기가 자못 청량하였다. 일행은 이미 본 행사를 다 마치고 마당에 모여 앉아 두런두런 얘기를 나누고 있었다. 다 반갑고 그리운 얼굴들이다. 오는 길에 들었던 걱정과는 달리 둘러싼 분위기가 나름 훈훈해 보였다. 어찌 곡절이 없었으랴. 모든 걸 털고 내려놓은 탓이리라 짐작할 뿐이었다.

지난 번 공주 한옥마을에서 열린 김홍정 작가 형님의 역작 『금강』 출판기념회에서 두루 뵌 얼굴들을 다시 뵈니 더욱 반가웠다. 『금강』의 김홍정 작가 형님, 『밥꽃』의 류지남 시인 형님, 『생강 발가락』의 권덕하 시인 형님, 내가 여직 정식으로 인사드리지 못한 하재일 시인 형님, 근자에 묘하게 가는 곳마다 부딪히고 뵙게 되는 평산 형님, 대전작가회의 회장인 김희정 시인 아우님 등등이 모여 다비식을 치르고 난 소회를 가벼운 음주와 정담으로 풀고 있었다. 다들 늦게 찾아든 길손을 담담하니 맞아주었다.

우기 형님이 먼 길 왔다며 팔을 벌려 따스하게 안아주셨다. 예전보다 부쩍 여위게 느껴지는 형의 가슴팍이 몸과 마음이 안팎으로 고통스러웠을 진작의 내력이며 다비식의 자리를 짐작케 해주었다. 반가이 안아주는 형의 마음이 따스하면서도 형을 안는 내 마음이 서늘하지 않을 수 없었다. 덕하 형님이 마당에 차려놓은 뷔페식 밥상으로 나를 안내해 저녁 공양을 할 수 있게 해주었다. 고맙게도 형은 늘 나를 이끌고 보듬는 길잡이 역할을 마다하지 않는다. 지남이 형님은 반주하라며 술 한 잔 따라주신다. 늦은 공양이 방정맞게도 왜 그리 달고 맛있는가.

아무리 생각해봐도 국립중앙박물관 도록 천도재는 기가 막힌 일이다. 사정을 들어보면 나라가 한 개인, 아니 이 도록을 만드는 데 관여한 수많은 민초의 진심과 정성을 무참히 도륙한 일이다. 10여 년 송사 끝에 나라의 잘못이 판명되었는데도 우기 형님과 솔 출판사는 거의 모든 걸 잃고 책은 이렇듯이 불살라지게 되었다. 어찌 보면 현대판 분서의 만행이 아닐 수 없다. 자세한 일의 내용과 과정은 언론에서도 다뤄졌다 하니 참고하여 사태의 본말을 낱낱이 헤아려주기 바란다.

오늘 그 자리에 있던 여러 형님들이 페이스북에 올린 글과 사진을 보니 마음이 더욱 무겁게 내려앉는다. 활활 불살라지는 책 더미를 보면서 우기 형님은 무슨 생각을 하였을까. 그곳에 모인 일행은 또 어떠한 심정이었을까. 그런데 덕하 형님이 올린 사진에 나온 우기 형님의 합장한 모습은 한없이 평온하고 지긋하다. 10여 년의 송사에 시달리며 모든 걸 잃다시피 한 당자의 모습치고는 너무나 온화하고 따스해 보인다. 엷은 미소까지 비친다. 이런 것을 달관이라고 하는 걸까. 몸은 여위었지만 정신은 또렷해지고 마음은 더없이 맑고 깊은 경지에 이른 것일까? 형님의 초연한 아픔을 헤아리기가 겁이 난다.

태운다, 온몸을

태운다, 결박과 빗장의 근육

태운다, 고독과 번민의 힘줄

태운다, 숱한 상처와 얼룩의 만다라

태운다, 십여 년 안간힘으로 싸운 시간의 얼

태운다, 아름답던 날들의 넋

태운다, 눈부신 하늘로 빚은 빛살

태운다, 검은 땅에 붉은 바위에

태운다, 벅찬 신록의 향기에 흰 꽃잎에

태운다, 여울과 윤슬의 화엄에

태운다, 숱한 인연의 그늘에

태운다, 병신년 오월 진혼가에

—권덕하, 「焚書」 전문

　공양을 마칠 즈음 주거니 받거니 밀린 정담을 나누던 일행 사이에 가야할 사람들이 나서기 시작했다. 류지남 시인 형님, 김홍정 작가 형님, 하재일 시인 형님은 내친 김에 공주로 자리를 옮겨 판을 이어나갈 요량이다. 애초에는 나도 권덕하 시인 형님과 더불어 그 자리를 따라가기로 했으나 연이 닿지 않았다. 덕하 형님이 집에 계신 형수님 걱정을 많이 한 덕분이다. 그런 걱정을 해본 지가 오랜 나는 그것조차도 부럽고 부러울 뿐이다. 결국 집에 계신 마나님 걱정이 큰 김희정 시인 아우님이 평산 형님과 덕하 형님을 태우고 대전으로 가고 나는 혼자 차를 몰아 세종 집으로 돌아오게 되었다.

　올라올 때는 그나마 해가 남아 있었으나 내려갈 때는 온 산이 적적하고 캄캄했다. 이름 모를 산새의 울음만 애가 끓는다. 쓸쓸했지만 하나 서럽지는 않았다. 올 때도 혼자였지만 갈 때도 혼자인 게 우리네 삶이다. 더군다나 뒤에 남아 있던 관계로 공주로 먼저 떠난 형님들은 얻지 못한 귀한 선물까지 받게 되었다. 남아있던 일행 모두 우기 형님과 함께 서울에서 내려오신 서예가 평인平人 송동옥 선생이 현장에서 직접 써준 글씨를 한두 점씩 챙기게 되었으니 쓸쓸한 마음을 달래고도 남았다. 하나를 얻으면 하나를 내려놓고 하나를 내려놓으면 또 하나를 얻게 되는 이치다. 오늘 끝까지 못한 자리의 인연은 다음에 또다시 만들면 되는 일이다.

　나는 이쪽 방면으로 과문한 처지라 선생의 글씨가 어떠한 가치가 있고 어떠한 경지에 이르렀는지는 잘 알지 못하지만 주위의 설명을 들은 바로는 대단한 분이란다. 나는 다만 눈앞에서 직접 사람의 뜻을 물어보고 일필휘지로 써내려간 글씨에 담긴 정성과 기운을 느끼고 받아들일 정도는 되는가 보다. 격을 두지 않고 글씨를 써서 나눠주는 선생의 품이 크고 넉넉해 보였다. 꿈이 뭐냐고 물어보는 선생에게 '(참된) 시인'이 되는 것이라고 답한 권덕하 시인 형님은 '생생불기生生不己' 네 글자를 받았다. 자기를 넘어서는 곳에 새로움이 있고 새로움이 있는 곳에 자기를 넘어서는 창조가 있다는 뜻이 담겨 있는 말이다. 그것이 시인의 삶이 아니겠냐고 짐짓 선생이 우리에게 묻는다. 과연 그렇다.

누구는 맑은 정신을 뜻하는 '淸神'을, 누구는 꽃처럼 피어나길 바라는 마음에서 '生生花'를 또 누구는 무언가 제 몫의 글자를 받아 들고 흡족해 했다. 다들 저마다의 자리를 찾아 든 격이다. 나는 내가 오랫동안 붙잡고 낑낑거려온 화두의 한 자락을 말씀드리고 글자를 받았다. 「제물론」, 『장자』 편에 나오는 글귀에서 따왔다. "聖人和之以是非而休乎天鈞 是之謂兩行" '성인聖人은 시비是非를 조화하여 천균天鈞에서 편안히 쉰다. 이것을 일컬어 양행兩行이라 한다'는 뜻이다. 성인은 결을 따라 시비를 조화시키나 그 결 또한 한결같지 않기에 차라리 스스로 결을 만들어버리기도 한다. 따라서 이미 결은 어느 경우나 하나이면서도 하나가 아니다. 이것이 양행兩行이다. 나는 여기에서 '兩行'이란 두 글자를 받고 싶었으나 선생이 '天鈞'을 추천하였다. 아무런 상관이 없었다. 兩行이 天鈞으로 나아가는 길이고 天鈞이 兩行이 노니는 길이니 말이다.

天鈞, 두 글자를 받아놓고 이리 보고 저리 보아도 마음에 쏙 들었다. 서기瑞氣가 비친다. 광이불요光而不耀의 은은한 빛이다. 서너 시간을 공을 들여 갈아온 먹물에 술을 붓고 선생 또한 서너 잔의 술을 머금었으니 글자에 취기까지 감돈다. 平人이라 찍은 낙관이 비스듬히 고개를 돌린 것까지 마음에 든다. 天鈞, 하늘의 균형이란 게 그렇다. 빈틈없이 아귀가 맞아 완벽한 대칭을 이룬 그런 경지가 아니다. 나는 반드시 옳고 너는 분명히 틀렸다고만 해서는 이를 수 없는 경지다. 나의 옳음에 틀림의 가능성을 열어놓고 내 안에 다른 내가 들어설 여지를 남겨놓는 것, 그것이야말로 시비是非를 뛰어넘어 이를 조화시키는 양행兩行의 길이자 세상의 평화인 천균天鈞에 이르는 길이다.

반듯하고 가지런하고 곧은 것만이 균형이 아니다. 그런 게 있으면 안 그런 것도 있기 마련이다. 비틀어지고 모나고 울룩불룩한 거 이런 것까지 끌어안고 보듬어 안는 게 세상의 균형이다. 지나치면 모자라게 되고 넘치면 줄어들고 모자라면 채워지는 것, 반듯하고 가지런하나 화석같이 굳어져있는 '침묵의 균형'이 아니라 출렁이고 넘실대면서 맴돌고 섞어지면서 때로는 천천히 때로는 급하게 여울지며 흘러가는 것이 '하늘의 균형'이다. 바름을 추구하더라도 바르지 않을 수 있다는 숨구멍을 터놓고, 生生불, 내 안에 또 다른 나를 들여놓는 양행의 그 길이야말로 세상의 평화인 천균으로 나아가는 길이라고 줄곧 나는 믿어왔다. 물론 이 또한 속절없이 틀린 생각일 수 있지만.

현대판 분서焚書인 국립중앙박물관 도록 사건이 우리 문화계, 출판계에 어떠한 영향을 미치게 될지, 이것으로부터 우리 사회가 어떠한 깨달음을 얻어내고 받아들일 지는 좀 더 두고 봐야 할 일이다. 마찬가지로 임우기 형님을 비롯하여 이러한 일련의 사태를 감당하고 지탱해왔던 당자들의 마음가짐과 태도가 어떠할지 마음이 쓰이지 않을 수 없다. 하지만 천도재를 치르며 한없이 고요하고 평온해 보였던 우기 형님의 모습에서 안도의 숨을 내쉬게 된다. 아무래도 우기 형님이 다비식 어느 쯤에서 만해 한용운 선생의 시 「알 수 없어요」의 구절을 꺼내놓은 듯했다. 글씨를 받는 중에도 가만히 구절을 읊조린다. 덕하 형님이 올린 글에서도 다시 인용되고 있는 이 시 구절이 내 마음에 깊이 들어와 앉는다. 누구도 아무 것도 알 수 없는 일이다.

우기 형님도 한때는 그랬으리라. 화가 솟구치고 살이 떨리고 뼈마디가 부러지고 애간장이 끊어지는 아픔에 정신이 혼미했으리라. 지금 더없이 평온한 모습은 어디에서 왔는가. 나를 따스하니 안아주던 그 넉넉한 품은 또 어디에서 온 것인가. "타고 남은 재가/ 다시 기름이 됩니다/ 그칠 줄 모르고 타는 나의 가슴은/ 누구의 밤을 지키는 약한 등불입니까"(한용운, 「알 수 없어요」) 어쩌면 형의 그 모습이 어디쯤에선가 시비是非를 훌쩍 뛰어넘고 조화시켜 안식과 평화에 이르는 양행의 정신 어느 곳에 닿아 있는 것일지도 모르겠다는 생각이 문득 들었다.

하재일 시인 형님이 담벼락에 올린 시편의 하나가 다시 내 마음 속을 맴돈다. "당신은 본 적 없겠지만/ 가끔 내 심장은 바닥에 떨어진/ 모란의 붉은 잎이다 (……) 어느 생에선가 내가/ 당신으로 인해 스무 날하고도 몇 날/ 불탄 적이 있다는 것을/ 이 모란이 안다/ 불면의 불로 봄과 작별했다는 것을"(류시화, 「모란의 연緣」) 천균에 이르고자 출렁이며 물레가 돌기 시작한다. 아득하다. 이 모든 것을 당신은 지켜보고 있는가, 그대를 향해 열려 있는 내 마음의 연緣을 알고 있는가. '나'는 불살라진 책들의 마음이다. 소신공양한 도록圖錄의 흐느낌이다. '그대'는 나이다. 모란이 피고 지듯이 출렁이며 물레가 돌아간다. 천균이 바로 여기에 있다. 詩봄.

추석秋夕

추석이다. 이른 추석인지라 날이 조금 더 가을의 복판으로 기울어져 산천의 기운이 한결 서늘해졌으면 좋으련만 여직도 한낮의 햇살은 여름의 기운이 남아 노여움마냥 이글거린다. 오곡이 영글고, 시장과 도로는 붐비고, 세상은 홍성거리는 기운으로 들떠 있다지만 또 어디선가는 그럴 만한 형편이 안 되거나 사정이 있어 문을 닫아걸고 있는 이들이 있기 마련이다. 그래서인가 고향으로 내려가는 발걸음이 마냥 가볍지만은 않다.

추석날, "밤하늘 하도 푸르러 선돌바위 앞에/ 앉아 밤새도록 빨래나 했으면 좋겠다"(이성복, 「추석」)고 노래한 시인의 마음을 헤아려본다. 왜 시인은 "흰 옥양목 쳐대 빨고 나면 누런 삼베/ 헹구어 빨고, 가슴에 물 한 번 끼얹고/ 하염없는 자유형으로 지하 고성소까지/ 왕복했으면 좋겠다"고 했을까. 가고 오고 또 가도 "언제 살았다는 느낌 한번 들"지 않았기 때문일 것이다.

'고성소古聖所'란 천주교에서 사용하는 개념으로 천국과 지옥 사이에 있는 곳이다. 영세를 받기 전의 아이들이나 정신박약자같이 원죄를 갖고 죽었으나 죄를 짓지 않은 사람들이 머무는 곳이다. 시인이 노래한 추석의 풍경이 생때같은 자식을 팽목의 바다에 수장한 어미의 비통한 곡소리로 들려오는 것은 왜인가. 그들은 언제야 진자 추처럼 '하염없는 자유형으로 지하 고성소까지' 헤엄쳐 갔다가 하릴없이 돌아오는 원한의 왕복 운동을 멈출 수 있을 것인가.

이제 내일 밤이면 팽목 바다의 검푸른 물결 위에도, 청와대를 에워싸고 있는 삼각산 봉우리 위로도 한가위 보름달이 천연히 떠오를 것이다. 팽목의 바다에도, 삼각산을 뒷짐으로 진 청와대 안채에도 차례 상이 차려질 것이다. 돌아오지 못하는 이들을 차마 잊지 못하는 이들과 그 기억을 끝내 지우려는 이들이 함께 차례 상을 모시고 따로 소원을 빌 것이다.

보름달에게 사무치는 마음으로 빌련다.

엊그제 저녁에 경주 부근에서 일어난 지진으로 명절을 앞둔 온 국민이 뿌리째 흔들리고 황망한 가슴을 쓸어내렸건만 부패하고 부정한 권력의 성채는 요지부동이다. 참으로 기구하고 비루한 우리네 삶이다. 우리네 민초들 '언제 살았다는 느낌 한 번 들'도록, 삼각산 봉우리를 흔들고 무너뜨려서라도 그 산더미를 나르고 돌덩이를 옮겨 부어서라도 팽목 바다의 검은 구덩이를 매워달라고. 마땅히 죽어야 할 이를 죽이고 마땅히 살아야 할 이들을 살려달라고.

추석날 전야, 몇 년 전 장조카가 시골집 근처 충남 태안군 원북면 신두리 바닷가에서 찍은 노을 사진을 꺼내어본다. 몽환적이다. 어느 날인가는 팽목의 바다도 저랬을 것이다. 차라리 이 모든 게 다 꿈일 수 있다면, 밤새도록, 자식들이 입던 옥양목, 삼베 옷자락을 빠느라 고단할 그들의 마음이 달래질 수 있을까. 참혹한 아름다움이다.